迷うこころ

お勝手のあん

柴田よしき

時代小説文庫

角川春樹事務所

目次

迷うこころ

お勝手のあん

一　訪問者

梅の花とともに静かに終わった初恋を経て、とめ吉《きち》は急におとなびたように見えた。それでなくとも体格のいいとめ吉は、歳《とし》よりも上に見られることがあったのだが、口を開けばまだ声も高く言葉も幼くて、小僧さん、と呼ばれて不自然ではない様子だった。それが半月ほど前から声嗄《が》れが始まり、声が出しにくいようで、それが恥ずかしいのかめっきり口数が減ってしまった。

いつものような軽口も叩《たた》かずに黙って働いていると、もはや小僧ではなく、いっぱしの男衆風情《ふぜい》である。

そうしたとめ吉に、やすもおうめさんも少し戸惑っていた。

「どうだい、下働きの子を一人、増やしてもらった方が良くないかい」

政《まさ》さんがやすに訊《き》いた。

「そろそろとめ吉には、出汁《だし》のとり方も教えたらどうかと思うんだ。もちろんおまえさんがあのくらいだった頃《ころ》とは違って、とめはまだ味の見極めができてねえから、客に出す料理の出汁は無理だが、まかないの煮物くらいなら、あいつにやらせてみてもいいんじゃねえか」

「へえ、とめちゃんならできると思います。言われたことはきちんとその通りにやる子ですから、何度かやって手順を覚えたら、そこそこ使える出汁はとれるようになりますよ」

「包丁も、まだ菜切りだけだが、案外器用に使えるようだしな。けどそうなると、水《みず》汲《く》みや芋洗いなんかの手が足りなくなるだろう」

「手数だけなら、わたしやおうめさんがとめちゃんの仕事を手伝えばなんとかなりますけど」

「それじゃ駄目だ。おうめとおやすは呼吸が合ってる。板場では、料理人たちの呼吸が合ってるってことが大事なんだ。おまえさんたち二人が手一杯になっちまったら、流れが悪くなる」

「へえ……ですが」

やすは言い澱《よど》んだ。

「なんだい、下働きの子を入れるのは嫌かい」

「いいえ、そうじゃありません。でも……わたしが奉公人から料理人になったことで、お給金がだいぶ上がりました」

「それは当たり前だろう。雇われ人として長屋で暮らすなら、奉公人の給金じゃ到底無理だ」

「へえ、ありがたいことだと思っています。ただそれでは……」

政さんは笑った。

「ああそうか。台所のかかりが増えて、紅屋《くれないや》の銭勘定が心配だってのか」

「へ、へえ」

「下働きの子一人、奉公で入れたくらいで紅屋が傾いたりはしねえよ」

「それはそうですけど……このところ、物の値段が驚くほど上がってしまって」

「確かにな、米でも醬油《しょうゆ》でも、値上がりがすごい。仕方なく品川《しながわ》の旅籠《はたご》も申し合わせて、宿代を少々上げることになったくらいだ。けど心配しなくていい。お客の数は減ってねえし、番頭さんが締めるとこはきっちり締めてくれてるから、紅屋にはちゃんとやって行けるだけの儲《もう》けが出ている。台所の勘定は俺《おれ》に任されているが、下働きの子を雇うくらいの余裕はある。ただ」

政さんはちょっと顔をしかめた。

「今はとめを一人前にすることのほうが大事で、正直、料理を教える相手は増やしたくないんだ。だから入れるとしても小僧じゃなくて、女の子になるだろう。それも料理人を目指すような子じゃなく、年季が明けたら里に帰って嫁に行くような子にしてもらうことになると思う。おまえさんは、そういう区別をするのが嫌だろうとは思うんだが」

やすは、ただうなずいただけだったが、心の中でなにか、ちくり、とするものを感じた。

政さんの気持ちはわかる。料理を教える、というのはそんなに簡単なことではない。今の政さんにとっては、とめ吉を一人前にすることが何より大事なことなのだ。やす自身、そうやって政さんに丹精込めて育てられたからこそ、今がある。けれど、毎日の仕事は仕事で、誰《だれ》かが下働きをしなければ台所は回らない。水を汲んだり、炭を起こしたり、薪《まき》を割ったり、野菜を洗ったり、米を一粒一粒選《よ》り分けたり。お膳《ぜん》が下げられて来れば洗い物もたくさん溜《た》まる。日々のお使いもある。下働きしてくれる人手がどうしても必要なのだ。

けれどそれをわざわざ、女の子に、と政さんが言ったことが、やすには少し辛《つら》かった。女の子であれば、料理人として育てる必要がない。だから。

いや、政さんのことだから、もしやって来た女の子に少しでも料理の才があり、本人にその気があれば、料理人として育てようとしてくれるだろう。そうしないでは気が済まないのが政さんだ。それが自分でわかっているから、そうなってしまったらとめ吉を育てることに支障を来すかもしれないと危惧《きぐ》しているからこそ、あえて、そうはならないような子を、と言ったのだ。

それが政さんなりの、誠実、なのだ。

頭ではわかっていても、やすの心は晴れなかった。自分が特別なのだと感じることそのものが、とても辛かった。

ひと月ほどしたある日、その子はやって来た。

口入れ屋に手をひかれて勝手口から顔を出した女の子は、歳が九つ。せい、という。小柄な子だったが、顔は丸く、目が大きい。

「せいと申します。よろしくお願いいたします」

口入れ屋に促されて、両手をぴったりとお腹《なか》のあたりに揃《そろ》えてそう言ってから、頭を下げた。頭に血が昇らないかと心配になるくらい、長く下げたままでいる。おうめさんが慌てて、おせいの頭を上げさせた。

「いいんだよ、そんなに固くならないでも。おせいちゃん、だね。これからよろしくね。まずは二階の部屋に連れてってあげるから、こっちにおいで」

おうめさんにとっては、里に預けてある娘のように思えるのかもしれない。おせいの手を握って階段を上がる足取りが、なんだか楽しそうだった。

「それじゃ、あっしはこれで」

政さんがおひねりを渡すと、口入れ屋はさっさと出て行った。

入れ替わりに番頭さんが入って来た。

「おせいは二階ですか」

「へえ、おうめさんが部屋に連れて行きました」

「しっかり挨拶《あいさつ》はできましたか」

「へえ、まだ緊張してかちんこちんでしたけど」

「里は松戸《まつど》です。松戸宿から一里ほどの農家だと聞いています」

「水戸《みと》街道の松戸宿ですか。あそこはなかなか栄えていると聞いたことがあります。奉公先なら、実家の近くにもありそうですが」

「里心がついて逃げ帰ったりしないように、離れたところへということのようですね」

「あの……おせいちゃんの親御さんは、将来、おせいちゃんが料理で生きていけるようにとは望んでいないんでしょうか」

「そのことなんだが」

　番頭さんは言った。

「政さんから、今はとめ吉が大事な時だから、他の者に料理を教える余裕はないと言われているんです。なので、勘平《かんぺい》やとめ吉の時のように料理人に育ててほしいという希望のない親御さん、という条件で探してもらった子です。なので料理を仕込んで貰《もら》いたいとは思っていないでしょう。普通に考えても、女の子では料理を仕込まれたところで料理人になる道は険しいですからね。おやすは、それでは困るのかい？」

「いいえ、困ることはありません」

「そうかい。いずれにしても、おせいのことはおやすとおうめに任せることになる。よろしく頼みますよ」

　おせいは口数の少ない子だった。

　おうめさんの部屋にはもう一人、客間付き女中のおきくさんが暮らしていたが、おきくさんが別の部屋に移り、代わりにおせいはおうめさんと同じ部屋で暮らし、そのままおうめさんが世話することになった。

「おうめさん、ごめんね、おせいちゃんのこと、みんな任せてしまって」

「ううん、あたしは嬉《うれ》しいんですよ。娘の世話はしたくてもできませんからね、おせいちゃんはその代わりみたいなもんだし。あ、だけど、甘やかしたりはしませんよ。あんまり母親づらし過ぎたら、逆にあの子が母親を思い出しちまって里心が付きますからね、奉公人の苦労はちゃんとさせますよ」

「おとなしい子みたいね」

「そうですねぇ、今はまだ慣れてないから。慣れて来たら、あの子の性格ももうちょっと摑《つか》めるようになるでしょう。ま、料理人になるわけじゃないんだし、下働きがちゃんとできるようになればいいんだから、そう難しいことじゃありません。ただちょっと小柄なんで、体がついて来られるかどうか」

「あまり無理はさせないでおきましょう。だんだんに体も慣れて来るでしょう」

おうめさんがつきっきりで世話をやき、仕事を教えたかいあって、おせいは次第に慣れていくようだった。相変わらずあまり喋《しゃべ》らない静かな子だったが、おとなしい性格なのだろう。

ただ、風呂《ふろ》に入るのを怖がる、と、おうめさんが心配そうに言った。

「湯が熱いのが怖いみたいなんですよ。生まれてから一度も、湯舟につかったことがないみたいで」

それ自体は珍しいことではない。長屋暮らしでも、湯屋《ゆや》に行かなければ湯舟には入れない。湯屋代がもったいないので、普段は皆、行水で済ませてしまう。それでも正月には一家で湯屋に行く。だが田舎の出であれば、村に湯屋がないことだってある。が、おせいの里は松戸宿の近くと聞いている。松戸は幕府直轄領で、水戸街道の宿場として栄えている。もちろん湯屋はあるだろう。たとえ一度も湯屋に行ったことがなく湯舟につかったことがなくても、それを怖いと思うのは少し不自然な気もする。実家が辺鄙《へんぴ》なところにあるとしても、近くの松戸宿にある湯屋とはどんなところなのか、噂《うわさ》くらいは耳にしたことがあるだろうに。女の子で九つともなれば、大人の話にこっそり耳を傾け、町の話にも興味を持つ方が自然だろう。

「まだ湯舟には入っていないの？」

「へえ、体は洗ってやってますけど」

季節は初夏、まだ海や川での水遊びには少し早いけれど、たらいで行水は苦にならない。おせいが嫌がるのなら、無理に風呂に入れなくてもいい。ただ、下働きとはいえ、台所の仕事をする身が不潔なのは困る。

おせいのようにあまり喋らない子は難しい。

「こっちの大根は、まかない用」

やすは、二股《ふたまた》になっちゃった大根を手に取った。

「足が二本になっちゃってるでしょう。こういう大根は、お客に出す料理には使わないの。食べても大丈夫だし、味もそう大きく違うわけじゃないけれど、きめの細かさに差が出てしまうのね。だから煮物にすると舌触りがほんの少し悪くなるの。でもまかないでみんなで食べるなら、充分美味《おい》しく料理できるのよ」

おせいは何も訊かずに、ただうなずく。とめ吉に同じことを教えた時は、でもおいらの田舎じゃ、二股大根は縁起物でしたよ、と笑って言った。遠い昔、やすと一緒に政さんから教えられた時、勘平は、どうして大根が二股になるのか知りたがった。同じことを教えても、何を学ぶかは子供によって違う。

けれどおせいの態度は、下女としては間違っていない。見習い女中、下働きの身であれば、無駄口を叩いたり、好奇心のままにうるさく質問をしたりするよりは、黙って言われたことをやり、教わったことを覚える方が正しいのだ。

女の子は男の子よりも心の発育が早い。女の子の九つなら、大人が考えるようなことも考えているかもしれない。黙ってうなずき、黙って仕事をする、それがあるべき姿だと、おせいはわかっているのかもしれない。

おせいのことはおうめさんに任せてみよう。やすは思った。

おせいがお腹の中で何を考えていようと、仕事をきちんとしてくれるなら、紅屋としてはそれでいいのだ。おせいがとめ吉のように心を開いてくれないからと言って、それで気をもんでも仕方ない。

❖

五月も終わる頃になって、大変な事件が起こった。

高輪《たかなわ》の東禅寺《とうぜんじ》に置かれていたえげれすの公使館を、水戸浪士らが襲撃した。事件の報は瞬く間に品川に伝わった。

「今度こそ、えげれすと戦《いくさ》になっちまうよ！」

奉公人たちはおびえて噂した。

「やったのは水戸浪士だ、井伊《いい》様を襲ったのと同じだ」

「だったら水戸とだけ戦してくれたら」

「水戸は内陸にあるんだよ、えげれすの軍艦が海から大筒《おおづつ》を撃ったって、水戸までは届かないよ！」

「船を降りて、兵隊たちが大勢、水戸に攻め込んだらどうなるんだ？」

「この分だと、横浜村《よこはま》も危ないね。そのうち攘夷《じょうい》派の浪士たちが横浜村に攻め込むんじゃないかい？」

何が本当のことなのか誰にもわからない。ただ、このままではえげれすと戦になる、という不安だけが大きくなっていた。

それでも品川は、いつも通りの賑《にぎ》わいを見せていた。事件のあった高輪は品川の目と鼻の先なのに、日が落ちると遊郭の大提灯《おおぢょうちん》に火が灯《とも》り、どこからともなく宴《うたげ》の三味線《しゃみせん》や酔客の歌声が響いて来る。戦におびえる奉公人たちも、仕事に精を出している時は不安を忘れていられる。

紅屋の繁盛も続いていた。山のような皿や椀《わん》を、やす、おうめさん、おせい、それにとめ吉まで手伝ってみんなで洗い終え、竈《かまど》の火を落とすとさすがにぐったりと疲れる。烏《からす》の行水のように手早く湯をつかい、ようやっと長屋への帰路につく。

おしげさんは先に帰っているようで、おしげさんが暮らしている部屋の障子《しょうじ》に灯《あか》りがうつっていた。

「おしげさん、やすです」

障子を開けずに声を掛ける。

「あら、今帰ったの？」

「へえ。今夜は疲れたので、休みますね」

「そうかい。ご苦労さま。また明日ね」

「へえ、お休みなさい」

やすがこの長屋に越して来た当初は、毎晩おしげさんの部屋で食事をしたり、だらだらと喋ったりして過ごしていた。ずっと紅屋の二階で寝起きしていたやすは、自分の物と呼べるものをほとんど持っておらず、長屋暮らしが始まっても布団すらない有様だった。そんなやすをあれこれと助けてくれ、布団や箪笥《たんす》を安く買える店を教えてくれて、長屋のおかみさんたちへの顔つなぎもしてくれたのはおしげさんだ。この頃はやすも一人で暮らすこつのようなものを摑みつつあり、おしげさんに何もかも頼らなくてもやっていく自信が少し出て来た。そんなやすの気持ちを察して、おしげさんもやすの好きにさせてくれる。

おしげさんは懐《ふところ》が深い。

行灯《あんどん》に火を入れると、真っ暗だった部屋が明るくなる。

とても狭い、たったの一間。紅屋の二階の部屋よりずっと狭い。それでもここが、今は自分の暮らしの場だった。

朝炊いた飯はお櫃《ひつ》に入れて、部屋の中で一番涼しい水瓶《みずがめ》の上に置いてある。もうそろそろ、飯を部屋に置きっぱなしにするのは危ない季節になった。念の為《ため》、よく匂《にお》いを嗅《か》いで確かめてから、水漬けにした。梅干しを一つ載せ、それだけで食べる。疲れているせいか、他のものを食べたいとも思わなかった。紅屋の台所で作るまかない飯は、部屋住みの奉公人たちの為のもの。通いの雇われ人は、夕餉《ゆうげ》の算段も自分でつけるのが基本。そうは言っても、まかないはたっぷりと作るので、通いの者が食べて帰っても誰も咎《とが》めたりしない。今夜のまかないは、烏賊下足《いかげそ》の醤油漬けだった。昨日の献立に烏賊を出したので、下足を醤油と味醂《みりん》に漬け込んでおいた。紅屋では夕餉にも飯を炊くので、まだ温かい白飯に烏賊下足の醤油漬けを載せた献立は大好評だった。

食べてくれれば良かったかな、とは思うものの、給金を余計に貰っているのにまかない飯を食べるのは気がひけるし、今夜はさほど空腹を感じていなかった。

水漬け飯をさらさらとかきこみ、布団を敷くとあとは眠るだけ。床に横になったままで料理本を眺めるのが、一日のうちで一番好きな時だった。行儀が悪いけれど、いつでも眠ってしまえる気安さが心地いい。

と。

人の気配。

やすは飛び起きた。誰かが外にいる！

「もし、おやすさん」

男の声。やすは震える声を出した。

「ど、どちらさまでしょう」

「こんな夜分に本当に申し訳ありません。進之介《しんのすけ》です」

進之介……？

あ、薩摩《さつま》藩の！

やすは浴衣《ゆかた》の帯を締め直し、障子戸を開けた。

「お久しぶりです」

頭を下げたのは、やはり薩摩藩の若侍、遠藤《えんどう》進之介だった。島津斉彬《しまづなりあきら》さまがご存命の頃、斉彬さまの命で諸国を歩いていたという……

「い、いったいどうされたのですか」

「先ほど紅屋を訪ねたのですが、もう台所にはどなたもおいでにならず、たまたま煙草《たばこ》を呑《の》みに出ていらした男衆の方におやすさんのことを尋ねたところ、料理人として正式に雇われて、今は長屋で暮らしておられると聞きました」

「紅屋は平旅籠《ひらはたご》ですから、遊郭の大引けの前でも台所の仕事は終わってしまいます。

お酒をたくさん召し上がるようなお客さまは、外で遊ばれますから……こんなところまでわざわざいらしていただいて申し訳ありません」

「いえいえ、こんな時刻に女人の住まいを訪ねるなどと、無礼をいたしこちらこそ申し訳ありませんでした。実は、今宵《こよい》のうちにお返事をいただきたいお願いごとがありまして」

「へえ、あの、立ち話では……狭いところですが、中にお入りください」

やすは手早く布団を片付け、座布団を敷いた。

「まずはご無沙汰《ぶさた》してしまいましたこと、あらためてお詫《わ》びいたします」

進之介は、座ったままで頭を下げた。

「ご存知だと思いますが、先の大獄で主君斉彬公も大罪の疑惑をかけられ、はては突然の病死。わたしも薩摩に戻らざるを得なくなりました。細かなことをお話ししてもご迷惑かと思いますが、藩内でも厳しく処罰され流罪になった者などもおり、落ち着かない毎日でございました。正直、もう二度と、江戸に上ることはなかろうと思っておりました」

「ではお戻りになられたのですね、江戸に。……お大老さまはお気の毒でございましたが、大獄が終わりとなってわたくしたち町人も少し安堵《あんど》しておりました」

「事実上の当主が斉彬公の弟君久光《ひさみつ》公に変わり、斉彬公に可愛《かわい》がっていただいたわたしなどはもう出番がないだろうと思っていたのですが、久光公の命により、再び江戸詰めとなった次第です。あの、それで」

進之介は居住まいを正した。

「この機会に、おやすさんにわたしの名を正しくお伝えしておこうと思います」

「……正しく？」

「斉彬公の命を受けて諸国を歩いておりました際は、遠藤進之介と名乗っておりました。百足屋《むかでや》さんにお世話になる際にもそう名乗っていたのですが、お役目も代わりましたので、改めまして、わたしの名は、川路正之進《かわじまさのしん》と申します」

「まさのしん、さま」

「はい」

「……わかりました。あの、それで……わたくしに頼み事というのは？」

正之進は、心持ち身をやすの方に寄せて、囁《ささや》くように言った。

「明日、御殿山《ごてんやま》の麓《ふもと》にある、忍田《しのだ》、という料理屋にいらしていただけませんか。午《うま》の刻からお待ちしておりますので、おやすさんのご都合のつく時にいらしていただければ」

「それは……八《や》つ刻頃《どき》でしたら大丈夫だと思いますが、あの……」

「詳しいことはご説明できませんが、いらしていただければわかります。忍田は貸切にしてありますので、いらしたら店の者にお名前を告げていただければ、万事大丈夫です」

正之進は、それだけ言うとさっと立ち上がった。

「夜分に本当にご迷惑をおかけいたしました。明日、お待ちしております」

正之進があまり素早く出て行ったので、やすは、今のは本当にあったことなのかしら、寝入り端《ばな》に夢でも見たのかしら、と思った。

だがやすの鼻腔《びこう》に、侍の鬢《びん》を整える水油の、少し甘い香りが残っていた。

明日、いったい何がわたしを待っているのだろう。

二 再会

御殿山《ごてんやま》の麓《ふもと》には大旦那《おおだんな》さまの隠居屋敷があるので、何度も通ったやすには知った道だったが、忍田《しのだ》、という料理屋の前に立つまで、やすの胸は妙に波打っていた。

川路正之進《かわじまさのしん》さまが信用できないわけではない、むしろ、川路さまのことは少しも疑ってはいない。少なくとも、どんな理由があるにしても、やすを傷つけたり騙《だま》したりする意図はないはずだ。そうは思っていても、ご大老さま襲撃やめりけんの通詞《つうじ》殺害など、このところの薩摩《さつま》藩には尋常ではない様子が窺《うかが》える。すべて脱藩浪士の起こした事件だとはいえ、お国元に不穏な動きがなければ、浪士がそうした過激な行動に出る理由がわからない。

もとより前の薩摩藩主斉彬《なりあきら》さまは、一橋慶喜《ひとつばしよしのぶ》さまを将軍に推していたことで知られている。そうした意味では、薩摩藩は今の上さまに満足しておられないのかもしれず、幕府との関係はとても難しいものになっているという噂《うわさ》もある。

だが、斉彬さまの弟君久光《ひさみつ》公は、斉彬さまほど一橋さま贔屓《びいき》ではないというお噂もあった。それにその一橋さまも隠居を解かれ、幕政に復帰されるという。さまざまなことが以前とは変わっている。

やすには、薩摩藩がどういう考えを持っているのかなどわかるはずもなかったが、まさか旅籠《はたご》の料理人に藩として何かを求めたり、無理なことをさせようとしたりはさらないだろう。

怯《おび》えていても仕方がないので、やすは深呼吸して忍田の玄関先に立った。

忍田は普通の料理屋のようだったが、暖簾《のれん》が出ていない。貸切にしておく、と正之進さまがおっしゃっていたので、そのせいかもしれない。

ごめんくださいまし、と閉まっている戸の前でおそるおそる声をかけると、まるで待ち構えていたかのように戸がさっと開いた。

予想に反して、出迎えてくれたのは正之進さまではなく、高価そうな着物に身を包んだ女性だった。おしげさんより年上だろうか、立ち姿があまりにもきりりと美しくて、やすは思わず見とれていた。

「おやすさまですね。お待ちしておりました」

女性が頭を下げたので、やすも深く腰を折った。

「へえ、あの、川路さまからこちらに来るようにと」

「万事伺っております。どうぞお入りください」

「あの、川路さまは」

「あの方は、本日はおいでになりません。わたくしどもが直接おやすさまをお呼びたてするわけには参りませんでしたので、おやすさまと旧知の川路様にお力をお貸しいただいただけでございます。……本日のことに、薩摩藩は一切、関《かか》わりはございませんので」

やすは驚いた。正之進さまは薩摩藩藩士である。それなのに、これから起こること に薩摩藩は関わりがない、とは……

女性の後について長い廊下を歩き、建物の最奥と思われる部屋に案内された。そこに至るまで、他の誰《だれ》一人とも出会わなかった。店を貸し切り、どころか、忍田の女中も料理人も誰もいない。やすは不安で膝《ひざ》が震えて来るのを感じていた。

「中へどうぞ」

女性が膝をついて襖《ふすま》を開けた。

あっ。

やすは自分の目を疑った。

広い座敷の上座に置かれた座卓、そしてその後ろに座っていたのは……

「おあつさま！」

やすは思わず声に出していた。

「おやすさん」

優しい声。おあつさんの懐かしい声だった。

「ごめんなさいね、こんな形で呼び出すような真似《まね》をしてしまって。もっと気軽に、ふらりと紅屋《くれないや》を訪ねて行きたかったのだけれど……色々と、差し障りがあって」

やすは走り込むようにして中に入り、おあつさんの前に座って頭を下げた。

「お、お元気そうで……またお会いできて本当に嬉《うれ》しいです」

「あなたもとても元気そうで嬉しいわ。文《ふみ》も出せなくて、本当にごめんなさい」

やすは何か言おうとしたが、涙が溢《あふ》れて何も言えなかった。

おあつさんがどんな家に嫁いだか、何度も想像してみたが、あまりにも大それた想像で、途中で怖くなってやめてしまった。おあつさんは薩摩から江戸の武家に嫁入りした。その武家はとても格式が高い家だった。そしておあつさんの夫となられた方が亡くなられた。やすが知っていることはそれだけで、それ以上知る必要もない。

ただ、一度でも大それた想像をしてしまうと、以前のようにおあつさん、と気軽に呼ぶことはできなくなった。

「……おあつさまがお元気でいらしてくだされば、それで充分でございます」

「おやすさん、私のこと、昔のように、おあつさん、と呼んではくださらないかしら」

やすはどぎまぎした。おあつさんは、優しく微笑《ほほえ》んでいる。

「正之進から何か聞いたのかもしれないけれど……そうしたこと、今は気にしないでほしいの。せっかくこうしてまた会えたのですもの、昔のように、お団子が好きなあつでいたいのです」

おあつさんは、髪をおろされていた。光沢のある美しい白い頭巾《ずきん》で頭を隠し、墨色の衣を品よく身につけていらした。

「失礼いたします」

さっきの品のいい女性が、盆に湯呑《ゆの》みと菓子鉢をのせて入って来た。座卓の上にそれらを並べる。

「ありがとう、初島《はつしま》」

おあつさんが言うと、女性は会釈して静かに部屋を出て行った。

「この店は、今の女中、初島の実家なのです。今日は夕刻まで、建物ごと借りました」

女中、と言うにはあまりにも上品できりっとしていて、特別な女性に見えた。やすは、余計なことは考えまい、と小さく首を振った。

「江戸の儀十庵《ぎじゅうあん》の紅饅頭《べにまんじゅう》にしてみました。とても可愛《かわい》らしいので、おやすさんも気に入るかと思って」

　確かに愛らしいお饅頭だった。とても小さくて、一口で食べられそうだ。白い皮は山芋を使っているのだろうか。ほんのりと紅色に染められている。

「本当は、私がお団子をこしらえたかった。でもわがままばかり言って皆を困らせるのは良くないかと。こうしてこっそりとおやすさんに会う段取りをつけるだけでも、なかなか大変だったようなのよ」

　おあつさんは、小さなため息をついた。

「旦那様が亡くなられて髪をおろしたので、少しは気ままになれるかと思ったのですけどねえ。まあこうして外に出られるようになっただけでも、以前よりは気ままと言えば気ままだけれど。嫁ぐ際に養女にしていただいた家のおばば様の墓参ということで外に出るお許しがいただけたのよ。御殿山の景色を見たのは何年ぶりかしら。品川《しながわ》の青い海も、変わらずに美しくて感激しました」

　おあつさんは、少しの間、海の景色を思い出すように目を細めた。

「おやすさんは、もう紅屋の奉公人ではなくなったと正之進から聞きましたよ」

「へえ、料理人として雇っていただくことになりました。今は長屋で暮らしております」

「素晴らしいことね」

おあつさんの顔が輝いたように見えた。

「本当に素晴らしい。おやすさんは、自分の才覚で生きていける女《ひと》になったのね。……私も若い頃《ころ》、故郷でそうした女になりたいと思っていました。自分の足でしっかりと立って、自分の才覚で世を渡る。私は自惚《うぬぼ》れていたのです。そうした女になれると信じていました」

「そんな、おあつさまは」

「さまではなく、さん、で」

おあつさんは笑顔で言った。

「私は結局、嫁ぐことしかできませんでした。でも嫁いだことに後悔はないのよ。幸い、おつかえすることになった旦那様は本当にお優しい方で、短い間とは言え、私は幸せでした。でもね……その方は、お身体《からだ》がお悪いというのに、とても大変な決断をなさらなくてはならなくて。さぞかしお心が痛んだろうと思います。旦那様がお悩みになっているのを見るたびに思いました……妻としてではなく、男に生まれてこの方の相談役、お仲間としてお役に立てる身であればどんなによかったか、と。結局私はお子を授かることもできず、お家の為《ため》にも何もできませんでした。お家のことは、立派な跡取りも決まってもう大丈夫になりましたけれど」

おあつさんは、また小さなため息をついた。

「今度、その跡取り様がご結婚されることになったの。本当におめでたいことで、とても嬉しいのだけれど、お二人ともあまりにお若いので、しばらくの間はいろいろと手伝って差し上げなくてはならないと思うのです。それでおそらく、また忙しくなって品川に来る余裕もなくなるだろうと、おやすさんに会うのなら今しかないと、周囲の者たちに無理を言って、こんな機会を作ってもらいました」

「お会いできて本当に嬉しいです。紅屋でお団子を作るたびに、おあつさ……んのことを思い出しておりました」

「そう言えば、菊野《きくの》もお団子屋さんになってしまいましたね」

「へえ。うちの小僧さんが考えた五色団子を名物として売っているそうです」

「あの菊野がお茶屋のおかみさんだなんて、ぜひお団子を食べに行ってみたいものです。長旅のできる機会などは、この先あるかどうかわかりませんが」

「お里帰りはなさらないのですか」

「武家の妻は、一度嫁いだら帰る里はないものなのですよ」

おあつさんは優しく言った。

「私はもう、薩摩とは縁を切った身だと思っています。今度のことでは正之進の助けを借りてしまいましたが、薩摩藩士に頼んだのではなく、おやすさんの知り合いの者として頼みました。正之進はいい侍になりましたね。将来は、きっと藩を背負って立つような存在になるでしょうね。そうそう、これも正之進から聞いたのですが、脇本《わき》陣百足屋《むかでや》のお嬢様、日本橋《にほんばし》の大きな薬種問屋に嫁がれたあなたのお友達が、ご一家で長崎《ながさき》に行かれたとか」

「へえ。十草屋《とくさや》清兵衛《せいべえ》さまは、身代《しんだい》をそっくりご親戚《しんせき》に譲られて、長崎十草屋を興す為に長崎へ行かれました。蘭方《らんぽう》医学で使う薬を扱う商いをなさりたいからと聞いています」

「それは思い切った決断をされたのですね。でも目のつけ処《どころ》は正しいと思います。これからはそういう時代です」

おあつさんは、小さなお饅頭を口に入れた。

「あなたもお食べなさいな」

「へえ、いただきます」

やすも菓子に手をのばした。

とても上品な甘さの饅頭だった。使われている砂糖がすごい。雑味が一切なく、舌の上でひんやりとした甘みだけが広がる。和三盆《わさんぼん》だろう。皮はとても薄いのに、山芋の風味がちゃんと出ている。だが山芋の持つ土の風味、少し粗野なえぐみなどはまったく感じられない。あんは濾《こ》されてさらさらとしたものだったが、小豆がとびきり上物であることは、豆の確かな風味でわかる。

「美味《おい》しいです。こんなに美味しいお饅頭、初めて食べました。江戸で売られているのでしょうか」

「普通に売ってはいないでしょうね。大奥に献上される菓子は、特別に作られていることが多いですから」

言ってしまってから、おあつさんはハッとして横を向いた。

やすは聞こえなかったふりをするしかなかった。

忘れよう。やすの胸がどくんどくんと鳴っていた。

何も聞いていない。

聞いていない。

「本当は紅屋さんに泊まって、おやすさんの作る料理が食べたかった……品川でも評判だと聞く、紅屋のよもぎ餅《もち》を食べてみたかった」

「いつか」

やすは小さく深呼吸してから言った。

「いつか食べにいらしてください。よもぎ餅はよもぎの若い葉が採れる季節にしか作りません。その季節になると、お勝手のものたちみんなで、よもぎの葉を摘みに行くんです」

「摘みたてのよもぎの葉は、きっととてもいい香りなのでしょうね」

「へえ、胸がすっとするような香りです。よもぎは体にも良いと聞きます」

「それなら……私の気鬱《きうつ》にもいいでしょうね」

「おあつさま、いえ、おあつさん、気鬱を患っておいでなのですか」

おあつさんは、微笑みながらうなずいた。

「……旦那様が亡くなられてからは、一日一日やり過ごすのがやっと……あとを追ってしまいたいと思ったこともありましたよ。せめてお世継ぎ……お子でも授かっていたのなら、おのれが生き長らえていることを受け入れることもできるのでしょうけれど……私はもう、不要なものではないかと、それればかり考えてしまうのです」

「そんな、不要だなんてそんなこと、決してございません！」

「ありがとう。誰かにそう言ってもらえると、少し気持ちが楽になります。けれど、あの家で……私はこれから先、何をすればいいのでしょう……」

「故郷にお戻りになることはできないのでございますか」

「それは」

おあつさんは寂しげに微笑んだ。

「できません。先ほども言いましたが、武家の嫁は嫁いだ以上、帰る里はないのです。そう覚悟して薩摩を出ました。そのことはもういいのです。薩摩に帰りたいとも思っていません。ただ、おのれが何をすべきなのか、嫁いだあの家のために何ができるのか……それを考えていると、眠れずに夜が明けてしまいます」

「跡継ぎさまのところにお嫁にいらっしゃるお方のお手伝いをして差し上げてはいかがでしょう。……あ、よ、余計なことを申し上げました。おゆるしください」

やすは思わず口に出した自分の言葉に動揺した。

自分のとんでもない想像の通りだとすれば、お嫁にいらっしゃるそのお方は……

「私の助けが本当に必要なのでしょうか」

おあつさんは、どこか遠いところを見るような顔で、つぶやいた。

「その方がこれまで暮らしておられたところと、これからお暮らしになるところとでは、あまりにも何もかも違い過ぎます。おそらくそのお方は、ご自分の暮らしを支えてくれる者たちを大勢連れていらっしゃるでしょう。当然、やり方の違い、考え方の違いで軋轢《あつれき》が生まれましょう。私に何ができるのやら……どのようにしたらいいのやら、考えてもわからないのです」

「それでも」

やすは言った。

「それでも、おあつさんのことを必要とされるはずです……その、お嫁にいらっしゃる方も……きっと。おあつさんがそう覚悟されて嫁がれたように、そのお方も覚悟はなさっていらっしゃると思います。もう二度と、故郷には帰らない。嫁ぎ先の家に骨を埋《うず》めると。その方にとっては、同じような境遇で嫁いでいらしたおあつさんしか、頼りになる方はいらっしゃらない。きっと、おあつさんを頼りになさってくださると思います」

「本当にそうかしら。そうなら……いいのだけれど」

おあつさんは微笑んだ。

「あなたに会えて、本当に良かった。今の私にとって、おやすさんは心の灯火《ともしび》のようなものなのよ」

「そんな……もったいない……」

「あなたのことを考えるたびに、勇気がわくの。いつも一所懸命で、前向きで、しっかりと地に足をつけて生きている、紅屋のおやすさん。同じ空の下に、あなたのような女の子がいて、毎日懸命に生きていると思うと……私の悩みなんて、本当に贅沢《ぜいたく》なものなのだと思える。私に何ができるかわからないけれど、おのれに生きる価値があると信じてみてもいいのかしら、あなたに会えてそう思えました。そしていつか……遠い遠いいつの日にか、紅屋に泊まってよもぎ餅をいただく、それを楽しみにもう少し、頑張ってみようかしら、今はそう思ってもいます」

「へえ、わたしも楽しみにしております。いつか必ず、よもぎ餅を食べにいらしてくださいませ」

「その時は、私もお団子を作って持って行きますね」

おあつさんは朗らかに笑った。

「私、今でも作り方を忘れていませんよ。時々だけれど、こっそりと作ってみることもあるんです」

いたずらでもしたような顔で、ふふ、と掌《てのひら》を口元にあてたおあつさんは、まるで少女のようだ、とやすは思った。

美しい海や山に囲まれた薩摩の地で、のびのびと暮らしておられた可憐《かれん》な少女。おあつさんの笑顔は、きらきらと輝く海の波のようだ。

嫁いだ方に早く亡くなられ、たった一人で取り残されて、どうやって生きていけばいいのかわからずに途方に暮れて。

それでもおあつさんは、故郷に帰ることはできない。

帰ることは、できないのだ。

おあつさんの肩には、いったいどれほどの重荷がのしかかっているのだろう。

三　風鈴の音

おあつさんとの再会はとても嬉《うれ》しいことだったが、その日からやすの胸には、説明のつかないもやもやとした不安が住み着いてしまっていた。

おあつさんが本当は「誰《だれ》」なのか、それはもう、考えないようにしていた。おあつさんも打ち明けてはくださらなかったし、おあつさま、とやすが呼ぶのを嫌って、おあつさん、でいいとおっしゃった。それはつまり、ご自分が「誰」であれ、やすには、団子作りが好きな、薩摩《さつま》から江戸に嫁に来た女として覚えておいてほしい、ということなのだ。それがおあつさんの願いなのだ。そうであれば、それ以上あれこれ考える必要はなかった。

おあつさんはご夫君に先立たれ、髪をおろされた。これからは亡くなられたご夫君の菩提《ぼだい》を弔い、静かに生きていかれるのだろう。そして時々は、白い粉を自らこねて団子を作られるのだろう。その団子を口にする時に、ちらっとでも、思い出していただければ、それで充分だ。

そう割り切っているのに、この不安は何なのかしら。胸の奥に居座って消えようとしない、小さな黒雲のような不安の塊は。

❖

「まだ結着ついてないんだってさ！」

おしげさんが瓦版《かわらばん》を手に勝手口から入って来た。

「何の話だい」

政《まさ》さんが瓦版を受け取り、さっと目を走らせた。

「何があったんです？」

おうめさんも前掛けで手を拭《ふ》きながらおしげさんのそばに来た。

「あの水戸浪士《みとろうし》の件だよ。水戸の脱藩浪士が、えげれすの偉い人を襲ったあれさ。まだもめてるって書いてある」

政さんがうなずいた。

「幸い公使様は無事だったようだが、えげれす人に怪我人《けがにん》が出ているからな。謝っただけじゃ済まねえよな」

「今度こそ戦《いくさ》になりますか？」

おうめさんの声は震えていた。

「前に薩摩の浪士がやった時は、謝ってゆるしてもらったって……」

「莫大《ばくだい》な金を支払ってな。今度も幕府が金を払うしかないだろうが、その額がとんでもねえのかもな」

「水戸様がやったことなら、水戸様に後始末させればいいのに」

「脱藩浪士だからなぁ。水戸様のなさったこと、というわけじゃないよ。かと言ってほっといてえげれすさんを怒らせたら、それこそ戦になるかもしれない。結局、幕府が金を払うしかないだろうさ」

「なんだって薩摩にしろ水戸にしろ、脱藩して浪人になった連中は、外国の人たちを嫌うんでしょうね」

「日の本が外国に奪われるのを危惧《きぐ》しているんだろうな。それでなくても横浜開港以来、外国の商人は江戸で荒稼ぎしてるからな」

「だけど、戦なんてまっぴらだよ」

おしげさんは頭を横に振った。

「戦になって損をするのは、あたしらなんだから。家を焼かれたり命を取られたり、行きたくもないのに戦場に駆り出されたり、さ。権現様はこの国に二度と大きな戦が起こらないようにって、日の本の舵取《かじと》りを幕府がすると決められたんだろう？　水戸様だって薩摩様だって、戦になったら困るだろうに。そもそもさ、脱藩、ってのは重罪なんだろう？　自分とこの藩士が藩を捨てて逃げちまったんなら、ちゃんと追いかけて捕まえて、罰してくれないから面倒を起こすんじゃないのかい」

「いちいち追いかけて捕まえてはいられないほど、数が増えてるんだよ」

政さんはため息まじりに言った。

「水戸、薩摩だけじゃない。土佐《とさ》からも随分脱藩者が出ているって話だ」

「土佐って、どこにあるんです？」

おうめさんが訊《き》いた。

「大坂《おおさか》から舟《ふね》で行くんですよね、おいら知ってます」

いつの間にかとめ吉《きち》が来て口を挟んだ。

「おや、とめちゃん、そんなことよく知ってたわね」

「へへ」

とめ吉は何やら得意げだった。

「おいらだって、世の中のこともちっとは知らなくちゃ、って思ってるんですよ」

「まあそりゃ、あんたももういっぱしの男衆だからねえ。いつまでも小僧扱いしてるあたしらが悪いんだけど」

おうめさんの言葉に、やすも思わずうなずいた。

とめ吉も年が明けたら小僧ではなく、台所見習いの身になる。けれどまだ笑顔は以前のまま幼く、言葉づかいも子供のままで、やすはどうしてもとめ吉に、初めてここに来た時の幼い面影を重ねてしまう。

「それにしても不思議ですよね」

おうめさんが言った。

「脱藩したら藩から支給されていた給料みたいなものをもらえなくなるんでしょう？　脱藩浪士ってのはどうやって暮らしているんでしょうね。ただのご浪人さまなら長屋に住んで傘張りだの用心棒だので暮らしていけるだろうけど、脱藩浪士ってのはお尋ね者でしょ？　ひとところに住んで普通に生活なんかしてたら、長屋の差配さんからお上に連絡がいって、すぐに捕まっちまうじゃないですか」

「仲間がいるんだよ」

　おしげさんが、腕組みして言った。

「先に脱藩した連中が、江戸や京で仲間同士組んでてね、あとから脱藩して来る連中がそいつらに合流するのさ」

「そうだとしたって、暮らしをたてるにはおぜぜが必要ですよ」

「だからさ」

　おしげさんは、顔を顰《しか》めて言った。

「そいつらに金を渡している黒幕が必ずいるんだよ」

「何のために、です？」

「決まってるじゃないか。えげれすの偉い人を襲わせるためだよ。えげれすだけじゃない、めりけんでもふらんすでも、お上と取引をしている異国の偉い人を襲わせて、お上を混乱させようとしてるんだよ」

「え、そんならおしげさんは、脱藩浪士がえげれす人を襲ってるのは、尊王攘夷《そんのうじょうい》と関係ないと？」

「関係ないわけないだろ、関係大ありさ。お上は今や、異国となんとか仲良くやっていくことに必死で、その為《ため》だったら異国人が多少の狼藉《ろうぜき》を働いても仕方ない、異国の商人《あきんど》があくどく儲《もう》けても仕方ない、ってふうになっちゃってるじゃないか。攘夷を唱えてる側からしてみたら、お上のやってることがもっとも攘夷と縁遠いことだからね、お上にやり方を変えてもらう為だったら、荒っぽいことだってやるってことさ」

やすは少し驚いて、おしげさんの顔を見た。ついこの間までは、おしげさんがこんなにはっきりと世の中のことについて意見を口にするなんてことはなかった。噂《うわさ》程度の話はしても、結局、自分には何が正しいのか判断できない、と言っていた。

政さんと目が合うと、政さんも驚いている様子だった。

「おいおい、おしげさん」

政さんは、ちょっとわざとらしく思えるような笑顔で言った。

「勝手口の戸が開いたまんまだぜ。そんな物騒な話を外にいる誰かに聞かれたらどうするんだい」

「あら、物騒だったかね」

「うちの裏庭には、十手持ちだってふらっと立ち寄るんだ。お上の悪口はもうちっと小さな声で頼むよ」

「お上の悪口なんざ言ってるつもりはありませんよ」

おしげさんは言って、髪をちょっと整える仕草をした。

「あたしゃ心配してるだけさ。戦に巻き込まれて迷惑を被るのは、お武家様じゃなくってあたしら町人なんだから。お上にはせいぜい頑張っていただいて、異国と戦にならないよう収めていただきたいもんだよ。あらま、無駄口叩《たた》いてる暇なんかないんだった。仕事に戻らないとね」

おしげさんは勝手口から表へと戻って行った。


「この頃《ごろ》、長屋でおしげと話をしているかい」

政さんがそばに来て小声で訊いた。

「へ、へえ……そう言えば、このところは帰ってからはあまり顔を見ていません。以前はわたしが帰った気配がすると、お酒を入れた瓢箪《ひょうたん》を持って寝酒を飲みに来てくれてたんですが」

「ふうん」

「何か気になりますか」

「そうさな……まあおしげは賢い人だから、滅多なことはないだろうが……誰か、世の中のことに詳しい者と親しくするようになったのかもしれねえな。さっきのおしげの言い分は、実のところ、間違っちゃいねえと俺《おれ》も思う」

「政さん……」

「ただ、気軽に口にできるようなことでもねえ。それこそ聞く者の耳によっては、異国人を攘夷派が襲うことに理があると言っているようにも聞こえかねねえからな。戊午《つちのえうま》の大獄が終わったからって、幕府が攘夷に転んだわけじゃねえだろう？　もう開国はしちまったんだ、外国は夷狄《いてき》じゃなくって、商売の相手だ。おまえさんもその目で横浜村を見て来たからわかると思うが、もう後戻りはできねえんだ。異国の商人があくどいなら、それをなんとかする方策を考えるしかないんだし、異国人が日の本の人々に狼藉をはたらいているんなら、ちゃんとお縄にして罰するしかない。公使館を襲うなんてのは、やっぱり悪手でしかねえよ。俺はそういうやり方を支持はできねえな」

「……へえ」

「幕府だって尊王の気持ちはあるに決まってる。帝《みかど》をないがしろにしようなんてことは、思ってやしねえさ。巷《ちまた》で言われてる公武合体、それしか道は残ってねえと俺は思う」

「……和宮《かずのみや》さまのご降嫁で、実現するのですよね？」

政さんはうなずいた。

「そうあって欲しいな。今度こそ、水戸も薩摩も幕府と仲直りして、戦が起きねえように頑張ってもらわねえとな」

毎日が少しずつ変わっている。そんなことは当たり前だ。一日一日、まったく同じ日などはあり得ないし、自分も含めて誰でも一日経《た》てば一日歳《とし》をとる。昨日の自分と今日の自分とではその差はわずかなものかもしれないが、一年、二年と経てば、積み重なった毎日の変化がいかに大きなものであったか、身にしみてわかる。

だからその日一日、一日が大切なのだ。

やすはそうしたことを、番頭さんや政さんから教わって育った。

一番大切なのは、その日、一日。朝、目が覚めたら、その一日をとにかく大事に生きること。それがやすの、暮らしの掟《おきて》、だった。

だがこのところ、変化、がもっとせっかちに迫っている、そんな気がする。落ち着かなく、せわしなく、不安だ。

そんな不安を抱えているのは自分だけではない。おしげさんも不安を和らげようと、今までは距離をおいていた世の中のことに自分から耳を傾け、目を開くようになったのだろう。そしてとめちゃんでさえが、大人たちの話に耳を傾けながら、何かを模索しているように見える。

それに比べておうめさんが割合に落ち着いて見えるのは、里にいる娘さんのことがあるからかもしれない。おうめさんにとっては、娘さんのこと以上に大切なことなどないのだ。

自分は、どうなのだろう。

やすは、鍋《なべ》に張った水にぼんやりと映る自分の顔を覗《のぞ》き込んだ。

異国との戦が始まれば、品川《しながわ》もきっと戦場になる。

番頭さんは、旅籠《はたご》の使命は戦の最中《さなか》でも商いを続けることだと言っている。おうめさんととめ吉を逃し、女中たちも逃した後、番頭さんと政さんは紅屋《くれないや》に残るだろう。おしげさんもきっと残る。そして自分も、もちろん残る。そのことは怖くない。

けれど、そんな戦の最中にそれまでのように料理を作ることが、本当に正しいことなのだろうか。

異国から日の本を守る為にできることは、他《ほか》に何かあるはずだ。自分はそれをしなくていいのだろうか。

戦のない世に生まれ、そのまま戦のない世に生きて、穏やかに死んでいくのだと思っていた。権現さまが作られたこの、戦のない世は、いつまでも続くのだと信じていた。信じていたのに。

鍋の水が揺れて、やすの顔は醜く壊れた。

❖

風鈴の音がして、やすは勝手口から裏庭に出た。そう言えば数日前に、今年最初の風鈴売りが通りかかったからと、おはなさんが赤いびいどろの風鈴を持って来てくれた。去年まで勝手口にさげていた風鈴は、少し前に下に落ちて割れてしまった。いつもの年よりも早く吊《つ》るしたのが良くなかったのかもしれない。

やすは夏が好きだった。夏の暑さは辛《つら》いけれど、水仕事が楽しくなる季節はありがたい。夏の野菜はあまり手をかけなくても美味《おい》しいし、冷たい料理は作るのが難しい分、作りがいもある。ただ、魚の味はどうしても冬より落ちるし、お客の食も細る。そこをどうやって乗り切るか、出したものをお客が残さず食べてくれるように工夫するか考えるのが、料理人の醍醐味《だいごみ》だと思う。

小さな風鈴に描《か》かれた金魚を見てやすは言った。

「可愛《かわい》い金魚」

「金魚を飼ってみたいなと思っているんだけど、長生きさせるのはなかなか難しいんですってね」

おはなさんはうなずいて言った。

「猫にも狙《ねら》われるし、ねえ。でも猫ってのはさ、お腹《なか》がいっぱいなら金魚に悪さはしないって話も聞いたわね。金魚でもめじろでも、飼い猫にちゃんと餌《えさ》をやってれば同じ家に飼ってても大丈夫なんだって。仔猫《こねこ》の頃にはいたずらもするけど、叱《しか》って躾《しつ》ければ、もう手は出さないんだって。猫って思ってたよりも賢いんだなあ、って思ったわ。おやすちゃん、金魚なんかより猫を飼ったらいいわよ。おしげさんとおやすちゃんの長屋、猫は飼えるんでしょ」

確かに、長屋には猫がいる。三軒隣りの三味線《しゃみせん》のお師匠さんが、黒白のぶちの猫を飼っていた。

「でも昼間は面倒見られないから」

「あらやだ。猫ってのは自分の面倒は自分で見る生き物だわよ」

おはなさんは笑った。

「朝夕にご飯の残りにかつぶしをちょっとかけてやっとけば、あとは適当に鼠《ねずみ》をとって食べるだろうし、昼間は屋根にでも上がって日がな一日ひなたぼっこ。夜になったら布団に潜りこんで寝てくれるから、冬にはあんかの代わりにもなっていいわよ。あたしの里でも猫を飼っててね、子供の頃は冬になると姉や弟と猫の取り合いだった」

風がそよと吹いて、赤い風鈴がちりんと鳴った。

やすはおはなさんの言葉を思い出しながら、猫のことを考えていた。

猫。

おあつさん。

あの方は、猫が大好きだった。怪我をした猫を放《ほう》っておけずに、お屋敷に連れて帰ったこともあった。あの猫は菊野《きくの》さんが貰《もら》い受けて、菊野さんの下総《しもうさ》のご実家に預けられたはずだ。今はどうしているのだろう。今も下総にいるのだろうか。それとも菊野さんの団子屋で、お客の脚にすりすりと甘えているのだろうか。

「風鈴ですか」

涼やかな声がして、やすは顔をそちらに向けた。

「もうそんな季節なんですね」

「おゆきちゃん！」

煮売屋のおそめさんの娘、おゆきが立っていた。

「……まあ……見違えてしまったわ。随分と……綺麗《きれい》になって」

おゆきと最後に逢《あ》ったのは、二年半ほど前だっただろうか。その時も、初めて逢った頃の幼いおゆきとは見違えるほどに成長し、まだ九つかそこらなのにすっかり大人びて、姿勢も良く、さすがは元武家の娘だと感心した覚えがある。だが今はまたその時よりもさらに、おゆきは変わっていた。まるでどこぞのご新造《しんぞ》さんのように落ち着いて、風情はもうすっかり、大人の女のよう。質の良さそうな着物を凛《りん》と着こなし、すっと背筋が伸びて立ち姿も美しい。どこからどう見ても、煮売屋の娘には見えない。武家か、どこぞの大店《おおだな》のお嬢さまのようだった。

「どうぞ、中に入って。お茶をいれましょう」

「いいえ、お仕事のお邪魔になっては」

「今は少し、手が空いているの。おうめさんは見習いの子を連れて買い出し、とめちゃんは政さんに魚のことを教わりに、二人で浜の漁師さんのところに行っていて、誰もいないのよ。そろそろお八《や》つのしたくに、酒饅頭《まんじゆう》でも作ろうかと思っていたところ」

「それならば、お手伝いさせてください」

「いいのよ、気をつかわないで」

「いいえ、おやすさんと一緒に料理をしたいと、ずっとずっと前から思っていました。ぜひ、お願いいたします。酒饅頭でしたら、母も得意にしているので何度も作っています」

おゆきは嬉しそうに台所に入ると、おうめさんが使っている襷《たすき》で手早く袖《そで》をくり、とめちゃんの前掛けをしめた。

「でも本当に驚いた。前に会った時よりもずっと大人になっていて。おゆきちゃん、どこかに奉公に出ているの？」

「奉公というのではないんです。行儀見習いとでも言えばいいのか……」

「行儀見習い？」

おゆきの顔が少し曇った。

「……わたしは……いつまでも母と一緒に商いがしたいと思っていたんです。今でもその気持ちは変わりません。商いは大変だけれど、とても楽しい。手習所でも商いの本ばかり読んでいました」

「煮売屋は繁盛しているそうね」

「はい、母は料理を作ることに専念して、振り売りに二人、人を雇っています。本当は店の中で飲み食いさせる居酒屋にした方が儲かるんですけど、母は酔客が苦手だと言って。ただ、この頃は、仕出しの注文も受けるようになりました。と言っても簡単なお弁当や、長屋の祝言の席に出すような一膳だけの祝膳《いわいぜん》ですけれど。この春にはお花見に持って行くお重を売り出したら好評でした」

おそめさんは、もう立派に商人になったのだ。ただ日々の暮らしを立てる為に煮売屋をやっているだけではなく、商売を広げてより多くの儲けが出るように工夫している。けれど、酔客が苦手という自分なりにひいた一線は越えず、手に余ることはしない。

深川《ふかがわ》のおいとさんも、そんなおそめさんの成長ぶりを喜んでいることだろう。おいとさん自身は、煮売り以外のことをしようとはしない。あの人は商人というよりも、料理人に近いのかもしれない。煮売りできる惣菜《そうざい》をどれだけ美味しく、安く作るかがすべてだ。けれどおいとさんなら、おそめさんが商人として大きくなっていくことも応援しているに違いない。

「わたしは母と一緒に、母の商売を手伝うことが何よりも楽しかったのです。料理も好きですし、振り売りの時にお客さんと話をするのも好きでした。新しい惣菜を考えるのも楽しかったし、母がお弁当もやってみようかと言い出した時には、賛成して背中を押してあげたんです。商いの勉強ももっともっと頑張って、いずれはもっと大きい台所のある店を持てたらいいなと思っていました。けれど」

おゆきは、饅頭の生地をこねる手を止め、ため息をついた。

「おやすさんも知っての通り、母とわたしは武家を追い出されて町人となりました。当時わたしはその理由を知りませんでしたが、父と母が仲違《なかたが》いした結果だろうと想像してはいました。母はわたしには何も教えてくれなかったんです。ですが、わたしが十二になったこの年明けに、すべて話してくれました。母が父から三行半《みくだりはん》をいただいたのは、母の不貞が理由でした」

やすは驚いたが、それを押し隠して饅頭の生地をこね続けた。おゆきの止まっていた手も再び動き出した。

「ですが、母は決して不貞などはたらくような人ではありません。そのことをわたしは少しも疑っておりません。つまり、母は身に覚えのない濡《ぬ》れ衣《ぎぬ》を着せられて離縁されてしまったんです。母はわたしを産んだあと体を壊し、何年か寝たり起きたりの状態だったそうです。その間に、わたしの父は女中奉公に来ていた娘に子を産ませてしまいました。その子が男の子だったので、父はその子、弟を跡取りにと考えたのだと思います。母は子を産めない体になったのではなく、歳もまだ若かったので、男の子をもうけることはできたはずですが、それでも母は、わたしの弟が跡取りになることには反対しなかったそうです。ですが、父は母からその女中だった娘に心をうつしてしまっていて、その娘を妻にしたかったのだと思います」

饅頭の生地ができあがると、甘く煮た小豆《あずき》を漉《こ》す作業に移る。おゆきの手つきは手慣れていて、さほど力をこめているようには見えないのに、すっ、すっ、と小豆が漉されていく。

「女中に手をつけた上に、その人を妻に、となれば、親戚《しんせき》から猛反対にあいますし、父の上役からも叱責《しっせき》されるでしょう。それで父は、母に落ち度があって仕方なく離縁した、乳飲み子が可哀想《かわいそう》なのでその子の母を妻にする、という筋書きを思いついたのだと思います。お金をつかませた出入りの商人に母に言い寄らせ、偶然その場に自分が居合わせたという芝居をうって、母を罠《わな》に嵌《は》めました。ですが今でも母は、それを罠だったとは言いません。自分に隙《すき》があったから男に言い寄られてしまった、自分の落ち度だったと言っています。母がなぜ、そんなひどい目に遭《あ》ってまでも父のことを悪く言わないのか、わたしにはわかりません。ただ、母はわたしを置いて家を出ることだけは頑として拒んだそうです。父にしてみれば、女の子などはいてもいなくても大差なし、継子《ままこ》が残ればややこしくなるだけだと思ったのでしょうね、たいして揉《も》めることもなく、わたしを連れて出ることは承知したようです。それにさすがに少しは気が咎《とが》めたのか、母にわずかながら小判も渡して、これで暮らしを立てろと言ったそうです。それが煮売屋を開く元手になりました。母がそのことを感謝していることが、わたしには腹立たしいのですが」

おゆきの言葉には、怒りがにじんでいた。

怒りながら作る菓子は美味《うま》くならない。そう政さんがよく言っている。砂糖を多くすれば甘味は増えるが、その甘さはくどくて舌に障る甘さだ。砂糖は、もう少し甘くてもいいかな、というところに止《とど》めるのがいい。代わりに、その甘さを包み込むものに工夫をして甘さをひきたたせる。饅頭であれば、肝心なのは皮のほうなのだ。

饅頭は生地で餡《あん》を包む作業がいちばん難しい。ふかす時に下になる部分の皮は、できるだけ薄く。下になる部分はふかしても膨らまないので、厚くすると重たくてねちっとした嫌な食感が残ってしまう。逆に、真上に来る部分はふっくらと丸く豊かに膨らむように、少し厚めに、だが指先の力は抜いて優しく包む。力を入れると生地が硬くなり、うまく膨らまない。

怒っていると、指先の感覚は鈍くなる。

やすはおゆきが餡《あん》を濾し終えたところで言った。

「包む前に、少し休みましょうか。お茶でもいれましょう」

香ばしく炒《い》ったほうじ茶は、ささくれた気持ちを穏やかにしてくれるはず。

「いい香りですね」

おゆきは、茶をすすって笑顔になった。

「ごめんなさい、わたし、おやすさんを嫌な気持ちにさせてしまいましたね」

「そんなことは気にしないで。外に吐き出すことでお腹がすっとすることってあるものね。ただ、言葉にして口から出すと、それを自分の耳が聞いて腹が立ってしまう、ということもあると思うわ。そういう時には、いい香りのするものが効くのよ」

「わたし、父のことはもうどうでもいいんです。もともと女児には興味のない父でしたから、幼い頃に遊んでもらった記憶もありません。武家に生まれた女の子なんて、皆そんなものだと思います。商家なら、優秀な婿を探したほうがぼんくらな跡取り息子よりも役に立つと、娘を大切にすることもあるでしょうけれど、武家の家はできれば婿はとりたくないと考えるようなのです。女系になってしまうのを嫌うということなんでしょうね。男の子が生まれなければ嫁を取り替えることはできるけれど、娘を取り替えることはできませんから」

まだ怒りが鎮まっていないのか、おゆきの言葉は辛辣《しんらつ》だった。

「ですが、母がどうしていまだに父を庇《かば》うのか、それがわからなくてつい、苛立《いらだ》ってしまうんです。でも、母が何もかも包み隠さずに話してくれたのは、わたしを信じていてくれるからだ、というのはわかっています。そして、母が命がけでわたしを連れて出てくれたことには、本当に感謝しています。不貞が理由の離縁ですから、わたしを置いていけと言われたら母に逆らうすべはなかったと思います。父が母を斬《き》って捨てても、お咎めはなかったかもしれません。それでも母は、わたしを連れて出てくれました。そのおかげで窮屈な武家を出て、商いを知って、本当に楽しい時を過ごすことができました。このままずっと町人として暮らし、商いをしながら、良いご縁があればどなたかに嫁いでもいい、商いが面白ければ生涯嫁がずに商人として生きてもいい。わたしはそう思っていたんです」

「それができなくなってしまったの？」

おゆきはうなずいた。その拍子に、涙の粒がぽろっと頰《ほお》に落ちた。

「……母の実家は、禄《ろく》は少ないながら武家でした。表向きとは言え不貞が理由の離縁では、母が実家に戻ることを許すことはできなかったのだと思います。母は実家から縁を切られてしまいました。けれどそんなことは、わたしにとってはどうでもいいことです。生まれてから一度も顔を見たことのないおじじ様、おばば様に会いたいとも思いませんでした。町人として暮らすことに不満もありません。それなのに……九つになった時でしたが、母の実家からわたしを行儀見習いに出しなさい、と言って来たのです」

「それはどうして？」

「……わたしをいずれは武家に嫁がせるためだったと思います。母には兄がいるのですが、その伯父上様がわたしを養女にして、どこぞに嫁がせようとお考えになったらしいのです。母は悩んだようなのですが、結局、その方がわたしが幸せになると考えたのだと思います」

やすには、おそめさんの気持ちがわからなかった。

不実な夫のせいで嫁ぎ先を追い出されたのも、武家だったからとは考えないのだろうか。

大切な一人娘を今さら武家に嫁がせて、それで幸せになれると本当に思っているのだろうか。

やすにはわからない。勘平《かんぺい》が武士になったと聞いた時には喜んだけれど、それは、武士であれば思う存分、好きな勉学に励めるだろうと思ったからだった。もし勘平が、料理が好きで料理人になりたいと思っていたならば、武士になったことを良かったとは思わなかっただろう。

おゆきは、商いがしたいのだ。おそめさんと共に煮売屋をやって暮らしていきたいのだ。その気持ちを知っていながら、それでも、武家に嫁いだ方がいいと、なぜ思えるのだろう。

「それが母の望みならば、その望みを叶《かな》えるのは娘のつとめだと思います。なので、諦《あきら》めはつきました。けれど行儀見習いを終えて十五になったら嫁がされてしまうのは、どうしても嫌でした。二十歳《はたち》では遅いとしても、せめて十七。十七になるまでは嫁ぎたくないのです。いったん武家の嫁になってしまったら、好きなことは何もできなくなってしまいます。一人で気軽に外を出歩くこともできないでしょうし、旦那《だんな》様のお考えによっては、読みたい本を読むこともできなくなるかもしれません。跡継ぎの男子をできるだけ早く産むよう、急《せ》かされることでしょう。嫁ぐのが一年でも遅ければ、それだけたくさん好きな本を読んで、学びたいことを学べます。わたしは、母にそう申しました。どうかあと五年、わたしにください、と」

おゆきの頰にまた涙が伝った。

「そんなことをしても無駄だというのはわかっています。五年の猶予の間にどれだけ学んだとしても、嫁いでしまえば、夫につかえ、家を守り、跡継ぎを産む、それ以外に何も期待されない、必要ないのだということは知っています。それでもいい、無駄になってもいいから、一つでも多くのことを知り、一冊でも多くの本を読んでおきたい。それがわたしの、たった一つの願いなのです。そして……母はわたしのために、ある策を思いついてくれました」

おゆきが湯呑《ゆの》みを置いたので、やすは饅頭の皮の生地を丸め始めた。何も言わなくても、おゆきは麺《めん》打ちの棒で生地を丸く伸ばしていく。その流れるような動作を見ていると、おゆきの料理の腕はすでに一人前なのだな、とわかる。やすは伸ばされた生地で餡を包んだ。優しく、繊細に。

「あと五年の猶予と言っても、行儀見習いを何年も続けるわけにはいきません。ですが、どこぞの藩の江戸屋敷で女中奉公することができれば、二十歳を過ぎても働いていられます。ただそれでは、いざ嫁ぐとなった時に歳をくっている分、条件が悪くなってしまいます。わたしはそれでも一向に構わないのですが、母は、嫁ぐ覚悟があるのなら、少しでも良い条件で嫁いだ方がいいと考えているようです。それでいっそのこと、大奥奉公に出たらどうだろう、と」

やすは驚いて指先がすべり、饅頭の皮を破いてしまった。

「大奥……奉公、ですか」

「そんなに驚かないでくださいな。大奥も下級女中ならば、武家の娘でなくても身元が確かであればなることができるんですよ。母が親戚筋に頼みこんで、つてを探してくれました。来年、十三になったら、大奥奉公にあがることになると思います」

「で、でも、大奥は一生奉公では……」

「それは上級のお女中、御錠口《おじょうぐち》以上の方々だけですよ。御錠口ともなれば二十石五人扶持、そんな出世などわたしにできるわけもありません。わたしでは御末《おすえ》で入って、先は御火之番《おひのばん》にでもなれれば上出来でしょう。それでも五年つとめることができれば十八です。お城をさがって、それから嫁入り先を探して貰えば、大奥づとめの箔《はく》が付いておりますから、きっと良い条件の嫁入り先が見つかるはずだと、母は考えたようです」

おゆきは、なんでもないことのように言って、餡を包み始めた。

「それに、大奥奉公の給金は巷の奉公よりもだいぶ良いようです。大奥にいる間はお金をつかうこともあまりないでしょうから、しっかりと蓄えて、いずれは母の商いにつかって貰えます」

やすは、おゆきの口振りに妙なものを感じていた。

もしかするとおゆきは、もう大奥から戻って来るつもりはないのではないだろうか。大奥女中の箔をつけて条件のいい嫁入り先を、などという考えは、おゆきらしくない。

大奥とはどんなところなのか、やすには見当もつかないが、少なくとも男児を早く産めと急かされることはないだろうし、お店《たな》の女中奉公より忙しいのだとしても、本を読むことを禁じられたりはしないだろう。町人の娘にも門戸は開かれていると言っても、大奥につとめられるからには、それなりの行儀作法は身につけている者ばかりだろう。おゆきと話が合う人もいるに違いない。

商いを続けることを諦めたとしても、大奥から戻って来なければ武家に嫁がされることもない。

やすはおゆきの横顔を見つめた。

そこには、覚悟があるように、やすは感じた。

お八つ用の饅頭はふかしたてを出したいけれど、せっかくだからおゆきにも食べてもらいたかったので、六つだけ蒸籠《せいろ》に並べた。

饅頭がふかしあがるまでの間、やすはおゆきと裏庭に出て、井戸水で胡瓜《きゆうり》を洗った。

時折風が吹くと、ちりりん、と風鈴が鳴る。

「砂村《すなむら》の胡瓜も出回る季節ですね」

瑞々《みずみず》しい緑を両手に載せて、おゆきが言った。

「胡瓜と茹《ゆ》でた蛸《たこ》、それに若布《わかめ》で酢の物を作る時、若布を戻し過ぎると売り歩いている間に若布がだらしなくのびてしまって美味しくないんです。少し戻し足りない硬い若布を混ぜて作ると、余計な水分を吸ってちょうどよくなりました。そうしたことを一つ一つ、工夫することが本当に楽しかった。毎晩店を閉めてから、母と料理のこと、売り方のことなど話し合いました。いつの頃からか、母はわたしを子供扱いしなくなり、商いをする仲間のように話してくれるようになっていました。……わたしにはいまだにわからないのです。そんな母がなぜ、わたしに、町人から武家に戻れと言うのか。武家の家に生まれて良かったと思ったことなど、ほとんどありませんでした。確かに誂《あつら》える着物は上等でしたが、自分の好きな柄を自分で選ぶことなどできません。お膳に並ぶおかずだって、母と二人で暮らすようになってからの方がずっと豊かです。武家の家では質素倹約が尊ばれ、食事も美味しいかまずいかなど口にするのは品がないとたしなめられます。出されたものをただ黙っていただくだけでした。木綿の着物しか着ることができなくても、たまに流行りの絣《かすり》模様を選んだり、夏の浴衣には面白い柄を選んだりできる方がずっと楽しい。食べるものだって、美味しいものは美味しいと言いたい。そんなことは……母が誰よりもわかっているはずなのに」

　ちりりん、とまた風鈴が鳴った。

「母は……本当はわたしを武家に嫁がせたくなどないのだ、という気がします。けれど何か事情があって、伯父の言葉に逆らえないのだと。大奥奉公は、母が考え出した、わたしを助ける為の策なのだ、そう思えるんです」

　饅頭がふかしあがり、甘い匂《にお》いが外まで漂って来た。

「六つふかしたので、一つずつ味をみましょう。残りの四つは、おそめさんへのお土産《みやげ》にどうぞ」

　台所に戻り、ふかしたての熱い饅頭を小皿に載せる。

「熱い！」

　おゆきは嬉しそうに言った。

「美味しい！」

「大奥でも、お八つにはお菓子がいただけるのかしら」

やすが訊くと、おゆきは笑って言った。

「もちろん、いただけると思います。女ばかりが大勢働いているのですから、甘いお菓子がなければみんな我慢できないですもの。もしお菓子がなかったなら、わたしが作ります」

いつかは戻って来てくださいね。

やすは心の中で、おゆきにそう言った。

戻って来たら、また一緒に美味しいものを作りましょう。大奥の土産話もたくさん聞かせてくださいね。

楽しみにしています。

待っています。

四　おせいちゃん

境橋《さかいばし》のたもとに西瓜《すいか》売りが姿を見せるようになり、品川《しながわ》の夏も今が盛りだった。

夏の水仕事は気持ちがいいので、下働きの子にはできるだけ、水に触らせてあげるように仕事を割り振る。季節が冬になればその水仕事が辛《つら》くて涙を流すようになる。夏の間に、少しでも要領をおぼえさせておきたい。

そうしたことはやすが指図しなくても、おせいの教育係であるおうめさんがうまくやってくれていた。おうめさんにとっては、おせいは実の娘のように可愛《かわい》いようで、何をしていても目の端《はし》でおせいを追っているのがわかる。体は大人びたとは言え、心はまだ子供のとめ吉《きち》は、そんなおうめさんとおせいを見ていくらか嫉妬《しっと》を感じるらしい。

「おうめさんは、おせいちゃんに甘すぎますよ」

唇を尖《とが》らせてとめ吉が言った。

「昨日だって、おせいちゃんが洗った飯茶碗《めしぢゃわん》にまだ飯粒がこびりついてたんで、おいら、もういっぺん洗って来いって言ったんです。なのにおうめさんが、水桶《みずおけ》に浸《つ》けとけばいいから、って。洗うのはあとでいい、って」

やすは笑って言った。

「それはねえ、一度こびりついてしまった飯粒は、しばらく水に浸けておかないと取れないからでしょう」

「そんなことないです。おいらの時は、さっさと洗い直しておいで、って叱《しか》られたんですよ。力を込めて洗えば綺麗《きれい》になるんだから、って」

「とめちゃんは力持ちだけど、おせいちゃんは力がないのよ。だから水に浸けといて、飯粒がほとびて柔らかくなってから洗い直したほうがいいと思っただけよ」

「いつだってそうなんです。おうめさんはおせいちゃんばかり、可愛がるんだ。おいらのことなんか嫌いなんだ」

とめ吉は、自分が今までどれほどおうめさんに可愛がられて来たのか、すっかり忘れてしまったように言う。確かにおうめさんは今はおせいを可愛がっているが、とめ吉のことだって、これまで本当に可愛がってくれていたのに。

やすは、とめ吉の頭に手を伸ばして、幼い子にするように頭を撫《な》でた。

「ほうら、とめちゃんはもう、やすがこんなに手を伸ばさないと頭が撫でられないくらい、大きくなってしまった。なのにとめちゃんは、おせいちゃんがそんなに羨《うらや》ましいの？　おせいちゃんはまだ九つ、とめちゃんがここに来た頃《ころ》の年頃なのよ。思い出してごらんなさい、とめちゃんがここに来た頃のこと。お茶碗を洗って飯粒を洗い残すどころか、とめちゃん、いくつお茶碗を割っちゃった？　とめちゃんがお茶碗やお皿を割った時、おうめさんはとめちゃんに辛く当たった？　そりゃしくじったんだから小言は言われたでしょうけど、おうめさんが心配したのは割れた茶碗じゃなくて、とめちゃんが怪我《けが》をしていないか、そうちのことだったんじゃない？」

とめ吉は、尖らせた唇のままで、何かを思い出すような顔になっていた。

「とめちゃんがどれだけしくじっても、おうめさんはそれをなんとかしてくれていたんじゃない？　おうめさんがとめちゃんのこと嫌いだったら、そんなふうにかばってくれたかしらね。とめちゃんがはしかになった時だって、おうめさんがどれだけ心配したか、とめちゃん、忘れちゃった？」

「忘れてません。おうめさん、治ってからもずっと優しくしてくれました」

「おうめさんはとめちゃんのことが、今でも大好きなのよ。でもね、おせいちゃんは初めて奉公に来て、右も左もわからない。紅屋《くれないや》には今、おせいちゃんと同じくらいの子もいなくて、母上さまとも離れて、すごく心細くて寂しいと思うの。だからおうめさんは、おせいちゃんにとびきり優しくしてあげたいのよ。それをわかってあげられないとめちゃんじゃないでしょう？」

とめ吉の尖らせた唇が、いつの間にかほどけていた。

「ねえ、とめちゃん。おうめさんがどうこうじゃなくて、とめちゃんがおせいちゃんのお兄さんになってあげられないかしら。とめちゃんは末っ子だから、妹がいたことはないでしょう？　おせいちゃんを妹だと思って、とめちゃんが守ってあげられない？」

とめ吉の表情が和らいだ。やすはホッとした。

「おいら、妹より弟が欲しかったんです。一度、かあちゃんにそう言ってねだったことがあったんだけど……赤子はお空の上から仏様がくださるものだから、どうなるかねえ、って言われただけで。結局、いまだに弟も妹も、お空の仏様からいただけてないです。かあちゃんももうじき五十になるんで、今さら赤ん坊は産めないですよね。だったらおいら、妹でもいいな。おせいちゃん、おいらの妹になってくれるかな」

「とめちゃんの優しい気持ちが伝われば、おせいちゃんだって嬉《うれ》しいと思うな。紅屋にお兄さんがいてくれたら、心強いでしょう」

それから数日、やすはとめ吉の様子を気にかけて見ていた。とめ吉はそれまでよりもまめに、おせいに声をかけているようだった。

おせいはとてもおとなしい子供で、あまり喜怒哀楽を外に出さない。おうめさんがそばにいる時は少し笑顔も見せてくれるのだが、おうめさんが忙しくしている時はいつも、下を向いて言いつけられた仕事を黙々と続けている。

「とめも少しは、わかって来たのかな」

政《まさ》さんが言った。

「あいつは言葉も仕草も歳《とし》より幼いし、実家では末っ子でみんなから可愛がられて育ったからか、素直でよく働くいい奴《やつ》なんだが、少々甘ったれなとこがある。おせいが来てから、自分よりおせいの方が可愛がられていると思い込んで、ちょっと拗《す》ねてるようだったが、この頃はおせいに自分から話しかけて、仕事も教えてやってるようだ」

「おうめさんがおせいちゃんに構い過ぎるって、ちょっとむくれていたんです」

「ははは、自分がどれだけおうめやおやすに構ってもらって成長したのか、わかってねえんだなあ。まあ子供ってのはそんなもんかもしれねえが」

「……わたしのせいかもしれません。とめちゃんのことがあんまり可愛くて、わたしが手取り足取りし過ぎたのかも。それと同じことをおうめさんがおせいちゃんにしたのを見たら、甘やかし過ぎに見えるのでしょうね」

「まあ確かに」

政さんは苦笑いした。

「俺《おれ》はおやすと勘平《かんぺい》に、もっときつく当たっていたかもしれねえな。俺自身、板場の小僧や下女なんてのは、こづきまわして使うのが当たり前のとこで育った。俺も小僧から修業に入ったんだが、言いつけられたことがちょっとでもできてなければ、容赦無く蹴飛《けと》ばされて土間に転がされた。飯なんか、最後に食うからおかずなんか残ってやしない。下手《へた》したらお櫃《ひつ》も空っぽで、しゃもじにへばりついた飯粒を必死にかき集めて口に入れたりしたもんだ。まあそん時の悔しさやら悲しさやらを忘れてねえから、小僧を蹴ったり飯を食わさなかったり、そういうのはぜったいにしねえと決めてはいたが、どうしたって言葉はきつくなるし、特に勘平はほら、あの調子だったから」

やすは思わず笑った。

「へえ、勘ちゃんは、暇があれば階段の下に潜りこんで舟《ふね》をこいでました。そうでなければ、仕事をほったらかして番頭さんのところに逃げ込んで、ちゃっかり算盤《そろばん》を教わっていたり」

「あいつは料理人としてはどうにもならなかっただろうな」

政さんも笑った。

「だけどなんでか、あいつのことは憎めなかった。女中連中も番頭さんも、勘平が可愛くて仕方ないみたいで、不思議な小僧だなあ、と思ったもんだ。ああいう性格だからきっと、どんな環境になっても周囲の者たちに好かれて可愛がられて、うまく生きていけるだろうよ」

「きっと、そうですね。会津藩《あいづはん》のお侍さんになっても、うまく生きていってくれると思います。でもとめちゃんは料理人になるんですから、政さんがわたしにしてくれたように、もっときちんと教えてやらないといけないですよね。政さんも知ってることですけど、わたしには腹違いの弟がいるんです」

「ああ、神奈川《かながわ》の」

「へえ。もう二度と会うこともないだろう弟です。でも、会いたいという気持ちが時々、むくむくと胸の中で大きくなります。とめちゃんを見ていると、どうしても弟と重なってしまって……あの子ももう十四、年が明けたら小僧も終えて、男衆の仲間入りです。そうしたら呼び方だって、変えないといけません。そろそろ大人として扱うことに、わたしも慣れないといけないんですよね」

「まあそうだが、料理人奉公には手代ってのはねえからな、小僧じゃなくなってもまだ、あいつは見習いの身だ。呼び名なんかなんでもいいさ。ま、背丈だけは俺とそう変わらねえくらいでかくなりやがったから、ちゃん付けは似合わねえかもしれねえが。それよりおやす、神奈川にいる弟にもう二度と会えねえ、ってのはどういうことなんだい。神奈川なんて行こうと思えば半日で行って帰って来られる。弟の顔が見たければ、いつだって行って構わねえんだぜ」

「いえ……父と縁を切った以上は、弟とも縁を切るしかありません。弟とは腹違い、母の縁はもともと繋《つな》がっていませんから。わたしがのこのこ会いに行っても、父は困るだけでしょう。弟だって、もうわたしのことなど忘れていると思います。別れた時、まだ六つにもなっていませんでしたから」

「おまえさんの気持ちはわからねえでもないんだが」

政さんは、静かに言った。

「そんなにがちがちに考えなくてもいいと、俺は思うけどな。どんな事情があったにしても、娘を売った父親なんざ庇《かば》う気にはなれねえが、おやすがそれを恨《うら》んでいねえなら、今は幸せにやっております、と顔を見せに行ってやるのも、孝行かもしれねえぜ。おやすの父親だって、おやすが料理人になってちゃんと暮らしていると知ったら、胸のつかえも取れるだろうし。仮に何にも憶《おぼ》えていなかったとしても、姉さんが元気でいてくれたとわかれば、弟だって嬉しいだろうさ」

政さんの言いたいことはわかる。やすはただ、曖昧《あいまい》に微笑《ほほえ》んでいた。だがやすの気持ちは揺らがなかった。

自分が今、お女郎ではなく料理人になっていると知ったら、それで父の胸のつかえは取れるのだろうか。

やすにはわからない。わからないけれど、父が別れ際に見せた表情を、やすはよく憶えている。

あの時、父の顔には苦悩はなかった。父は、やすを女衒《ぜげん》に売ることで、むしろ安堵《あんど》しているように見えた。一時的でも金の心配がなくなることへの安堵？　確かにそれはあっただろう。けれどあの時やすが感じたのは、もっと別の何かだった。

思い返すと、父はずっと、やすの「顔色をうかがっていた」気がするのだ。やすが父の顔色を気にしていたのではなく、父の方が、やすのことをいつも、少し遠いところから眺めている、そんな感じだった。

今にして思えば、それは父の後ろめたさの表れだったのだろう。働いた金はすべて博打《ばくち》と酒に費やし、子供が飢《う》えていても自分だけは酒を飲み続けていた。やすはそんな父を責めることはせず、ただ黙って何か食べられるものはないかと探して歩いた。

長屋のおかみさんたちがそんなやすと弟を哀れんで、ご飯の残りやおかず、菓子などをくれることもあった。そうでなければ、魚が水揚げされる船着場で、落ちている魚を拾って歩いた。畑の隅に積まれた傷んだ野菜をもらって来ることもあった。汚れや傷んだところを丁寧に取り除けば、それは「食べ物」になった。そんな魚や野菜を、長屋のおかみさんから分けてもらった醤油《しょうゆ》や塩で煮た。父の分も作った。父は何も言わず、それを食べた。

父との間には、諍《いさか》いはなかった。父は子供に関心がなく、やすも弟も、そんな父に甘えようとは思わなかった。

時折、ひもじさに弟が泣いたりすれば、父はやすを怒鳴りつけ、手近にあった物を投げつけることもあった。だがそれ以上殴ったりはしなかった。

父はまるで、やすを怖れているようだった。

そんなことを誰《だれ》かに言っても、信じてもらえるはずがない。父が自分を怖《おそ》れる理由などどこにもないのだ。だがやすは、その感覚が「当たっていた」と、今も思っている。

やすを売ると決めたことで、父は「ほっとした」のではないだろうか。

父はもう二度と、やすの顔を見たくなかったのだ。なぜだろうか、やすにはその確信がある。

❖

「おいらのせいじゃないですよ」

とめ吉は、困ったような顔で言った。

「おいら、ちゃんとおせいちゃんに優しくしてました。芋の洗い方だって何度も教えたし、井戸まわりをびちゃびちゃにしちゃったのだって、一緒に綺麗にしてやりました」

「だったらどうして、あの子はずっと泣いてるんだい」

おうめさんは怖い顔でとめ吉を見ている。

「さっきから平石に座って動こうとしないじゃないか」

「知らないですよ、そんなの。おいらのせいじゃないんですから！」

おうめさんの口調がきついせいで、とめ吉の目には涙が浮かんでいた。やすはおうめさんの袖《そで》をそっとひいて目配せした。

おうめさんはすぐに察して、表情を和らげた。

「悪かったね、とめちゃん。あんたを責めてるみたいになっちゃって」

おうめさんは言った。

「あんたがおせいちゃんをいじめたなんて思っちゃいないんだよ。あんたがそんなことする子じゃないのはわかってる。ただ、おせいちゃんがあんなに泣くのはここに来て初めてだからさ、心配になっちまったんだよ。あたしがわけを訊《き》いても言わないし。

さっきまであの子と一緒にいたのはあんただから、何があったのか知ってたら教えてもらいたいんだよ」

「おいら、ほんとに知らないです」

とめ吉は困った顔で首を横に振った。

「おせいちゃんが小芋をいきなり水桶に入れちまったんで、それだと水が土ですぐ汚れて水汲《みずく》みが大変だから、日に当ててちょっと乾かしてから、土をよく落として、それから水で洗うんだよ、って教えてたんです。おいら、それを教えるの初めてじゃないんですよ。前も同じこと教えたのに、今日は井戸端でまた水桶に土のついたまんま芋を入れてたんで、ああそれじゃだめだって。それに水桶の水をやたらはねさせて井戸端がびちゃびちゃになっちまってたんで、あとで皿を洗う時に下がびちゃびちゃだと足が冷たいよ、って、水をはねかさないように洗うやり方も教えたんです。水をはねかさないようにってのも何度か言ってるんですよ。だからどうしておせいちゃんは、何度同じことを教わっても忘れちまうのかなあ、と思って、おせいちゃん、覚えておけないなら、教わったことは紙に書いとくといいんだよ、って言っただけなんです。そしたらおせいちゃん、いきなり泣き出して……」

とめ吉は嘘《うそ》をつくような子ではない。それにもともと素直で優しい子だ。おうめさんのことで少しは嫉妬していたとしても、ことさら意地悪をするなんて考えられないし、そんなにきつい言い方をしたとも思えない。

「そう……とめちゃん、もうここはいいから、そろそろ炭をおこしてくれる？　夕餉《ゆうげ》にいさきを焼くからね」

「へい……でも外におせいちゃんがいますよ。おいらの顔見たら、余計泣きそうだ」

「大丈夫。ちょっと外に連れ出して、気分を変えさせるから」

やすは平石に座っているおせいのところに行った。

「おせいちゃん、買い物に行くので一緒にいらっしゃい」

おせいはもう泣いていなかったが、頬《ほお》にはしっかりと涙のあとが付いていた。それでも、買い物、と聞いて、元気よく平石から降りた。

やすは思い出していた。自分も幼い頃、おつかいをするのが大好きだった。大通りへ出て、人がたくさん行き来する中を店まで歩くことが、楽しくて楽しくてしかたなかった。いつの日か自分の銭を手にする時が来たら、何を買おう？　店先に並ぶ品物を眺めているだけで、幸せな気持ちになれた。政さんは、そんなやすの心の中を覗《のぞ》いて知っているかのように、やすがなんとなく気が塞《ふさ》いだり元気をなくしている時に、やすにおつかいを言いつけた。時にはおまきさんやおさきさんが誘ってくれることもあった。

初めていただいた給金で買ったのは、綺麗な色の端切れだった。それを縫い合わせて巾着袋《きんちやく》を作った。今でも毎日愛用している巾着袋。もう随分古びてしまったけれど、やすのお気に入りだ。

紅屋は奉公人に甘い、と、品川の人々が言っているのは知っている。隠居した大旦那《おおだん》さま《な》は、世間に何を言われても、紅屋は旅籠《はたご》で商家じゃないんだから、そんなに厳格にすることはない、と笑っていた。丁稚《でっち》だ手代だと区別はせず、見習いを終えると給金を払い、通いも認めてくれた。小僧や下女であっても他の奉公人と一緒に食事やお八《や》つを食べさせてくれた。たまに箒《ほうき》でお尻《しり》を叩《たた》かれるくらいのことはあっても、よその商家のように蹴られたり殴られたりはしない。

おせいの年頃で奉公に出れば、辛かったり寂しかったりと泣くこともあるだろうけれど、他のところで奉公するよりは紅屋で働く方がはるかに楽なはずだ。ましてや、とめ吉の言った通りだったとしたら、なんでそれほど泣いたのか不思議だった。

やすは、横を歩いているおせいにそっと手を差し出してみた。おせいは躊躇《ためら》うことなく、やすの手を握った。おうめさんがいつもそうして歩いているのだろう。

とめ吉が歳の割に幼く見えるのは、男の子だからそう不思議なことでもない。だが女の子は、大人になるのが概して男の子よりも早いものだ。おせいは九つ、奉公に出る歳としては早すぎるというほどではないし、下に弟や妹がいる九つの女の子ならば、母親と手をつないで歩いたりはしないだろう。むしろ、自分が母親代わりになって弟妹たちの手を握って歩くだろう。

おせいちゃんは末っ子だったのかしら。

実家では母親に甘えていたのかもしれない。

だったらなおさら、甘やかすのはおせいのためにならない。下働きとして役に立つようになるには、いつまでも手をつないで歩いていてはだめなのだ。

だが今は、無理に突き放すよりも、おせいという子のことをちゃんと知りたい。突然大泣きをするような不安定さが何に由来するものなのか、わからなければ対処できない。

「まずは乾物屋さんね」

やすは言った。

「干瓢《かんぴょう》が少し足りなくなっているから買いましょう。おせいちゃん、いつもはおうめさんと買い物に行くのよね？」

おせいは黙ってうなずく。ちゃんと声に出して返事をするのが奉公人の礼儀なのだが。

「お返事が聞こえないわ」

やすは、自分の耳に掌《てのひら》をあて、おせいの方に体をかがめた。

「お返事、聞かせてちょうだい」

「……へえ」

小さな声でおせいが言った。おしげさんなら、聞こえないよ！　もっと大きな声を出しなさい！　と叱るだろう。無理は禁物。子供でも一度心を閉ざすと厄介なのだ。とめ吉のように素直な子でさえ、ヘソを曲げてしまうことはある。

「おうめさんと一緒に行ったことあるかしら。境橋の近くの、おぎ屋さん」

「へえ……行ったこと、あります」

相変わらず声は小さいけれど、なんとか返事はしてくれた。

「干し椎茸《しいたけ》を買いました」

「干瓢は？」

「干瓢は買ったことないです」

「それなら今日は、干瓢の選び方を教えるわね」

おぎ屋は小さな乾物屋だが、品物の質はいい。乾物は店売りしかしないのが習わしなので、乾物屋へのおつかいは、下働きのおせいには大事な仕事になる。

「紅屋さん、いつもありがとうございます」

おぎ屋の店先にいるのは、いつもおかみさんだった。夫婦と一人息子の三人でやっている、こぢんまりとした商いだった。乾物も江戸の問屋になれば大店《おおだな》がずらりと並んでいるが、小売はこんな小さな店もある。

「今日は何にしましょう」

「干瓢をお願いします」

「へい、このあたりでどうでしょうね」

おかみさんが干瓢の束をいくつか、やすの前に出してくれた。紅屋を相手にいい加減な商いは通用しない、とわかっているのだろう、どれも上物だ。

中でも、厚みが揃《そろ》っていて色も綺麗な束を選んだ。

「おせいちゃん、干瓢を買う時は、まず端っこを見てね。端っこが縮れているものはあまり良くないの。こんなふうに、端っこまで綺麗に伸びていて、真ん中あたりと厚みに差がないのが良い干瓢」

おせいは身を乗り出すようにして干瓢を見ている。憶えよう、という気持ちはあるらしい。

「それから、色。これも色にむらがない方がいいの。全体に、少し黄色味のある白っぽい色で、黒い斑点《はんてん》とかしみがないものを選んでね。ここに出してもらった束はどれも綺麗だけど」

「紅屋のおやすさんに、しみのある干瓢なんざ出しませんよ」

おかみさんが笑って言った。

「その子が新しい見習いさんですか。ちゃんと顔を憶えといて、いいものを出すようにしますからね。えっと、名前はなんて?」

「せい、と申します」

おせいはしっかりした声で言った。

「おうめさんと、椎茸を買いに来たことがあります」

「あら、そうだったかしら。ああ、そうだそうだ、あの時はおうめさんの後ろに隠れてたから、顔がわからなかったのよ」

やすは、小さなため息を呑《の》み込んだ。おうめさんたら、せっかくおせいちゃんを連れて買い物に来たのに、それじゃ意味がない。

そのくらい、おうめさんもおせいの扱いには慎重だということかもしれない。おうめさんは黙っているが、もしかすると、今日のように突然大泣きしたりしたことが、前にもあったのかも。

　干瓢を買って店を出ると、やすは大通りを小間物屋の方に向かって歩き始めた。小間物屋で買わないとならないものは特にない。が、女の子なら小間物屋を眺めるだけでも嬉しいはずだ。

　櫛《くし》や簪《かんざし》、お裁縫の道具、巾着袋や、お歯黒の道具や紅なども置いている。普通は背負い小間物屋が家をまわって売り歩くのだが、紅屋はおしげさんが、背負い小間物屋の出入りを禁じている。背負い小間物屋が来ると女中たちが浮かれて、仕事にさわるということらしい。品川は花街で小間物はよく売れるから、店売りしているところも何軒かあった。

　店先の台の上に、値段が安くなった物が並べてある。

　昨年の流行《はや》りだった朱塗りの櫛は、今年はもう人気がないのか、だいぶ値が下がっている。それでも派手な朱色の櫛など、女中にも料理人にも必要のないものだった。

　別の台の上に、小さな千代紙貼《ば》りの箱があった。中に布で椿《つばき》の形に作られた針山と針数本、待ち針が入っていた。やすが何気なくその箱を見ていると、おせいがじっとその様子を見つめているのに気づいた。

「おせいちゃん、お里からお針の箱は持って来ている？」

「木綿布《もめんふ》に針三本、巻いて持たせてもらいました」

やすは紅屋に引き取られた時、すでに針がつかえた。弟の着物のほつれを直したり、背が伸びれば縫い代を出して丈を伸ばしてやったりした。神奈川の長屋で、親切なおかみさんたちが教えてくれたのだ。それでも紅屋に来てからはおしげさんに習って、浴衣《ゆかた》くらいは縫えるようになった。

「おせいちゃんも、お針の練習をしないとね。おうめさんは針仕事がとても上手よ。教わるといいわ」

おせいが、眉根《まゆね》を寄せた。また泣き出すのではないかと、やすは心配になった。

「おせいちゃん、お針が嫌いなの？」

おせいはうなずいた。

「どうしたって指を刺すんです」

おせいは下を向いた。

「刺したら痛いし、血が出ます」

おせいがあまり器用ではないことは、やすも気づいていた。だが針仕事は、不器用でも慣れでなんとかなるものだ。

九つにもなって針をつかえないということは、実家で誰にも教わらなかったということだろうか。

「大丈夫よ、ゆっくりやれば。お針がつかえないと困るでしょう、おうめさんに教えてもらいましょう」

千代紙貼りの箱は台に戻した。針仕事が嫌いなおせいがせっかく興味を示したのだから、買ってやりたい気持ちはあった。そんなに高価なものでもなかった。だがそれは、やはり良くないことのように思えた。

おせいは親戚《しんせき》の家に遊びに来ているのではない。奉公に来たのだ。思いつきで甘やかしてしまったら、この先どんどん辛くなってしまうだろう。

「おせいちゃんもいつか、お給金がいただけるようになったら、ここで好きなものを買うといいわ」

「へえ。でも」

おせいはまた下を向いた。

「お給金なんかいただけないと思います」

「どうして？　なんでそう思うの？　紅屋で働いていれば、下働きを終えたら女中さんになれるのよ。女中さんになれば、お給金がいただけるのよ」

「……年季が残ります」

やすは驚いた。おせいが年季奉公なのだとは聞いていない。

とめ吉の場合と同じように、親元から預かっているのだと思っていた。

「それでも、紅屋の旦那さまはとてもお優しい方だから、藪入《やぶい》りの時には手土産《てみやげ》代を出してくださるわ。おせいちゃんの里は松戸《まつど》だから、そんなに遠くないものね」

藪入りに里帰りが許されるのは、奉公して三年が経《た》ってから。やす自身は帰る里がないので、一度も藪入りに休みをとったことがない。

「三年は帰れないと聞きました」

「そうね、そういう習わしね」

「せいは……帰りたくないです。三年経っても」

今度こそ、やすは本当に驚いた。里に帰りたくない、そんな言葉を九つの子供の口から聞くとは、思ってもいなかった。

おせいはいったい、どういう経緯で紅屋に奉公に来ることになったのだろう。何かわけがありそうだった。だがそれを今、おせい自身に根掘り葉掘り訊いても、おせいの心に負担をかけるだけだと思った。

「紅屋のご飯は美味《おい》しいものね」

やすはそれだけ言って、台の上の品物に気をとられているふうを装った。おせいはやすの様子を見て、それ以上何も言わなかった。

おせいは何かを打ち明けたいと思っていたのだろうか。だったら、どうしたの、なぜ里に帰りたくないの、と訊いてやるべきだったかもしれない。やすは困惑していた。おうめさんは何か知っているのだろうか。おせいはおうめさんに、何か打ち明けたのだろうか。

矢立の墨壺《すみつぼ》を結びつけている紐《ひも》がほつれていたのを思い出し、貝細工の付いた飾り紐を一本、買った。台の上に置かれた安物だったが、桃色の組紐にきらきらした貝細工が付いた、可愛らしいものだった。

矢立にはそんなに長さが必要ないので、紐が余る。桃色の紐で、おせいに何か作ってあげよう。

「さあ、帰りましょう」

帰りは手をつながずに並んで歩いた。干瓢の束もおせいに持たせた。

紅屋の勝手口に着いた頃には、おせいはすっかり落ち着いて、いつもの様子に戻っていた。大泣きしたことなど忘れたかのように、おうめさんの横で豆の莢《さや》から筋をひいていた。

とめ吉が裏庭で薪《まき》を割っていたので、麦湯を茶碗に入れて持って行った。

「とめちゃん、汗がすごい。これでも飲んで、ひと休みしてね」

とめ吉が平石に座ったので、やすも横に座った。

「さっきはごめんなさいね、おせいちゃんのことで、とめちゃんを叱るみたいなことになっちゃって。おうめさんも、おせいちゃんが突然大泣きしたんでびっくりしちゃったんだと思う」

「へえ、わかってます」

とめ吉は麦湯を一気に飲み干した。

「おせいちゃん、前からああいうとこ、あるんです。おいらが教えたことが一度で憶えられないと、癇癪《かんしゃく》を起こすっていうか」

「癇癪……」

「暴れたりはしないんですけどね、むくれて黙りこんじまったり、手近の物を投げたり」

「物を、投げたの⁉」

「おいらが見てないと思ったのか、菜箸《さいばし》を床に……おいら、拾って洗っときました。女の子と喧嘩《けんか》するのなんか嫌だったし……」

「誰かに小言を言われるのがそんなに嫌なのかしら」

「うーん、どうかな。なんかそういうのとも違う気がするんです。おせいちゃん、自分に腹を立ててるのかな、って」

「自分に？」

「へえ。いろんなことを憶えられないとか、できないとか、そういう自分が嫌なんじゃないかなあ。さっきのことも思い返してみたら、憶えられないなら紙にでも書いといいよ、っておいらが言った時、なんかすごく怖い顔になって、怒ってるのかと思ったら、今度はものすごく悲しそうな顔になったんです。それから泣き出して。それでおいら気づいたんだけど、おせいちゃん、たぶん、字が書けないです……」

またしても驚くばかりだった。松戸は栄えている宿場町で、子供達に読み書きを教える手習い所がないわけはない。とめ吉の里のような農村でも、手習い所はちゃんとある。今時、九つにもなって字の読み書きができないということは、手習い所に通っていなかったということだ。

おせいの実家は、それほど貧しいのだろうか。だがお代は払えるだけでいい、というのが普通で、法外なお代をふっかける先生など聞いたことがない。もちろん、子供を働き手として必要としている家では、手習い所などに通わせている余裕はないのかもしれないし、どのみち奉公に出せば読み書きくらいは教えてもらえるだろうからと、それまでは読み書きできなくてもいい、と考えたのかもしれない。どの家にもそれぞれ、事情はあるだろう。

しかし、なんだか腑《ふ》に落ちない。

「さっきはいきなり大泣きされて、おいらもちょっと腹が立っちゃいました。でもおせいちゃん、なんだか可哀想《かわいそう》に思えるんです。おせいちゃんは馬鹿じゃないです。おいらより頭はいいかもしれない。だけど、物覚えが悪いんです。ゆっくり説明して、わかった、って顔をしてくれたのに、少し経つと忘れちゃってる。それならそれで、大事なことは紙に書いとけばいいのに、と思ったんでそう言ったんだけど、字が書けないんじゃそれもできない。どうしたらいいかわからなくて、大泣きしちゃったんだな、って思ったら、可哀想で」

とめ吉は優しい。やすはとめ吉の背中をそっと叩いた。

「おせいちゃんのことは、おうめさんや政さんともよく相談してみるわね。本当に字が書けないんだったら教えてあげればいいんだし、物覚えが悪いのなら、いろいろと方法はあるから大丈夫よ。ありがとう、とめちゃん。おせいちゃんを心配してくれて」

「おやすちゃんに言われて、おいら、おせいちゃんのことは妹だと思うことにしたんです。里の兄《あに》さんたちがおいらを可愛がってくれたみたいに、おいらも妹のおせいちゃんを可愛がろうって」

「おせいちゃんに、とめちゃんのことはとめ兄さん、と呼ぶように言ってみるわ。そうすればおせいちゃんも、お兄さんができたんだって思えて、心強いでしょう」

とめ吉は照れたように笑ったが、とても嬉しそうだった。

「年季奉公、というわけではないんですよ」

番頭さんは、水饅頭《みずまんじゅう》を半分、美味しそうに食べてから言った。

「おせいの実家は、松戸宿から一里ほどの村にあるんです。父親は徳川《とくがわ》様のお馬番で、江戸《えど》で暮らしています。家には母親と祖父母、それにおせいの姉が、確か二人。歳が四、五歳離れていて、二人とも嫁にいってしまったんじゃなかったかな。暮らし向きはそう悪くないはずです。田畑も少し持っているし、父親には禄《ろく》も出ている。農民ですが、徳川様のお馬どころに近い村なので、代々、お馬の世話の仕事に就いていて、名字も持っていますよ」

「それならどうして、おせいちゃんは年季奉公だと思っているんでしょう？」

「さあ、確かなことはわからないが、おそらく、五年は帰って来るなと親に言われているからでしょうね。おせいを紅屋で預かることになったのは、旦那様の囲碁仲間の口利きなんです。五年と期限を切って奉公させたい、できれば奉公人の扱いが手厚い紅屋でお願いしたい、って話でした。五年経ったら嫁にやるから、と。だから料理人にならなくていい、女中のままで、ってことなんです。たまたま政さんから、下働きの女の子が一人いると助かるんだが、って話を聞いていたんで、それならちょうどいいからと引き受けることになったんですよ」

「いずれにしても、おせいちゃんには背負っている年季はないんですね？」

おうめさんが訊いた。

「女中になったらちゃんと給金が出るんですね？」

「はい、そのはずですよ。なんでしたら旦那様に確かめてみますが」

「あの子ったら勘違いして、自分は女中になっても給金がもらえないんだと思い込んでるんですよ。それであんなに、下ばかり向いてるのかしらねぇ」

「おせいは、下ばかり向いているんですか」

「……って言うか……正直、あの子が何を考えているのかもう一つよくわからないんですよ」

おうめさんが頭を振った。

「とめちゃんみたいな素直な子と比べちまうからいけないんだろうけど、おせいちゃんには子供らしさが足りないって言うのか……あの子、あまり笑わないし、お八つに餅《もち》菓子やら饅頭やら食べても、美味しいと思ってるのかどうかわからないんですよ。あの年頃で甘いものが嫌いなはずはないんだけど、そんなに嬉しそうに食べないし」

「とめ吉が喜び過ぎなだけでしょう」

　番頭さんは笑った。

「まだ紅屋に来てようやくふた月、おせいにも遠慮があるんじゃないんですか。一人前に働けないのに、菓子を食べて大喜びなんかするのは気がひけるのかもしれない。なんにしても、子供のことです。あまり気にして気をまわすのもどうかと思いますがね。そのうちここでの暮らしに慣れて、もう少しのびのびできるようになるでしょう。それよりおうめさん、あんた、板橋《いたばし》と文《ふみ》はやり取りしていますか」

　板橋はおうめさんの里、娘さんを預けている実家のあるところだ。

「へえ、文は書いてます」

「娘さんは元気なんですね。いくつになったんです?」

「年が明けたら七つです」

「奉公させるつもりがあるなら、奉公先を探してやると旦那様がおっしゃってます。

奉公人に手厚くて、主人や奥方の人柄がいいお店をと」

「ありがたいことでございます」

おうめさんは頭を下げた。

「でも、奉公には出さないでおこうかと思ってるんです。一度奉公に出てしまったら、いつさがれるかわかりません。できれば……娘は手元に引き取って、一緒に暮らしたいんです」

「女の子が七つにもなれば、あんたが働いている間長屋で留守番はできるでしょう。なんなら来年にでも、呼んであげたらいい」

「へえ、けど、まだ借金が残ってます。こちらでのお給金は充分にいただいてますが、板橋への仕送りと借金の返済とで、今は余裕がありません。このまま元気で働ければ、あと二年ほどで借金を返し終わります。娘を呼び寄せるのはそれからにしようと思います。その頃になれば、娘も料理のお運びくらいはできるようになりますから、品川のどこかの飯屋にでも雇ってもらって、日中は働いてくれれば、二人でなんとかやっていけるかと。娘が嫁にいく日までは二人で頑張って、嫁入りのお道具くらいは持たせてやりたいんです」

番頭さんはゆっくりとうなずいた。

「わかりました。あんたの気持ちは聞いたから、こちらも心づもりしておきましょう。あと二年、長いようだがなに、あっという間だ。颶風《ぐふう》も大火もあんたのせいじゃないのに、ご亭主を亡くしただけでなく、せっかく開いたばかりの飯屋を失って借金まで背負って、まったく気の毒なことだったがね、あんたはその腕一本で、誠実に借金を返している。見上げたものです。なんなら紅屋が立て替えて借金を綺麗にしてやってもいいくらいのものだが、それではあんたの真心が承知しないでしょう。紅屋も私も、あんたの潔い生き方を応援していますよ。しかし、人生、何が起こるかはわかりません。もし何か困ったことになってしまったら、無理や痩《や》せ我慢はなしにして、ちゃんと相談しておくれ。できるだけのことはする、と、今ここで、約束しますからね」

おうめさんは目頭を押さえていた。やすももらい泣きしそうになって、番頭さんの湯呑みを手にした。

「麦湯、もう少しどうですか」

「あ、いや、もうけっこう、あまり水物ばかり飲むと胃の具合が悪くなりますからね」

番頭さんがあがり畳から立ち上がった。

「こんなところで油を売っているのがおしげに見つかったら、番頭のくせに何してるんですか、と睨《にら》まれます」

番頭さんは笑って言った。

「もうこの頃は、おしげの方がよっぽど番頭らしい。私は腰の具合も良くないし、ぼちぼち隠居ですかねぇ」

「とんでもない、番頭さんはまだまだお元気ですよ」

「いや、おやす、私も年が明けたら五十になりますからね。時の経つのは本当に早いものですよ。信長《のぶなが》公の時代には、人間五十年、と言われていたそうですよ。五十にもなれば、やるべきこと、できることはたいがい、やってしまっている。この歳まででできなかったことは、これから先もきっとできません。この先の身の振り方を考えるには、いい頃です」

それから半月余り。おせいのことは気になっていたが、おうめさんにも考えがあるようだったので、口出しはせずにいた。年季奉公のことはおうめさんがよく話して聞かせたらしく、心なしかおせいの顔が明るくなったようにも思える。番頭さんと相談して、字の読み書きはおせいがもう少し仕事に慣れ、癇癪を起こすことがなくなってから、番頭さんに教えてもらうことになった。それでなくてもあまり器用ではなく気のまわりも早くはないおせいなので、仕事と手習いのどちらも負担になってしまうとは考えられる。

ただ、やすの心の中には、三年経っても里には帰りたくない、と言ったおせいの言葉が重く残っていた。

生活がそう苦しいわけでもないのに、手習い所に通わせてもらえなかった、おせい。五年は帰って来るなと言われていた、おせい。五年経ったら、とにかく嫁にやる、と決められている、おせい。

なんだか、里の親にとって、おせいは邪魔者なのだ、という気がしてならない。そんなことはないといいのだけれど。

一つだけやすをほっとさせてくれたのは、おせいがとめ吉のことを「とめ兄さん」と呼ぶようになったことだった。呼び名一つで人と人との間が随分と縮まるものだ、とやすは思う。とめ吉に対してどこかよそよそしかったおせいが、この頃はふと気づくと、自分からとめ吉のそばに寄って行って仕事を手伝っている。

「まあ確かに、不器用よね、あの子は」

おうめさんは、苦笑いして言った。

「とめちゃんは、初めはできなくても何度か繰り返しているうちにちゃんとできるようになるし、一度きちんと憶えたら、教わった通りにきちんとやるでしょう。でもおせいちゃんは、そもそも覚えが悪いし、何度も同じ間違いを繰り返すんですよ。頭が悪いわけじゃないと思うんだけど、なんでなのか、ちょっとあたしもお手上げで」

「手先の器用さが足りないのは確かですよ。でもそれだけじゃないんですよ……うまく言えないんだけど……そうそう、あの子、なんとなくいつも上の空なんですよ」

「上の空……」

「他のことに気をとられているのか、そもそも料理ってもんにまるで興味がないのか。料理ったって、あの子に今やらせているのは、芋を洗ったり豆を莢から出したり筋を取ったり、もっと小さい子だってできるようなことばっかりですよ。なのに、笊《ざる》にのせてある絹莢を調べたら、筋が取れてるのと取れてないのが交ざってて、そうかと思えば半分だけ取ってあったりして」

「半分！」

「そうなんですよ、半分」

おうめさんは笑った。

「おかしなことするでしょう、あの子。確かにね、下手に引っ張ると筋が途中でプッンと切れて、半分だけ取れちゃうことはありますよ。だけどそれなら、残り半分も取ったらいいじゃないですか。反対側から引っ張れば取れるんだから。なのにそれをしないで平気で笊に入れちまう。雑なんだかいい加減なんだか……そういうことしたら叱られるんじゃないか、とは思わないんですかねぇ。まああたしがあまり叱らないのがいけないんですけど。わかってるんですよ、どうしたっておせいちゃんを見てると、娘を見てるみたいな気持ちになっちゃって、きつく当たれないんです。それじゃだめなのは、わかってるんです。だけど、あの歳で、そういう大人の気持ちにつけこんでいい加減なことする、ってのはなんだかねぇ」

「悪気があってしていることじゃないのかもしれないわ」

やすは言った。

「もしかすると、何か一つのことに気持ちを入れ続けることが苦手なのかも」

「飽きっぽいってことですか？」

「そうね……飽きる、というのとも違うように思うんだけど……この前ね、あの子が井戸端で布巾《ふきん》を洗っているのを何気なく見ていたの。そうしたらあの子、たらいに張った水の中で、布巾をぐるぐる、ぐるぐると回しているの。それをずーっとやっててね……その顔がとっても真剣で、ああ、夢中になってるんだな、って思ったのよ」

「布巾をぐるぐる、ねえ……」

「ごしごしこすった方が早く綺麗にはなるけれど、水の中でぐるぐるまわしても布巾の汚れは落ちるでしょ。あの子、それに気づいて、それが面白くてやってたんじゃないかしら。誰かに教わったことはすぐ忘れてしまうけれど、自分で見つけたことになら、夢中になれる。おせいちゃんは、そういう子供なのかもしれない、って思ったのよ」

「それじゃ、噂《うわさ》に聞く勘平ちゃんみたいですね」

やすは笑って首を横に振った。

「勘ちゃんとはだいぶ違うわ。勘ちゃんはもっとわかり易《やす》かった。好きなこと、興味のあることは一所懸命やるけれど、興味のないことは手を抜いたりほったらかしたり。それでも叱られたらちゃんとできるのよ。手先だって器用だったし、もの憶えはとても良かった。ただ、やる気が出ることと出ないことがはっきりしていたの。でもおせいちゃんは、自分ではいつも一所懸命なんだと思うのよ。だけどできないことが多い。結果がついて来ない。それで自分に腹が立って癇癪を起こす。本当はできるようになりたいのに、どうしていいのかわからない。そんな感じ。絹莢の筋だって、すっ、すっと上手に取りたいのに、途中でぷつりと切れてしまう。切れてしまうと、そのあとどうしたらいいかわからなくなる」

「ひっくり返して反対側から引っ張ればいいだけなのに？」

「だけなのに、ね」

　やすはうなずいた。

「でもあの子にとって、その、だけ、に気づくのが大変なことなのかもしれない」

「それはやっぱり、知恵が足りないんですね。可哀想に」

　そうじゃない、とやすは思ったが、どう言えばいいのかわからなかった。

　おせいは、頭が悪いわけではない。むしろかなり頭のいい子供だと感じる。けれど、ものの考え方が、やすやおうめさんとは違うようなのだ。どう違うのか、言葉にすることができないのだけれど。

　もしかすると、おせいが実家でうとまれているのは、あの子のそうしたところが原因なのかもしれない。いや、うとまれている、というのは勝手な想像なのだが。

「ま、いいですよ、あの子のことはあたしがなんとかします」

　おうめさんが言った。

「知恵が足りないなら足りないなりに、できることはありますからね。料理人になろうってのなら、頭が弱くちゃ無理だけど、お勝手女中は慣れですから。お客と接するわけじゃないんで、ただ毎日、決まったことをやってればいいんです。野菜を洗って下ごしらえするとか、米を研ぐとか、魚の鱗《うろこ》をこそげるとかね、そのくらいならおせいちゃんだって、きっとできるようになりますよ。あとは台所ってのはいつも綺麗にしとかないといけないから、掃除を徹底して教えます。来年はとめちゃんも、とめ吉さん、って呼ばれる立場になるんですから、とめちゃんに任せてることを大部分、おせいちゃんにやってもらわないとなりませんからね。だけど竈《かまど》の始末なんか、できるようになるかしらねえ。火種が残ったままになんかされたら、火事出しちまう。心配だわねぇ」

竈の火の始末は、今でも長屋に帰る前にやすが確かめている。とめ吉を信頼しないわけではないが、火事だけはぜったいに出してはならない。竈の灰は残らず掻《か》き出して、火種は確実に消す。一度竈の火を落としたら、朝までは点《つ》けない。

お勝手女中といえども、気を抜いて仕事をすれば大変なことになるかもしれない。おせいちゃんを、どんなふうに育てればいいのだろう。おうめさんに任せるだけで、本当にいいのだろうか。

ふた親の揃った里があるのに、そこに帰りたくない、と呟《つぶや》く子供の心が、やすは悲しかった。

世間には、おうめさんと娘さんのように、一緒に暮らしたくてもそれができない親子もいる。自分のように、親に売られてしまう子もいる。親だから子だからと言って、互いを求めるばかりではない、ということはわかっている。

「おせいちゃんって、好きな食べ物とかあるのかしら」

やすはふと、思いついて訊いてみた。

「おうめさん、知ってる？」

「そりゃ子供ですからね、好物はあるんでしょうけど。でもあの子、あまり食べないんですよ」

「食が細いの？」

「いえ、まあ、一人前はちゃんと食べます。けど、おかわりしてもいいんだよ、って何度か言ってやったのに、一度もおかわりしたことがないんです。とめちゃんが大食らいなんで、余計に気になるんですよ。子供なのにどうしたのかねぇ、と」

「女の子はそんなものかもしれないわよ」

「そうですねえ、あたしも娘と暮らしてるわけじゃないから、そのへんのことはよくわからないし」

「一人前を食べているなら、大丈夫よ。見たところ体は弱くなさそうだし。でも、お八つの時に甘いものもそんなに喜ばないのは、確かにちょっと気になるわね。何が好物なのかわかれば、それを一緒に作って食べさせて、気持ちをほぐしてあげられるかな、と思ったんだけど」

「今度訊いときます。でもこの頃はだいぶ慣れて来たのか、とめちゃんとは仲良くやってるんでちょっとほっとしましたね。この前みたいに突然大泣きされたんじゃ、仕事を言いつけることもできないですから。もっともあたしらが甘過ぎるんで、他のとこに奉公に出ていたら、仕事を教わってる最中にあんな癇癪を起こせば、折檻《せっかん》されてますよ。どうなんでしょうねえ、もう少し厳しく躾《しつ》けた方が、おせいちゃんのためなんでしょうか」

「子供を折檻なんかしたくないし、紅屋はそんなところじゃありません」

やすは、きっぱりと言った。

「番頭さんも政さんも、おしげさんも、わたしがしくじったり考えなしなことをすれば、言葉で叱ってくれたけれど、一度も折檻なんかされたことない。勘ちゃんだって、よほどの時に箒でお尻をちょっと叩かれるくらいのことはあっても、殴られたり蹴られたりはしてなかった……」

「そうですね」

おうめさんが、安心したように言った。

「そうですよね、ここは紅屋ですもんね。世間から、奉公人に甘いと小言を言われても、それが紅屋なんだから、って番頭さんも言ってましたもんね。あ！」

おうめさんが、ぱん、と手を打った。

「思い出した。あの子、赤いもんが好きなんですよ」

「赤い、色のこと？」

「と言うか、赤い食べ物が好きなんです」

「赤い食べ物……梅干しとか？」

「ささげ豆とか芹人参《せりにんじん》なんかも好きみたいなんですよ。見てると、赤いものから箸をつけるんです」

味ではなく、色？

食べ物の「色」にこだわる……やすは、なぜか胸がドキドキするのを感じた。

おせいにとっては、味よりも色の方が重要なのだろうか。

それとも、色が気に入ったものならば、美味しいと感じるのだろうか。

これまでそうしたことは、考えたことがなかった。もちろん、献立の色合いは大切だ。何もかも茶色だらけのお膳《ぜん》では華やかさがないし、黒いものばかり並べたら法事の膳になってしまう。赤や緑、時に黄色や紫をうるさくならないように配置することで、より美味しそうに見えるのだ。

だがそれは、作り手が「こんな色にすれば美味しそうに見える」と決めているだけ。食べる人それぞれにも、色の好み、というのはあるに違いない。

自分はこれまで、そのことを考えたことがなかった。

赤い色が好きな人。緑色が好きな人。味と同じで、色も好みが一人ずつ違う。

それがどう献立に活《い》かせるのかまではわからないが、少なくとも、食べ物であっても色の好みで選ぶ人が、世の中にはいるのだ、ということを初めて考えた、そのことが大事だ。

おせいちゃんは、変わった子供には違いない。躾けるのも教えるのも、とめちゃんのように簡単にはいかないだろう。

けれど、そんな子だからこそ、自分には思いつかないことを思いつけるのかもしれない。考え方が違うからこそ、面白いのだ。

おせいちゃんのことが、もっと知りたい。

やすは思った。

五　跡継ぎ

夏が終わり、秋風が心地よい季節になった。

葉月《はづき》のしまいに長崎《ながさき》のお小夜《さよ》さまから届いた文《ふみ》には、長崎に蘭方《らんぽう》医学の立派な養生所ができたことが書かれていた。筆の躍り具合からも、お小夜さまが大喜びしている様子が見えるようだった。清兵衛《せいべえ》さまは今、蘭方医学を学ぶ為《ため》にその養生所で勉強をしているらしい。お小夜さまもそこで働いていると書かれていたが、どんな仕事をしているのかは今ひとつわからなかった。医者の手伝いをして、病人や怪我人《けがにん》の面倒を看《み》る仕事らしいのだが。清太郎《せいたろう》さまもとてもお元気なようで、なんとすでに蘭語の読み書きができるようになられたらしい。やはりあの方は神童であらせられたのだ。今は、えげれすとふらんすの言葉を学んでおられると書かれている。

お小夜さまに逢《あ》いたい。

やすは、文を胸にあてて目を閉じた。

懐かしいお小夜さまの、愛らしい笑顔が目の前によみがえって来る。

いつか本当に、長崎十草屋《とくさや》が大儲《おおもう》けをして蒸気船を買い、やすを迎えにやって来る、そう考えると胸が躍る。

えげれす公使館が水戸《みと》浪士に襲撃された夏の頃《ころ》には、これからどんな大変なことが起こるのだろうと不安もあったが、その後はとりあえず、品川《しながわ》に異変は起きていない。

皇女和宮《かずのみや》さまのお江戸入りは十一月になるらしい。京を発《た》たれるのは十月の終わり頃だろうか。

東海道《とうかいどう》を使われるのであれば、和宮さまのお輿《こし》の行列が品川を通ることになる。その話になると女中たちはみな興奮し、いろいろと噂《うわさ》しあっていたが、政《まさ》さんはすっかり冷めた顔でさらっと言った。

「東海道は、ねえな」

「中山道《なかせんどう》ですか！」

政さんはうなずいた。

「東海道は海に近すぎる。公武合体されて幕府が強くなっちまったら厄介だと、外国船が海から大筒《おおづつ》をぶっ放したらどうする？」

「そ、そんなことが……」

「実際に起こるかどうかじゃなくって、起こるかもしれない、となったらそれを避けるだろう？　今の徳川様《とくがわ》にとって、和宮様を無事に江戸城にお迎えできるかどうかは、幕府の存続に関《かか》わる重大事だ、ちょっとでも懸念があれば避けるだろうさ。それに川止めになったら面倒だしな」

なるほど、政さんの言う通りだ。やすは少しがっかりした。

とは言え、仮に和宮さま降嫁の御一行が品川を通ったとしても、おそらく街道の往来は止められ、外に出ることも禁じられるだろう。煌《きら》びやかなお輿をちらとでも見たいと思っても無理に違いない。それでも、今、外を御一行の行列が通っているんだと思うだけで、きっと胸がドキドキして楽しいと思う。

帝《みかど》の御妹さま、和宮さまとはどのような麗人なのだろう。上様と仲睦《なかむつ》まじく寄り添って、世の中を昔のような、落ち着いた姿に戻してください。それが品川だけでなく、日の本中の人々の切なる願いなのだ。

「中山道を通るってことは、板橋《いたばし》宿も通るってことだね」

二人の話を聞いていたおしげさんが、ぽつりと言った。

おしげさんの弟、千吉《せんきち》さんは、品川を出てから行方《ゆくかた》知れずだったのだが、板橋宿にいることがわかった。板橋ならば一日休みを貰《もら》えば充分、行って帰って来られる距離だった。だがおうめさんの実家もあるおしげさんは、千吉さんを探しに行こうとはしなかった。

「あの子は、あたしを恨んでるんだよ」

長屋でやすと差し向かいで酒をちびちび飲んだ時には、おしげさんは決まってそう言った。

「あの子の、生涯一度の恋を邪魔しちまったんだからね、仕方ないさ。だけどあたしは、とにかく千吉に生きていて欲しかった。芸者と駆け落ちなんかしたって、どこまで逃げられるって言うんだい。手形がなけりゃ箱根《はこね》も越えられやしない。箱根の手前じゃどこに逃げたって、いずれは追手に捕まっちまうよ。春太郎《はるたろう》の年季を預かってる置屋が雇ったならず者たちに、簀巻《すま》きにされて相模《さがみ》の海にぽちゃんでおしまいさ。そんな形で千吉を失うのだけは我慢できなかった。どんなに恨まれたって、引き止めるしかなかったんだよ」

何度も何度も、繰り返して同じことを口にする。その都度、おしげさんの目には涙が溜《た》まる。

やすは、そんなおしげさんに、何も言ってあげられる言葉がない。千吉さんと春太郎さんが駆け落ちをした時に、彼らの居場所を当てたのはやすだった。当時はまだ、男と女のことなど何もわかっていなかったやすは、ただただ、千吉さんと春太郎さんが心中してしまうことが怖かった。それだけを止めたかった。

今では品川でも指折りの人気芸者となった春太郎さんとは、花見の宴で顔を合わせたり、通りでばったり会って話をしたことがある。春太郎さんは、やすのことも、おしげさんのことも恨んでいるようには見えなかった。だが赦《ゆる》してもいない、そう感じた。

千吉さんとは、千吉さんが品川を出る直前に、立ち話をしたことがある。

あの時の千吉さんは、つかみどころがなく、なぜかやすを不安にさせた。

千吉さんが恨んでいるのは、やすでもなければおしげさんでもない、そう思う。

あの人が恨んでいるのは……世の中だ。

❖

やすが番頭さんに呼ばれたのは、長月《ながつき》も終わりかけた頃のことだった。

番頭さんの部屋は、小僧や見習い女中にはお馴染《なじ》みの部屋だった。手習い所に通う代わりに、その部屋で、番頭さんが読み書きや算盤《そろばん》を教えてくれる。やすも番頭さんに読み書きを習った。と言ってもやすが馴染んだ部屋は、颶風《ぐふう》の時に大水に流され壊れてしまったので、今の部屋は新しく普請されたものである。けれど、間取りも襖《ふすま》も昔の部屋によく似ていた。畳六枚の小さな部屋に、帳面台が置かれていて、いつもは番頭さんがそこで、紅屋《くれないや》のかかりの帳面をつけたり、給金を包んだりといった仕事をしている。部屋の壁には本が積まれていて、今でも時々、やすはそれらの本を番頭さんから借りて読んでいる。

やすが入っていくと、部屋の真ん中に置かれた碁盤の前に、政さんが座って碁石を睨《にら》んでいた。

「いくら眺めたって、私の勝ちは変わりませんよ」

番頭さんが笑って言った。

「さあさ、先に話をしてしまいましょう。そのあとでお望みでしたらもう一盤」

「いや、もう今日はいいや」

政さんが言って、碁石を集め始めた。

「どうも今日は、頭がちゃんとまわらねえ」

「昨晩、酒でも飲み過ぎたかい」

「いやいや、どうも鼻風邪《はなかぜ》をひいちまったみたいだ」

「そろそろ朝晩が冷える季節になりましたからね、大事にしなさいよ。さあ、おやすも適当に座って」

　やすは手にしていた盆をおろした。台所で番茶をいれて、お八《や》つに出した酒饅頭《さかまんじゅう》と一緒に運んで来た。

「お茶、四つと聞いてましたが」

「ああ、おしげも来て貰うことになってるんです」

　その言葉が終わらないうちに襖が開いて、おしげさんが現れた。

「すみませんね、遅れちゃって」

「忙しいのに来てもらってすまないね」

「いえいえ、それはいいけど、いったい何なんです？　おやすと政さんも」

「ま、とりあえず座って座って」

　一同が座り、やすは皆の前に湯《ゆ》呑《の》み茶碗《ぢやわん》を配った。

「あらたまって集まってもらったのは、ちょいと内密な話をしようと思いましてね」

「内密な話、ですかい」

「うん、まあ政一《まさいち》とはこうやって碁だ将棋だと顔を合わせているからね、その時にこっそり話せばいいんだが、おしげやおやすとはなかなかね、内緒話ができる機会はないもんだから。それならいっそ、三人集まってもらって話した方がいいだろうと」

「つまり番頭さん、今からあたしらが聞くことは、紅屋の中であっても口外ならぬってことですね？」

おしげさんが訝《いぶか》しむような顔で訊《き》いた。

「ま、そういうことです。とは言え、別段深刻な話というわけでもないんで、せっかくおやすが用意してくれた饅頭でもいただきながら聞いておくれ。まずは、大奥様のご病状について、あんたたちには知っておいて貰いたいことがあります。知っていたからと言って何ができるというわけでもないんだがね、先日、大旦那《おおだんな》様から相談を受けてね……とても残念なことですが、大奥様はもうご回復の見込みは薄いそうです」

やすは茶碗を口元に持って行ったまま、その手を止めた。

胸が苦しい。

大奥さまのご病状は、そんなにお悪いのか……

「医師の見立てでは、長くて半年ほどだろうということで、大旦那様もご覚悟はできたとおっしゃってました。隠居を早めたのも、大奥様のご最期に寄り添いたいという大旦那様のお気持ちがあったからですが、それでももう二、三年は、畑仕事をしながら二人でのんびりできると思っていたのに、とおっしゃってね……さすがに、気丈な大旦那様もがっかりしてらっしゃいましたよ。で、相談を受けたのが、大奥様のお食事のことです。大奥様は政さんの料理が本当に好きで、隠居屋敷に移られてからは、政さんの料理を毎日食べられないことが残念だと言い続けているんだそうですよ。しかしお二人とも、紅屋に迷惑はかけたくないからと、これまで黙っていらした。いよいよ大奥様の容態がこれ以上良くはならないとなって、大旦那様が、我儘《わがまま》を承知でなんとかならないものか、と相談してくださったわけです」

「そんなことなら相談も何もない。今日からでも毎日、作りに行きますよ」

政さんが言った。

「紅屋の台所はおやすに任せて大丈夫です。今だって、ほとんどおやすに任せて、俺《おれ》は最後に味を確かめるくらいのことしかしてません」

「おやすはどうだい、それで大丈夫かい？」

「へえ、おうめさんもいてくれますし、とめちゃんもすっかり役に立つようになりました。夕餉《ゆうげ》の支度に入る前に政さんと献立を打ち合わせれば、大丈夫です」

「問題は、大奥様にどのくらい食べる気力がおありになるのか、食べられるものが何なのか、そうしたことですね。ご病人の食事ってのは俺もあまり作ったことがないんで」

「そのことなんだが、大奥様のかかりつけ医者と相談してくれると助かります。明日、昼頃に隠居屋敷に医者が来るから、ちょっと政さん、行ってくれないかい」

「わかりました。明日、行って来ます」

「良かった。これで一つ、問題が片付きました。もちろん大奥様のご容態については、決して他の者に言わないようにお願いしますよ。では次の話なんだが」

「たくさんあるんですねえ」

おしげさんが、饅頭を口に入れて言った。

「あらためて話があるから集まってくれと言われた時には、てっきり、紅屋のご養子さんが決まったのかと思ったんですけどね」

「ああ、その話もちょっとはしますよ」

番頭さんは笑った。

「だが、みんなが期待するような話じゃありません。申し訳ないが。その前に、別の話をしてもいいかい。実はね、昨日、松戸《まつど》に行って来ましてね」

「松戸？　……もしかして、おせいちゃんの」

やすが言いかけると、番頭さんがうなずいた。

「ええ、おせいの実家にも行って来ました。いやそれが目的だったわけではなくてね、松戸宿で白鳥屋《しらとりや》という旅籠《はたご》をやっている、旦那様の従兄《いとこ》にあたる方に会いに行ったんです。それがまあ、ご養子さんの話に繋《つな》がるんですが。それはおいといて、松戸まで行ったのだからついでにと、おせいの実家に寄ってみました。おやすから、おせいのことが心配だと聞いていたんでね、奉公に出る前のおせいはどんな子だったのだろうと、ちょっと親御さんに会ってみようと思ったんですが」

「おせいがここに来た時は、口入れ屋が連れて来たんでしたね。番頭さんはおせいの親御さんに会うのは初めてなんですね」

　おしげさんの言葉に番頭さんはうなずいた。

「お勝手女中の見習いの、子供を一人雇うのにいちいち実家まで出向いたりはしませんからね。長い付き合いのある、信頼できる口入れ屋からの話でしたし、五年と期限を切っての見習い奉公ってことで、親が子供を売り払ったわけでもない、心配することはないだろうと思ってました。実家も百姓ながらそこそこ由緒正しい家のようで。実際、おせいの実家は立派な屋敷でしたよ。実家は代々の徳川様お馬番で、名字帯刀もゆるされているそうです。あのあたりには小金五牧《こがねごまき》と言ってね、幕府の放牧場が北から南に並んでいるんですが、その内の一つ、中野牧《なかのまき》の西のはずれにおせいの実家があります。おせいの家は百年以上前から、その中野牧で馬にたずさわる仕事をしているようです。今もおせいの父親は、江戸に詰めて幕府の方々が乗る馬の世話をしているそうです」

「それなら、お金には困っていないんですね」

「飛び抜けて裕福というわけではないが、不自由のない暮らしをしているようでした。つまりおせいを奉公に出したのは、口減らしのためではないということです」

「でも行儀見習いなら、お勝手女中の見習いにはしませんよ。名字帯刀をゆるされているくらいなら、武家屋敷に奉公だってできたでしょうに。後々の嫁入りのことを考えたら、その方がずっといいはずですよ」

「私もその点が少し合点がゆかず、おせいの母親に訊いてみようと思ったのですが……どうも、おせいの母親という人の様子がね……なんと言えばいいのか……おせいのことにあまり関心がないようだったんです」

「関心がないって」

おしげさんが声を大きくした。

「自分が産んだ子供なのに、ですか！　いったいどんな女なんですか、おせいの母親って人は」

「品のいい、綺麗《きれい》な人でしたよ。それにまだ若かった。それでわかったんですが、あの人は後妻さんですね。おそらくはおせいの産みの親ではない。おせいにはすでに嫁いだ姉様が二人いると聞いています。おそらくおせいとその姉様たちを産んだ母親は、亡くなったのでしょう。それで後妻さんが来たが、後妻さんはおせいを育てるつもりがない。それで奉公に出したのだな、とわかりました。それにその人は、腹帯をつけているらしく腹が少し丸く出ていた。お腹《なか》に赤子がいる様子でした。実の子供が生まれたら、ますますおせいには関心がなくなる。それが自分でわかっていたので、おせいを奉公に出したのでしょう。五年と期限を切ったのは、五年経《た》ったらどこかに嫁がせるつもりだからでしょう」

おせいが言っていたのは、このことだったのだ。やすは合点がいった。自分は、いらない子供なのだ。おせいには何もかも、わかっていた。

「まあ事情はおおよそ察しがつきましたが、そんなではおせいの継母に何を尋ねても無駄だなと思ったので、適当に挨拶《あいさつ》を交わした程度でいったん帰るふりをしてから、裏に回って、もう少しおせいのことを知っていそうな人を探しました」

「番頭さん、まるで岡《おか》っ引《び》きみたいですねえ」

おしげさんが面白そうに笑う。番頭さんは少し照れながらもまんざらではない様子だ。

「ははは、意外と面白いものですね、他人のことをあれこれ探るなんてのは、あさましいことだとわかってはいるんですが。しかしせっかくあんなところまで行ったんですから、おせいという子供についてもう少し知りたかった。で、年の頃が四十くらいの女の人が着物を干していたので、この人はこの家に長くいる女中さんだろうとあたりをつけて話しかけてみると、これが大当たりで、おせいの乳母をしていたことがある女中さんでした。おいねさん、という方で、田村《たむら》家、あ、田村、というのがおせいの実家の名字です、その田村家で二十年も働いている人でね、おせいだけではなく、上の二人の姉様にも乳をやっていたそうです。近隣の百姓のおかみさんですが、最初の子を産んだ翌々年に田村の家で乳母を探していると聞いて、まだ乳が止まっていなかったので乳母として雇われたそうで。想像していた通り、上から三人の女の子の母親は、数年前に他界したようです。病がちで、初産の時からお産が重く、産後の肥立ちもあまり良くなくて乳が出なかった。結局、二年後に生まれた二番目の女の子の時も、おせいの時も、乳はおいねさんがあげたそうですよ。なんとなく、おいねさんの実の子が生まれるのと時期が合っていたのだそうで。もっともおいねさんは八人の子持ちだそうですから」

「始終、乳が張りっぱなしだねぇ、二十年で八人じゃ」

「江戸や品川の華奢《きやしや》な女の人とは違って、田舎のおかみさんは体が丈夫なんですよ。まあそんなわけでおいねさんは、おせいのことが今でも懐かしくて可愛《かわい》くて、どうしているかと心配していました」

番頭さんはひと息ついて、茶を飲み干した。

「おいねさんの話によれば、おせいは格段、虐められて育ったというわけではないようです。ただ、実母は病に臥《ふ》せることが多くて子供たちを抱いてやれる状態ではなく、父親は江戸詰めであまり帰って来ない。上二人の姉様が相次いで嫁いでしまってからは、遊び相手もなく、ひとりで鞠《まり》をついたりしていたと。そのせいかあまり喋《しゃべ》らない子で、大きな声で笑うこともなかった。それでもおいねさんの目から見て、おせいは特に知恵が遅れているわけではない、と言ってました。ただ確かに不器用なところがあって、五つになった頃に縫い物の稽古《けいこ》を始めてみたものの、針で指を刺してばかりでどうにもならなかった。帯締めなども不得意で、一人で着物を着るとだらしなくなってしまう。昨年、後妻さんが来てしばらくはおせいにいろいろ教えようとしていたけれど、何をさせても上手に出来ないので、おせいに興味をなくしてしまったらしいんです。父親の方は、跡取りにできる男の子以外はもともと興味がない。手習い所は村にもあるようなのですが、七つになった時に通い始めたけれど、おせい自身が手習いが好きではなかったようで、熱心に通おうとしなかった。おせいが手習いに行くのを勝手にやめにして家にいても、そんなおせいを叱《しか》ったり躾《しつ》けたりする大人はいませんから、読み書きができないまま、九つになってしまった」

おしげさんがため息《いき》をついた。

「……気の毒な子だねぇ、おせいって子は。物心ついた頃には、自分に関心を持ってくれる大人は通いの女中一人、だったんだねえ。手先の器用さなんてのは、そりゃ生まれつきの才ってのもあるんだろうけどさ、誰《だれ》だって習い始めは針で指刺してばっかりさ。根気よく繰り返して、段々にできるようになっていくもんじゃないか。自分の娘だったら、ちょっとできないからって教えるのをやめちまう、なんてことはないだろうに」

「読み書きも同じです」

やすも言った。

「覚えの早い子、遅い子の違いはあると思いますが、根気よく教えれば、たいていの子は読み書きができるようになります。わたしも、おせいちゃんは知恵遅れじゃないと思います」

番頭さんはうなずいた。

「わかりました、そういうことなら、おせいには根気よく接して、読み書きも礼儀もゆっくり教えましょう。大人に関心を持ってもらえずほったらかしにされた子供というのは、自分は価値のない者だ、邪魔者だと思い込んで、意欲というものをなくしていることが多い。おせいもきっと、誰からも必要とされず期待もされていないことを感じて、どうせ自分なんか何をやってもできないし、と、諦《あきら》めているんでしょう。たとえ五年と期限は切られていても、五年あればあの子は変われます。五年後にどこかに嫁ぐにしても、見違えるような女の子になって、良い縁談に恵まれるように」

「縫い物ならあたしが仕込んであげますよ。あたしだって、自慢じゃないが針仕事は本当に苦手だったんですよ。ここに来て、浴衣《ゆかた》どころか雑巾《ぞうきん》もまともに縫えないって叱られてね、泣きながら毎日練習したんです」

「あまり厳しくはしないでくださいよ」

番頭さんが笑って言った。

「ここに来るまで充分辛《つら》い思いをした子ですからね、ここでは泣くより笑って暮らせるようにしてやりたい」

「へいへい、わかりました。泣くほどは叱りませんよ、あたしは。だけど針で指刺して痛いのはおせいだから、それで泣くのはあたしのせいじゃありませんからね」

やすは懐かしく思い出していた。

おしげさんは昔、とても厳しい人だった。部屋付き女中はみな、おしげさんに叱られるのをおそれてピリピリしていた。やす自身も、おしげさんにきつく叱られたことがあった。

けれどどんなに厳しくても、女中たちはおしげさんを慕っていた。やすも、次第におしげさんが好きになった。確かに厳しい人だったが、理不尽なことは決して言わない。おしげさんが叱るには叱る理由がちゃんとあった。そしておしげさんは、公平だ。誰かを贔屓《ひいき》するということはしない。やす自身は可愛がってもらったと思っているけれど、それでも他の女中たちより何かで優遇されたことはない。

そんなおしげさんも、この頃はだいぶ丸くなったように感じることがある。弟の千吉さんが品川を出て行って、おしげさんは深く傷つき、千吉さんが自分を嫌ったのは、自分が千吉さんの気持ちを汲《く》まずに、自分の意見を押し付けたからだと思っている。そんなことがあって、おしげさんもいろいろと考えたのかもしれない。

けれど、叱るべき時には叱るおしげさんが、やすは好きだった。そんなおしげさんがいてくれるからこそ、紅屋が居心地のいい宿になり、評判も高いのだ。

「おせいのことは、これでいいかね。手のかかる子供だが、子供はいったん心を開けばなんでもすぐに吸収して、どんどん変わっていくものだから、あんたたちが気にかけてやるだけでも、きっとおせいは変わってくれるでしょう。それじゃあ、ようやっとおしげのお待ちかねの話にしましょうか」

「別にお待ちかねってわけじゃありませんよ。ただ、今の紅屋にとっていちばん大事な話でしょ」

「確かに、みんなが一番心配していることではありますね。実のところ私も、旦那様に跡取りがいない今の状況には頭が痛い。ですが、紅屋は武家でもなければ、大店《おおだな》というわけでもありません。跡取りが決まっていなくても、それで家督を取り上げられることは、まあないでしょう」

「旦那様ご夫婦には、ちゃんとお考えがあるんですよね？」

政さんが訊いた。番頭さんはうなずいた。

「お考えは持っていらっしゃいます。ただそれについては、まだ全員に話すことはできません。ですが、あなた方はこの紅屋の柱です。旦那様のお考えの一端を、この際、話しておこうと思います。松戸宿の白鳥屋に出向いたのは、白鳥屋のご次男、勝次郎《かつじろう》さんのお見舞いのためでした。勝次郎さんこそは、旦那様がご養子に迎えようと考えておられた、紅屋の跡取りとなられるはずの方でした。白鳥屋さんは旦那様の従兄、なので勝次郎さんも旦那様とは血縁があり、旅籠の次男坊として育って旅籠の仕事も知っていて、歳《とし》も今年十八と、紅屋の養子にうってつけの方だったんです。旦那様の心づもりでは、あと二年実家で旅籠仕事を覚えてから、二十歳《はたち》になったら養子に迎えるということでした。白鳥屋さんも勝次郎さんご本人も承知しており、楽しみにしていてくださったのですが」

番頭さんは、小さなため息をついた。

「今年になって勝次郎さんが胸を患っていることが判《わか》ったのです」

「あらまあ」

おしげさんが思わず漏らした。

「なんて間の悪い……で、その病は重いんですか？」

「今のところは、少しは起きていられるようですが、この先長患いになるのは間違いないようです。旦那様は、養子の話は急ぐことでもないのだから、病が癒《い》えるまで待てばよい、と考えていらっしゃったんですが、白鳥屋さんの方から正式に、お断りの文が届いてしまいました。胸の病は治すのに何年もかかるし、治らないかもしれない。元気になったように見えても、またぶり返してしまうこともある。旅籠の主人となるのは難しいだろう、ということで。それでももう一度、お待ちしたいとお願いする文は出したのですが、話を長引かせては迷惑をかけてしまうからと、間に入ってくださっていた百足屋《むかでや》さんを通して、破談にしていただきたいと申し出がありました。旦那様も勝次郎さんのことは諦めるとおっしゃられて、これまでの御礼とお見舞いを兼ねて、私が挨拶に伺ったわけです。本当に残念なことでした」

「それじゃ、養子縁組の話は白紙に戻って、初めからやり直しになったんですね」

「……いえ」

番頭さんは、なぜか少し居住まいを正した。

「旦那様は、勝次郎さんとの縁がなくなったことで、別の決心をされたようです」

「別の決心？」

番頭さんはうなずいた。

「本当は、旦那様は最初からそうしたかったのだと思います。ですが旦那様のお考えを実現するのはなかなか難しい。それでたまたま、すべての条件を満たす勝次郎さんの存在が身近にあったことで、まずは勝次郎さんを養子に、と考えた。しかしそれが潰《つい》えた今は、当初の考えを通すことにしたのだと思います」

「その当初の考えってのは」

政さんが静かに言った。

「おしげに関わることですかい」

番頭さんが返事をする前に、おしげさんが立ち上がった。

「番頭さん、そろそろ仕事に戻らせてもらいますよ」

「おしげ、ちゃんと話を聞いてくれないかい」

「松戸の勝次郎さんとかいう方のお話がなくなったのは残念でございました。ですがそのあとの話はまだ、進んでいないのでしょう？　これ以上、あたしら女中が聞いても仕方のないことですからね」

おしげさんはそう言うと、さっさと出て行ってしまった。

やすは驚いて立ち上がり、自分も出て行こうとした。が、番頭さんが言った。

「おやす、あんたは残りなさい」

「へ、へえ、でも」

「おやす、いいから座れ」

政さんも言った。

「あ、あの、いったい何が……」

やすが戸惑っていると、番頭さんが苦笑した。

「これだからねえ……やはり難しいのかねえ。旦那様には、本人の気持ち次第ですが、おしげは受けてくれないと思いますよ、とは何度も言ってみたんですがね。ああ、おやす、あんたには何も言っていなかったね。実はね……旦那様は、おしげを養女にしたいと思っておられるんだ」

あっ。

やすは思い出した。そんなようなことを、大旦那さまがおっしゃっていたことがあった。おしげさんに紅屋を任せたい、確か、女だが番頭にしたらどうかとか、そんな……

そうか。女の番頭は無理でも、おしげさんが紅屋の養女となって、いずれは女将《おかみ》さんになるのであれば、無理ということはない。おしげさんはそのつもりがあれば、まだ子を産むことだってできる年齢だ。

「それは……いずれはこの紅屋を、おしげさんが継ぐ、ということですね」

「そういうことになるね。私は、悪い考えではないと思うんだ。おしげなら紅屋の女将になっても立派にやっていける。おしげを知っている者なら誰も反対はしませんよ。それにね……これはただの、旦那様の思いつき、というわけではないんだ。大旦那様も、以前から考えておられたことなんだ。旦那様ご夫婦に子供が望めそうにないとわかった時から、大旦那様は、おしげを養女にしたらどうだろうかと口にしていらした。ただ……大旦那様には、自分からそれを強く言えない事情があってね」

番頭さんは、やすの顔を見て、それから政さんの方に顔を向けた。

「いいんじゃないですか、おやすには話してやっても」

政さんが言った。

「おやすは口が堅い。余計なことを誰かれ構わず喋ったりはしませんよ。どっちみち、おしげが胸のうちを打ち明けるとしたら、おやすに、ってことになるでしょう」

「そうだね……おやすには知っておいてもらっていいだろうね。さて……昔話になるんだが」

「あの、先にお茶をいれ替えて来ましょうか」

やすは盆に湯呑みを集めて立ち上がった。

六　おしげさんの苦悩

今から三十数年も前のことなんだがね。まだ先々代が紅屋の主人で、大旦那様が若旦那と呼ばれていた頃だった。

その若旦那は、これと言って特徴のなかった紅屋を、料理自慢の宿にしたいと考えて、あれこれ食べ歩いては料理の勉強に余念がなかった。私は当時、まだ小僧だったんだが、なぜか若旦那に気に入られていてね、どこに行くにも若旦那は私を連れて行ってくれました。

ある時、若旦那は信州《しんしゅう》に旅に出た。そしてその旅に、私も連れて行ってくれたんです。いや、嬉《うれ》しかったねえ。当時も今も、旅に出るというのはとても贅沢《ぜいたく》なこと、奉公人にはまず叶《かな》わない夢ですよ。それも信州となれば長旅です。話が決まってから数ヶ月、あまりに楽しみでわくわくして、日々の仕事中にも旅のことを考えてしくじったりしてね、落ち着かない毎日でした。しかしそれも、始まってしまえばあっという間。信州への旅は全部でひと月ほどだったが、今でもあれは夢か何かだったのかと思うほど、瞬く間に過ぎてしまった。見るもの聞くもの食べるもの、何かもかもが珍しくて楽しくてね。

その旅の間に、保高《ほたか》村に行ったんです。信州松本《まつもと》のお城見物を済ませて、保高の高い山々を見ているうちに、あれの一つに登ってみようじゃないか、なんて若旦那が言い出して。

とんでもない、思いつきでひょいと登れるような山じゃありませんよ、あれは。高いも高いが、富士《ふじ》のお山のような姿ではなく、切り立った崖《がけ》や岩が遠くからでも見て取れる、強面《こわもて》の山ばかりなんです。しかしあの頃の若旦那、いや大旦那様は、お若くて怖いもの知らず。路銀に余裕はあったんで、地元の男で山に詳しい者を雇えばなんとかなる、と言ってね。

ま、その時のことを詳しく話せばいくらでも話せますが、それは本題と外れるので省きますよ。

結局、とある山を少しばかり登ったところで、若旦那が転んで足を挫《くじ》いてしまった。地元の者に背負われて、あえなく下山となったわけです。そのままでは旅を続けるのも難しいということで、足の痛みがなくなるまで保高村に世話になることになった。その時に逗留《とうりゅう》させてもらったのが、おしげの実家と親戚《しんせき》の家でした。

その家は蚕《かいこ》をやっている農家で、なかなかの羽振りでしたよ。見ず知らずの旅の者にとても親切でね、私にもよくしてくれました。私は若旦那の足が治るまで遊んでいるわけにもいかないんで、その家の手伝いをさせてもらったんです。薪《まき》を割ったり野菜を洗ったり、掃除をしたりと、女子衆の仕事を手伝う程度でしたが。その時に、私にいろいろと教えてくれたのが、おしげの母親になる人……おはつさん、という名だったように憶《おぼ》えています。優しくて綺麗な人で、子供心に少し憧《あこが》れたほどでした。おはつさんは、その家の主人の、確か姪御《めいご》さんではなかったかな。両親を流行《はや》り病《やまい》で亡くしたとかで、その家に引き取られていたようです。

数日で若旦那の足は痛みが和らぎ腫《は》れもひいたので、我々は旅を続けることにしてその家をおいとましたんですが、品川に戻ってから若旦那はお礼の文と、こちらの名物やらなんやら、たくさんおくられたようで、以来やり取りが続き、今に至るまでその農家からは、新蕎麦《しんそば》や信州菜の漬物などが送られて来ます……

❖

「あの新蕎麦や漬物がおしげさんの実家から届いていることは聞いてましたけど、保高村とはおしげさんが生まれる前からのお付き合いだったんですね……」

番頭さんが話し終えると、やすは言った。

「おしげさんのお里がとても遠いので、紅屋と保高村とはどんなご縁があるのだろうと、少し不思議に思っていました」

番頭さんはうなずいた。

「その後おはつさんは後妻さんとして嫁にいき、我々が帰った翌年に、おしげは生まれたようです。そのおしげが十二になった時に、若旦那、いやその頃はもう主人となられてましたが、旦那様が、保高村から奉公人が来ると私に言いました。そしてやって来たのがおしげです。以来、おしげは本当によく働いてくれました。今ではもう、おしげなしでは紅屋はまわりません」

「長いお付き合いのあるところから養女に来ていただくのですから、本当に良いお話に思えます。でもさっきのおしげさんの様子では、おしげさんはそれを望んでいないようでした……」

「ええ、そこが困ったところなんです。そしておしげの気持ちは、ちっとやそっとで変わりそうにない」

「どうしてなんでしょうか」

「本人の言葉を借りれば、自分はあくまで奉公人の身なのだから、それが紅屋の女将になどはなれない、そんなことは考えるだけでおこがましい、ということなんですが……本音は別のところにあるようです」

「本音……」

「おしげは……知ってしまったんです。いつ知ったのかはよくわからないのですが、もしかすると、大旦那様がそれとなく打ち明けたのかもしれません」

番頭さんは、ふ、と苦笑した。

「あの頃、私はまだ子供でした。男と女の事柄にはとんと疎かった。なのでまったく気づいていませんでした。しかし……どうやら、大旦那様、いや若旦那とおはつさんとは……良い仲になってしまったようでした」

やすは驚いて、番頭さんと政さんの顔を交互に見た。

「そ、それでは、おしげさんは……」

番頭さんは首を曖昧《あいまい》に振った。

「それはわかりません。本当にわからないのだよ……当時、若旦那は若奥様の元に婿入りして三、四年というところでね、なのに若旦那はおはつさんに本気で惚《ほ》れてしまい、こちらに戻ってから何度も何度も文を出して、おはつさんを品川に迎えようとしたようです。自分で迎えに行くつもりで、通行手形を頼んでいたとも聞いています。しかしおはつさんが、うんとは言ってくれなかった。後になって大旦那様から聞いた話では、おはつさんはお妾《めかけ》奉公に乗り気でなかった以上に、保高村を離れることを嫌がったようです。自分は信州の田舎娘で、品川のように賑《にぎ》やかなところでは生きていけない、と。結局、若旦那はおはつさんを諦めた。そして十年が過ぎても子宝に恵まれなかったので、夫婦養子をとって今のような形に収まった。一方、おはつさんも、すぐに嫁にいってしまった。おそらく若旦那からの求めをきっぱりと断るにはそれしかない、と考えたのでしょう。私が思うに、おはつさんも若旦那のことが好きだった。思いを断ち切るにはそれしかないと、早々に嫁いでしまったのではないでしょうかね。

先妻のお子が二人もいる後妻の口だったそうですから、まだ若いおはつさんには、決して良縁でもなかったでしょうに。品川の名は当時も今も、色街として日の本中に知れ渡っています。賑やかで華やか、それだけではなく、いかがわしいところだと思い込んでいる人もたくさんいるでしょう。高い山に抱かれた静かな田舎で育ったおはつさんが、そんなところでは暮らせないと思ったのも無理のないことです。お二人には悲しい恋になってしまった。しかし、おしげの出自に関しては、確かなことは何もわかりません。わかっていたのはおはつさんただ一人だったでしょう。大旦那様は今も、おしげは自分の子だと思っていたいようですが、本当のところはどうなのか。私は、そうではないように思うんです。もしお腹にやや子がいるとわかっていたら、それを隠して他の男のところに嫁ぐようなことが、あのおはつさんにできたわけはない、と。たまたまどちらの子であっても矛盾のない日数《ひかず》でおしげが生まれてしまったけれど、おはつさんにやましいところはなかったのだと思います」

「でも……おしげさんがこだわっているのは、そのことなんですね……」

「そうだと思います。おしげのお腹の中まですっかりわかるわけじゃないが、おしげにしてみれば、大旦那様の隠し子だから、大旦那様のおたねだから紅屋の女将になれたのだ、と誰かに思われるだけでも嫌でしょう。自分の母親が、よその男のやや子を宿したままで祝言を挙げたなどと考えるのも辛いだろうし。養女の話を受けてしまえば、それを認めることになる、と考えているのだと思いますよ。だが、おしげを養女に、と望んでいるのは大旦那様ではなく、旦那様です。それはおしげの出自など関係なく、おしげの働きぶり、心構え、能力を見て、将来の女将に相応《ふさわ》しいと思ったからです。旦那様は、松戸の話が潰れた時点で、時間がかかってもおしげを説得すると腹を決められた。もう養子探しはしないとおっしゃってます。紅屋の将来を思えば、主人に相応しいかどうか定かではない者を跡取りに迎えるよりも、おしげに託した方がいい。私もそう思います。おやす、あんたはどう思うかい？」

「それは……おしげさんなら、立派な女将さんになると思います」

「その点は、間違いねえよ」

政さんが言った。

「むしろ、おしげより立派に紅屋の女将になれる人なんざ、探したって見つからねえだろうな」

政さんはそう言ってから、さっき番頭さんがついたようなため息をついた。

「しかし、おしげの気持ちもわかるんだ。おしげは奉公に来てからずっと、骨身を惜しまず陰日向《ひなた》なく働いて来た。それはただただ、紅屋のため、泊まってくださるお客のためにしたことで、いずれ紅屋を自分のものにしようだなんて魂胆は、かけらも持っていなかった。それがいきなり、あんたは大旦那のおたねだから、紅屋を継いでくれ、なんて言われたら、これまでのおしげの真心が全部、嘘《うそ》になっちまう。そんなのはおしげにとって屈辱でしかない。この話を無理に進めようとしたら、おしげは紅屋を辞めちまうかもしれねえ」

「そんなの、だめです！」

やすは思わず言った。

「おしげさんが紅屋を辞めるなんて、そんなこと！」

「もちろんですよ、おやす」

番頭さんは言った。

「だから事を急いで無理をしないように、時間をかけてでもおしげを説得したいんです。おしげにとっては、松戸の話が一縷《いちる》の望みだったでしょう。どうやら養子のあてがついたようだ、という噂はいつの間にかおしげの耳に入っていたようですからね、おせいが松戸から来た時も、やはり松戸の白鳥屋さんと縁があるのだなと、期待したと思います。が、その話はなくなったとさっき知った。今、おしげの心はさぞかし乱れていることでしょう。今日、おやすも入れてこの話をしたのは、おやすにも事情を知ってもらうことで、おしげがおやすに本音を言いやすいようになれば、と思ったからなんです。あんたたちは同じ長屋で暮らして、きっと日々の愚痴なんかも言い合う仲だろうからね」

そうは言われても、やすは返事ができなかった。

おしげさんを説得することなど、自分にできるわけがない。おしげさんの気持ちを考えれば、それでも紅屋の女将になってください、と頼むことなど、誰にできるだろう。

もちろん、将来おしげさんが紅屋の女将さんになる、そのこと自体は嬉しいことだし、紅屋のためにもそれが一番いいだろうとは思う。思うけれど、どだい無理な話だという気もする。

旦那さまと奥さまはまだ五十の手前、あと十年以上、紅屋の主人夫婦でいるだろう。おしげさんは三十の半ば、まだお子が望める歳だとはいえ、それもあと二、三年のこと。紅屋の養女となるなら跡継ぎを産んで欲しいと願われる立場になるわけで、時間をかけて説得、などと言っている猶予は、本当はないのだ。

それでもおしげさんが養女となった場合、もしかするとまた次も、養子をとらなければならなくなる。世間の大店でも、なぜか代々跡取りは養子、というところは珍しくないけれど……おしげさんがそれを望むだろうか。

白鳥屋さんの話が潰れたとしても、探せばまだ、旦那さまか奥さまの親戚筋に、養子に来ていただける人がいるかもしれない。その人が嫁をもらってすんなりと跡継ぎを産み、紅屋が続いていく方が、世間の通りもいいだろう。おしげさんならきっと、そう考える。自分のせいで、紅屋の後継が歪《いびつ》になるのは決して望まない。おしげさんはそういう人だ。

「わたしには……何もできないと思います」

やすは、ようやっとの思いで小声でそう言った。

それ以外にどう言えばいいのかわからなかった。

「あまり気にしなくていい」

番頭さんの部屋から戻ると、政さんがやすの耳元でそっと言った。

「どっちにしたって、おしげがどうしたいか、がすべてだ。誰もおしげが望まないことはさせられないし、させるべきじゃないからな。ただ、番頭さんがおやすを頼りたくなる気持ちもわかってやってくれ。それだけ、おしげの気持ちを変えさせるのは難しいと、番頭さんは思っているってことだ。番頭さんにとって紅屋の将来は、何より大事なんだ。あの人は紅屋に命を捧げてると言っても言い過ぎじゃない。必死なんだよ、あの人は」

「……へえ。それでも、やっぱりわたしには何もできそうにありません」

「何もしなくていいさ。ただ、おしげの苦しさを思いやってくれたらそれでいい。長屋に帰った時に、おしげの酒につきあってやって、おしげの愚痴を聞いてやってくれ」

やすはうなずいた。

本当に、それしかできない、と思った。

その日の夜は、なんとなくすぐに帰る気になれなかった。いつもは竈《かまど》の火の始末を見届けたら、あとはおうめさんやとめ吉《きち》に任せて長屋に帰るのだが、昆布の手入れが済んでいなかったから、と言い訳をして、おうめさんととめ吉が二階にひきあげても台所に残っていた。昆布は固く絞った布巾で丁寧に拭《ふ》いて汚れを落とす。水気が多いと昆布が湿って傷みやすくなる。昆布は高価なものなので、紅屋では最上等のものは仕入れられない。質は最上等のものと変わらないが、大きさが揃《そろ》っていなかったり、端っこが捻《ねじ》れたり、穴が空いているものを少し安く仕入れている。出汁《だし》をとるだけなら、そうしたものでも問題はない。ただ、出汁をとった残りは細く切って塩昆布にしたり、四角く切って佃煮《つくだに》にしたりと、最後まで使うので、捻れたところや穴の中まで、丁寧に拭いて汚れを落とす。あまりたくさん穴があいている昆布は病気にかかっているものかもしれないので、そうしたものは仕入れないが、一つ、二つの穴ならば、海の中で生き物に食べられた痕《あと》だから味には影響がない、と政さんから教わった。昆布の端っこの捻れているところは、折って別にとっておき、賄いの出汁に使う。出汁をとった後は、甘辛く炊いて賄いの佃煮にする。

昆布の佃煮はおしげさんの好物だ。

そうだ、長屋でも数日前に昆布の佃煮を作ったんだっけ。あれがまだ残っているから、帰ったらあれで湯漬けを食べよう。

おしげさんはもう、夕餉は済ませたのかしら。

ようやっと手元を片付けて、やすは勝手口を出た。

長屋まではほとんど大通りを歩いて行けるので提灯《ちょうちん》もいらない。大引け前なら、大通りの店はどこも開いているし、通り沿いにずらっと提灯がぶら下げられている。それでも、長屋に入る少しの小道は灯《あか》りがないので、提灯は持って出る。

境橋《さかいばし》のたもとまで来ると、川沿いに歩く人の姿がたくさん見えていた。もうじき神無月《かんなづき》、夜遊びには寒い季節になっているのに、綺麗どころと並んで歩く旦那衆はみな、伊達《だて》の薄着だ。

そんな人たちの横に、二八の屋台が出ている。鰹節《かつおぶし》の香りがもやもやと漂っている。温かい蕎麦が美味《おい》しい季節がやって来た。

屋台の横で立ったまま蕎麦をたぐっている人々の中に、おしげさんの姿を見つけた。ちょうど蕎麦ができたところらしく、手にした丼《どんぶり》から白い湯気が立っていた。

「おしげさん！」

やすが声をかけると、おしげさんが気づいて、ちょっと照れたように笑った。

「なんだい、今頃帰りかい。遅かったね」

「へえ、いろいろと細かい仕事が残っていて。今夜は二八で夕餉ですか」

「うちに帰ったら、冷や飯がなかったんだよ。うっかりして今朝は炊かなかったのを忘れてたよ。どっちみち紅屋の朝餉はひと仕事済ませてからだから、今朝はそれを食べればいいや、と炊かなかったのさ。おやすちゃん、あんたは賄いを食べたのかい」

「いいえ、帰って湯漬けでもと思ってます」

「だったらあんたも、ここで食べてったらいいじゃないか。たまには奢《おご》ってあげるからさ」

「いいんですか。それなら、そうします」

本当のことを言えば、立ち食いというのは苦手だった。特に二八は丼を片手に箸《はし》を使わなくてはならないので、屋台の台に丼が置けないようだと食べる気がしない。今は客が数人屋台の周囲にいて立ったまま食べているので、自分だけ丼を置いて食べることはできない雰囲気だ。

それでも、おしげさんと二人で二八を食べる、というのはなんだか楽しい。

蕎麦はすぐにできて、やすは丼を受け取った。

「あそこに座ろうか」

おしげさんが橋のたもとに置かれた平らな石を顎《あご》の先で示してくれた。夏には西瓜《すいか》売りが店を広げるあたりだ。

二人は並んで、橋を行き交う人々を眺めながら蕎麦をすすった。

「薄い出汁だねぇ」

おしげさんがわざと顔をしかめて見せる。

「ろくに鰹節を使わないで、醬油《しょうゆ》ばかり入れてるよ。それにこの醬油、香りが良くないねえ」

「紅屋は醬油はおごっていますから、比べたらいけませんよ」

「そりゃそうだけどさ」

「たまに食べると、美味しく思えますすね」

「そうかい？　紅屋のおやすが美味しいって言うんなら、ここの蕎麦は上等だね」

おしげさんは笑った。

「二八は味じゃないんだよね。冷えた体があったまる、そのことが大事なんだ。お腹に熱いもんを入れると、なんだか幸せな気持ちになる」

「そうですね……少し、幸せな気持ちがします」

「この冬はどうだろうね、寒いかしら。雪が多いのは嫌だねえ……品川の雪はちっとも綺麗じゃないからね」

「そうですか？　品川でも、家々が雪に覆われたらとても綺麗だと思いますよ」

「おやすは、本当に綺麗な雪を見たことがないのさ」

「……保高の雪は、さぞかし綺麗なんでしょうね」

「そりゃ綺麗だよ。江戸や品川の雪なんかとは、白さも輝きも違う。それに深いのさ。ずぶりと足がはまったら、自分じゃ抜け出せないくらい深いんだよ。歩く時はかんじきを履くけど、それでも慣れていないとすぐに雪に埋まってしまう。雪が積もったらもう外には出られない。春が来るまで、家の中ですごすんだよ。そしてね、保高の春は遅いんだ。こっちなら桜が咲く頃になっても、まだ雪は消えてない。冬が長いんだよ。雪に閉ざされて、長い長い冬が続くんだ。でもね、そんな冬にも楽しみはあるのさ。秋に干しておいた柿《かき》を食べたり、囲炉裏《いろり》で川の小魚を焼いたりね。冬の間は小魚も氷の下でじっとしてるんだ。それを氷を割って獲《と》るんだよ。だけどね、たくさんは獲らない。食べる分だけ、少し獲る。そうしないと春になって、卵を産む魚が減っちまう。保高では、山のものも川のものも、必要な分だけ山や川から分けてもらう。欲張りは禁物。独り占めもしない」

おしげさんは、食べ終えた丼を横に置いた。

「品川では、お金さえ出せばなんだって手に入るだろう？　夏でも冬でも、好きな時に好きな物が手に入る。そうした暮らしに慣れちまうと、お金さえたくさん持てばなんでもできる、そんな気になっちまうんだよ。あたしはたまに、それが怖くなるんだよ。……十三で品川に来て、もう二十年以上経っちまって、あたしもすっかり品川の水に慣れてしまった。気付かないうちにあたしの心も、お金を持ったもんが勝ちだ、みたいな色に染まってるのかもしれない」

「おしげさんは、ちっともそんなふうじゃありませんよ。おしげさんの心は、きっと昔のままだと思います」

「あんたにあたしの心の中がわかるのかい」

「へえ、わかります」

「おやおや、あんたは千里眼かい」

「そんなんじゃありません。でも、わかるんです。おしげさんが竹箒《たけぼうき》で店の前を掃いているのを見れば、わかるんです。おしげさんは、竹箒の先をしっかりと見ながら掃いています。地面に落ちている小さな石ころや屑《くず》を見逃さないように。おしげさんはいつも、そこを歩く人のことを考えています。石ころに躓《つまず》いて転んだり、裾《すそ》に屑をつけてしまったりしないよう、真剣に掃いています。それがおしげさんの掃除です。女中頭になって、自分でやらなくても誰かにやらせればいいはずなのに、おしげさんは毎日、竹箒を手にしています。お金さえあればなんでもできる、そんな考えの人ならば、お金にならないことはしないはずです。自分でやらなくてもいいことなのに、それをやってもお給金が増えるわけではないのに、おしげさんは毎日毎日、地面をしっかりと見ながら掃いています。それで充分です。わたしには、わかるんです」

おしげさんの頰《ほお》に、涙の粒が流れるのが見えた。通りの提灯の明かりが川面《かわも》に映って、ぼんやりとおしげさんの頰が、見えてしまった。

やすは何も言わなかった。おしげさんも黙っていた。

「丼、返して来ますね」

やすはおしげさんの丼も持って屋台に返しに行った。

七　和宮様御降嫁

神無月も終わろうとする頃に、瓦版屋《かわらばんや》が声を限りに叫んでいた。

「皇女和宮様御降嫁の大行列が、遂に京を出立した！　これまで誰も見たことのない豪華絢爛《けんらん》の大行列！　総勢なんと一万人以上！　いや、二万人か！　先頭から最後尾まで、長さは驚くなかれ、十二里だよ、十二里！　さあさあ、和宮様のお江戸入りまで行列は続くよ！」


「まさか行列の長さが十二里だなんて、随分大げさだわね」

おはなさんが、売り切ればかりでなかなか手に入らなかった瓦版をようやく手に入れて、それを広げて言った。

「十二里もの行列が、下に〜、下に〜なんて歩いていたら、いつまで経っても江戸に着かないじゃないかい」

「十二里だろうと二十里だろうと、前に進んでいるんならいつかは着くだろうさ」

政さんが言って笑った。

「本当に一万人も人がぞろぞろ歩いてりゃ、そのくらいの長さにはなるかもしれねえ。おそらくその数には、荷物持ちゃ馬引きの人足は入ってねえだろうから、もしかするとその倍以上の人数かもしれねえな」

「千代田《ちよだ》のお城で何一つご不自由がないようにご用意はされるんだろうに、何をそんなにたくさん京から運んでいらっしゃるんですかね」

「公家のお姫さんってのは、何枚も着物を重ねて着ているそうじゃないの。きっと荷物のほとんどが着物なんだよ」

おうめさんが、やけにうっとりとした顔で言う。

「他にも真珠やら瑪瑙《めのう》やら、髪飾りなんかもたくさん持っていらっしゃるんだよ。あ、ちらっとでも見てみたいねぇ」

「ちらっとなんて見られやしないよ。ほらここに書いてある。行列が通る時には外出を控え、男は平伏し、女は家の中にとどまって戸の内側で平伏すべし、ってお達しが出てるんだってさ。それどころか、野良仕事もしたらいけないみたいだよ。犬も繋いでおかないといけないし、まあ大変だねぇ、お泊りになる宿場は、宿だけでなく家のすべてがお借りあげだってさ」

「旅籠も商売できないってこと？」

「そうじゃなくって、行列の人たちが泊まるのに貸し出せってことだよ、多分。一万人も二万人もいるんだから、泊まる部屋なんかひとつも残りゃしないよ」

「だったらいいじゃないの。借りてくれるんだったら宿賃はお上が払ってくださるんだろ?」

「そんなもの、支払いはいつになるやら、下手したら何年も先だよ。お大名だって本陣や脇《わき》本陣への支払いは、何ヶ月もあとだって話だからねぇ」

「こらこら」

番頭さんがやって来てたしなめた。

「あんたたち、お上の悪口をそんな大きな声で言うもんじゃない。そんなことより、和宮様がご無事にお江戸入りをされますようにと、お祈りしてさしあげたらどうなんだい。和宮様が上様と夫婦《めおと》になられて幕府と朝廷が仲良くできれば、穏やかな毎日がやって来て商売繁盛、あんたたちの給金だってあがるかもしれない」

「番頭さんもお八つをご一緒しませんか」

やすが訊くと、番頭さんは、軽く首を横に振った。

「そうしたいんだが、目を通さなくてはならない帳面があってね。今日はなんだい」

「へえ、栗饅頭《くりまんじゆう》を作りました」

「おや、それは楽しみだね。すまないが、後で部屋に運んでくれるかい」

「へえ、おせいちゃんに持たせます」

「そうかい、それじゃおせいの分の饅頭も一緒に持って来ておくれ。どうせなら今日はおせいと饅頭を食べて、それから手習いをやりましょう。あの子が字の練習をしている間に、帳面が読めるからね」

番頭さんによれば、おせいの手習いは、思ったよりも順調に進んでいた。やはりおせいは知恵遅れではなく、ただ、少し飽きるのが早く落ち着きが足りないだけだった。じっと座っていることが苦手らしく、字を書いていても途中で立ち上がってしまったりするらしい。

それでも番頭さんが決して怒らず、根気よく教えてくれたおかげで、いろはの読み書きはすべてできるようになったようだ。

「おせいちゃん、このお盆を番頭さんの部屋に運んでちょうだい。今日は番頭さんとお八つを食べて、手習いもみて頂きなさい」

「へえ」

おせいは、慎重に盆を持った。おせいの不器用さはなかなか治るということもなく、それでも何度か失敗して、自分なりに失敗しないやり方を模索しているようだった。

「少しは様になって来ましたね」

おせいの背中を見ながら、おうめさんが囁《ささや》いた。

「あの子はあの子なりに、努力しているんですよ」

「そうね、お盆をひっくり返したり落としたりすることも、なくなったものね」

「五年、でしたよね、あの子がここにいる期限」

「ええ。十五になる春には、松戸に返す約束だそうよ」

「その間に、何か自分が楽しくできることを見つけてやれたらいいんですけどねえ。きっとあの子にだって、得意なことはあるはずなんですよ。まあお裁縫の方は、あんなに不器用な子は見たことないっておしげさんが呆《あき》れてましたけど。それにあの子、少し目が近いように思うんです。おしげさんも言ってました。針に糸を通す時に、ものすごく目に近づけて通すんで、なんだか危なくてはらはらするって」

それはやすも気づいていた。おせいは確かに、目が近い。本当は、眼鏡を使った方がいいのかもしれない。だが嫁入り前の娘が眼鏡などかけるのはあまり見たことがないし、そもそも眼鏡はとても高価なので、見習い奉公の身で使えるようなものではない。

「それでも雑巾は縫えるようになったんですよ」

おうめさんは楽しそうに言った。

「五年あれば、浴衣だってきっと縫えるようになりますよ」

「栗饅頭、もうできましたかぁ？」

勝手口から鉈《なた》を手にとめ吉が入って来た。

「薪割りは終わりましたよ」

「ご苦労さま。手を洗っていらっしゃいな、栗饅頭、美味しくできたわよ。とめさんが鬼皮も渋皮も手早く剝《む》いてくれたから、作るのが楽だったわ」

「おやすちゃん、おいら、やっぱり、ちゃんの方がいいです。とめさん、って呼ばれると、なんか背中が痒《かゆ》くなります」

「あらだって、年が明けたらあんたも手代《てだい》の扱いなのよ」

おうめさんが言った。

「料理人に手代はないから見習いのままだけど、給金だって出るんだから、ちゃんづけで呼ぶのはおかしいじゃない。今から慣れておかないと。それとも昔みたいに、旦那様に名前をつけていただく？　昔は奉公人ってのは、旦那様に名前をつけていただいて、里で呼ばれていたのとは違う名前で呼ばれたものらしいから」

「おいら、おとうがつけてくれた名前がいいです」

「でもねえ、政さんのことを政一さんと呼ばずに政さんって呼んでるんだから、あんたのこともとめ吉さんとは呼べないのよ」

「だったら、呼び捨てにしてください。兄さんもおとうもおっかあも、おいらのことは、とめ、と呼んでました。呼び捨ての方が背中が痒くならなくていいです」

「背中が痒いのはあせもでもできてるからじゃないの？　ちょっと見せてごらん、あせもをかき壊したら熱が出て寝込んじまうことだってあるんだから」

仲良くじゃれている二人の前に、栗饅頭を山盛りにした器を出した。

「さあ、みんな待ってるから、早くこれを出してあげて」

「おいら、三つ食べていいですか？」

「三つでいいの？　とめさんには五つ、と数えて作ったんだけど」

「そんなら五つ、お願いします」

とめ吉は悪びれずに饅頭を五つ、大きな手でひょいひょいと摑《つか》んだ。

「おいら、外で食べます」

とめ吉は嬉しそうに勝手口から出て行った。

皆に饅頭と茶を配ってから、とめ吉の湯呑みに茶をいれ、自分の分と一緒に平石まで運んだ。

「お茶もなしにお饅頭を五つも食べたら、喉《のど》に詰まるわよ」

「あ、おやすちゃん、いや違った、おやすさん、すみません」

やすはつい、笑った。

「お互い、呼び方は無理しないで、自然に変えていきましょう。紅屋はもともと、奉公のしきたりにはうるさくないところだし」

「へえ、それがいいです。助かります。あ、お茶いただきます」

「とめさん、この頃よくここでお八つを食べているわね」

「外の方が気持ちいいです」

とめ吉は、饅頭を食べながら空を見上げた。

「夏だと石が熱くて座れないし、冬は石の上に座っていたら尻《しり》が冷たくなっちまいます。今の季節はまだ、こうしていてもそんなに冷えないです」

「さっきは本当に助かったわ。とめさん、小刀を使うのがとても上手になったわね。栗の鬼皮と渋皮を一気に剝いてしまうなんて」

「栗の皮なんか簡単ですよ。いくらでも剝きます。栗饅頭のためだったら、百個でも二百個でも剝きますよ。あ、栗ご飯もいいなあ。最中のあんこの中に、栗の煮たやつが入ってるのはもっと好きです」

「栗の季節が終わる前に、栗ご飯も炊きましょうね」

「ところで和宮様って方は、お綺麗なんでしょうか」

「それはお綺麗でしょう。帝の妹君であらせられるのだし。とめさん、和宮さま御降嫁の瓦版、読んだの？」

「ちょっとだけ、おはなさんに見せてもらいました。でも残念でしたね、京の都から江戸に来るのに、品川を通らないなんて」

「東海道は川止めになることがあるでしょう、そんな大行列が川止めで進めなくなってしまったら大変だから、仕方ないわ。それに、もし品川を通っていたらきっと大変なことになっていたでしょうね」

「紅屋にも、行列の人が泊まったでしょうか」

「さあ、品川は江戸に近すぎるから、泊まりは平塚《ひらつか》あたりになったのではないかしらね」

「和宮様も、お里帰りをなさるんですか」

「どうかしら……上様の奥方になられた方は、ずっと千代田のお城の中で過ごすものだと思うわ……」

やすの脳裏に、おあつさんの顔がよぎった。

「とめさん、和宮さまのことがとても気になるのね」

「なんでですかね……なんだか、お気の毒なような気がして」

「お気の毒？　上様はお若くて見目も麗しく、日の本一のお方なのよ。その方と夫婦になるのだもの、きっとお幸せなはずよ」

「それはそうですが……生まれた里に二度と帰れないかもしれないなんて、おいら……おいらは品川が好きです。でも中川村《なかがわ》のことが、やっぱり一番好きなんです。生まれた里ってのは、そういうもんだと思うんです。おいら、将来お嫁さんをもらったら、お嫁さんが帰りたい時に里に帰してやりたいです。いつでも里に帰って、おとうやおっかあの顔を見て来ていいよと、言ってやりたい」

やすの胸が、しくっと痛んだ。

とめ吉の初恋の相手は、二度と里帰りができないかもしれないところへ嫁いでいった。とめ吉は今でも、あの人のことを思っているのだ。

とめ吉は優しい。優しくて……大きい。

いつかとめ吉の嫁になる人は、きっと幸せになるだろう。

やすも、自分の分に運んで来た栗饅頭を食べた。山栗を甘く煮てざくざくと刻み、花豆で作った白あんに混ぜ込んで、饅頭の皮で包んで蒸してある。

山の栗の甘さがほわっと口の中に広がる。
栗の季節ももうすぐ終わる。
冬が来る。

八　おせいの才

和宮《かずのみや》さまがご無事に江戸に到着されたのは、霜月《しもつき》の半ばだった。京を出立されたのは前月の二十日を過ぎた頃《ころ》だったから、二十数日もかけてのご降嫁である。その間、瓦版《かわらばん》には道中の話がいろいろと書かれていたが、どれもそのまま信じるよりも笑ってしまうほど大袈裟《おおげさ》に思えた。行列の長さが十二里に渡っていたとか、一つの宿を行列が通り過ぎるのに四日かかったとか、和宮さま側が一万、幕府からのお迎えが二万の、なんと総勢三万人の方々がいらしたとか。

それだけではなく、御一行がご休憩されたりお泊まりになった宿場がどれほどの大騒ぎになっていたのかも、面白い読み物になっていた。中には少し物騒な話もあって、どこぞの村では人足として駆り出された村人が、農作業の遅れから脱走して斬《き》られた、などということもあったらしい。

いずれにしても、和宮さまがご無事に江戸城にお入りになられたことは、本当におめでたいことだった。

これで、幕府と尊王攘夷《そんのうじょうい》派とが和解し、もう殺し合いなど起こらない世の中に戻るのではないか。商《なりわい》いを生業とする人々にとっては、太平より望ましいものはない。

師走《しわす》にもう一つ、おめでたいことがあった。

幕府の遣欧使節団が、品川《しながわ》の港から出航したのである。遠くえげれすやふらんすなどの国々を回る使節団は、そうした国々と戦《いくさ》にならないように、仲良くするために出航するのだと聞いて、やすも他の奉公人たちも、期待を込めて港まで見物に行った。

使節団が乗る船は、えげれすの軍艦だった。大きくて恐ろしげな姿をしているが、おーでぃん号、という名前が付いていた。どんな意味なのかはわからないが、外国の船にもちゃんと名前があるのだ、ということがなんだか面白かった。

おーでぃん号は、品川を出てからまずは長崎《ながさき》に向かうらしい。やすは、その船に乗り込んで長崎へ行ってしまいたい、と思った。お小夜《さよ》さまに逢《あ》いたい。その気持ちは、消えることなくやすの心に積もっている。

ふらんすに到着するのは春になるだろう、と、見物人の誰《だれ》かが言っていた。あんなに立派な大きな船でも、何ヶ月もかかるのだ。ふらんす、そしてえげれすは、なんて遠いところにあるのだろう。

世の中は、なんて、なんて広いのだろう。

やすは、目眩《めまい》がするような思いで、遠ざかっていく船を見つめていた。

❖

年が明けて文久《ぶんきゅう》二年。

とめ吉《きち》は料理人見習いの身分となり、わずかながら給金をいただけるようになった。政《まさ》さんは以前にも増してとめ吉に料理を教えることに熱心になり、魚の仕入れにはとめ吉を必ず連れて行き、包丁の研ぎ方も時間をかけて教えこんでいた。やすは、自分がそうして仕込まれていた時のことを思い出し、懐かしい気持ちになると同時に、ほんの少し寂しさも感じていた。今はもう、政さんが手取り足取り何かを教えてくれる、ということはなくなってしまった。何か疑問に思うことがあっても、昔のようにすぐに政さんに訊《き》くことはできない。まずは本を調べ、自分で考えて答えを出す。政さんに相談するのは、自分の出した答えで正しいのかどうか、判断を仰ぐ段階になってから、である。政さんとやすは、共に独り立ちした料理人。互いの知識や技術を、そのまま教えてもらえる立場ではない。

おせいの教育に熱心だったおうめさんは、おせいがとにもかくにも、下働きの仕事が一応こなせるようになったことに満足していた。まだ洗い物をしていて皿を割ってしまったり、青菜を洗わせたら根元に土が残っていたりと、細々《こまごま》とした失敗はあるものの、いても役に立たない、というわけではなくなった、と笑顔で言う。

「でもねぇ、あの子は食が細いというか、食べるってことにあんまり興味がないのが気になるんですよねぇ」

「とめさんと比べるからそう思うんじゃない？　女の子はそんなに食べないでしょう」

「それにしたって、夕餉《ゆうげ》に飯茶碗一膳《めしぢゃわんいちぜん》、おかずはほとんど手をつけないんですよ。遠慮しないで食べていいって言ってるのに。小芋の煮たのが好きだって言うんで、大きめのを取り分けてあげたのに、たった一個でもういいです、だなんてさ。あんなんで、ちゃんと大人になれるんでしょうか」

「見たところ、瘦《や》せてはいるけれど、特にどこか悪いようには見えないわね。寝起きはどう？」

「寝つきはいいほうだと思います。あたしが行灯《あんどん》の火を消す頃には寝息をたててますから。起きる方は、まあ時々眠そうにぐずぐずはしてますけどね、起きられないってわけではないですねえ」

「よく寝られているなら、きっと体に悪いところはないと思うわ。もう少し様子をみてみましょう。おうめさん、おせいちゃんの好物が他にもないか、訊いてみてくれる？　賄いに使えるものは限られているけど、できるだけおせいちゃんが好きなものを食べさせてあげましょう。とめさんとは、随分仲良くなったみたいね」

「へえ、あれでもやっぱり、とめさんはだいぶ大人ですね。この頃は、おせいちゃんが何か困っていないか、気をつかってくれてるようですよ。おせいちゃんも初めの頃はとめさんが話しかけても黙ったままのことが多かったけど、最近は自分から話しかけたり、二人で何やら面白いことでも話しているのか、裏庭で笑い合ってることがありますよ」

やすは安堵《あんど》した。少なくともおせいには、友だち、が出来たのだ。

人が生きていく上で、友の存在は大きい。

実家でほったらかしにされ、自分には生きている価値がないと漠然と思い込んでいただろうおせいにも、一緒に笑い合える友だちができれば、きっと、生きることを楽しめるようになるだろう。

「おやす、ちょっと来てくれないか」

夕餉の下ごしらえがおおよそ終わった時、政さんに呼ばれた。何か話がある時は裏庭の平石のところで、と言うことが多いのに、その時は政さんがあがり畳の奥を指でさした。あがり畳は夕餉の膳箱を並べて配膳するのに使ったり、奉公人たちが賄いを食べたりするのに使う小さな畳敷の部屋で、台所からひょいとあがれるように襖《ふすま》がない。その奥には襖を隔てて小部屋が一つあるが、そちらには季節外れの掛け軸やら、滅多に使わない器などがしまわれていて、ほとんど中に入る機会はなかった。

やすが襖を開けて中に入ると、すぐに政さんが襖を閉めた。

「別に秘密ってほどのこともねえんだが」

政さんは、照れたように笑った。

「まだおやす以外に見せたのは、番頭さんだけなんでな」

小さな文机《ふづくえ》の上に、仮綴《かりとじ》をした本が置かれていた。

「料理本、完成したんですね！」

やすは文机に飛びついて、政さんのゆるしも得ずに本をめくった。

「おいおい、仮綴だからな、そっと扱ってくれ」

やすは息をのんだ。

最初の一文から、政さんの料理に対する真摯《しんし》な思いが伝わって来た。

第一に、料理とは、ひと様の体と心に触れることなのだ、と政さんは書いていた。美味《おい》しいとか美味しくないとか言う前に、食べる人の体に悪さをしない、食べる人の心をほぐすものであることが大切なのだ、と。それにはまず、料理人が、正しい知識を身につける必要がある。どんな野菜や魚に毒があるのか。どんな場合に、毒ではない食べ物が毒になってしまうのか。どんな人にはどんな食べ物が悪さをするのか。医者ではなくても、そうした知識を学ぼうとせずに料理人になってはいけない、と書かれていた。

どんな料理本でも書いた料理人の前書き、口上はあるものだが、こんなに厳しく料理人に警告している料理本などは見たことがない。

その上で政さんはさらに、心のあり様についても書いていた。

料理の味には料理人の心があらわれる、と書かれている。

作り手が悪《あ》しきことを考えて料理をすれば、それは必ず、えぐみや苦みとなって味を損ねる。作り手の気持ちに余裕がなければ、包丁の使い方が雑になって、いつもよりも味が尖《とが》る。料理人であっても日々の暮らしでは、腹の立つことや悲しいこと、苦しいことなどあるのが当然だが、ひと様に食べていただく料理を作る前には、一度、そうした心の乱れを整え、無心となる必要がある。無心が難しければ、大きく呼吸をし、何か楽しいことを考えるだけでもいい。そうして気持ちを整えて料理に臨めば、食べる人の心をほぐす味になる……

まるで、徳の高いお坊さまにお話を伺っているようだ、とやすは思った。

料理本は人気があるので、世の中にたくさん出ている。そんな中で本を売ろうと思うなら、まずは美味しそうで誰でも作れそうな料理を並べて、すぐにでも試してみようと思うような本にすべきだろう。だが政さんは、何よりもまず、心構えから書いた。政さんにとっては、この本が売れるかどうかなどはどうでもいいことなのだ。

それは政さん自身が、一度は身を持ち崩した、という過去があるからだ。政さん自身が、料理によって救われたからだ。

政さんは、格好をつけてこんな前書きを書いたのではない。心の底からこう思っているのだ。

政さんにとって、料理を誰かに教えるということは、人を救うということと、同義なのだ。

「おいおい、おやす。なんだって涙なんか流しているんだい」

政さんが心配そうにやすの顔を覗《のぞ》きこんだ。

「ちょいときつい書き方になっちまってるのかな」

「いいえ、いいえ」

やすは笑い顔を作って首を横に振った。

「そうじゃありません。なんだか、嬉《うれ》しくて……心に染みたんです。これぞ、政さんの料理本だ、と思いました」

「まだ前書きのとこしか読んでねえじゃねえか」

「前書きだけでわかります。この本は、政さんの思いがこもっています」

「はは、ここに置いとくから、暇ができたら続きも読んでみてくれ。それでな、相談なんだが」

「へえ」

政さんは、何枚かめくって料理の手順が書かれたところを開いた。

「この左側んとこ、空けてあるのはな、ここに絵を入れたらどうかと思ったからなんだ」

「絵、ですか」

「うん。文字だけで手順を書いても、伝わりにくいことがあるからなぁ」

「挿絵ですね……でも絵を入れて刷ると、版木が高くなるのではないですか？」

「版元に相談してみたら、少々高くなっても構わないと言ってもらえた」

「政さんの料理本なら売れるということですね」

「それはどうか知らねえが、挿絵があった方が人気が出るだろうって判断でもあるようだった。で、全部の料理に挿絵ってわけには行かねえから、文字で読んだだけではわかりにくいのを選んで、絵を入れようと思うんだ。絵師に頼むと高くつくし、第一、料理に詳しい絵師でないと、料理人にわかるような絵、ってのが描《か》けないと思ってな。それで、おやす、あんたに頼みたいんだ」

「わ、わたしですか！　わたしは絵は上手《うま》くありません。政さんも知ってるじゃないですか」

「いや、毎日献立の絵を描いて、それをお客に料理と一緒に出しているのが好評じゃないか」

「あれは、お膳を見ながら写しているだけです」

「本当に下手くそな奴《やつ》だったら、見たものを写したってああは描けねえさ。おやすは百足屋《むかでや》のお嬢さんと一緒に、河鍋《かわなべ》先生に絵を習っていただろう」

「お小夜さまが習われるのにご一緒させていただいただけです。それもわたしは絵を描くよりも、お小夜さまのお話し相手でしたから……」

「なんでもいいから、引き受けておくれ」

政さんは、手を合わせて拝む仕草をして見せた。

「料理がわかってる者じゃないと、料理の手順や、ちょっとしたこつなんかを絵にすることはできねえと思うんだ。絵師が描くような複雑な絵は必要ない、たとえば、魚の鱗《うろこ》を取る時にどの向きに包丁をあてたら魚の身を傷めねえですむか、みたいなのは、文字で読むより絵で見た方が、一発でわかるだろ？　この本を読んで、おやすの判断で絵があった方がいいと思うところに絵を入れれば、きっと誰が読んでも役に立つ本になる。俺《おれ》はな、腕自慢、味自慢ばかりの本なんか出すつもりはねえんだよ。どうせ料理本を出すからには、これから料理人になろうとしている若い奴らや、ようやく独立して自分の店を持ったような料理人の役に立つ本にしたいんだ」

政さんの口調は真剣で、やすはそれ以上固辞することができず、わかりました、と答えてしまっていた。

❖

正月気分がすっかり抜けた睦月《むつき》の半ばを過ぎた頃に、またしても物騒な噂《うわさ》が流れて来た。ご老中の安藤《あんどう》さまが、ご登城の際に水戸《みと》浪士に襲撃された、という噂である。ご大老の井伊《いい》さまの時は、噂は噂のまま、井伊さまはご病気でお役目を降りられ、そののちにご逝去されたということになっているが、世間ではもう誰もそうした話を信じてはいない。安政《あんせい》七年のあの大雪の朝に、桜田門外《さくらだもんがい》で襲われた井伊さまは、お首をとられてしまわれたのだと、みんな思っている。

今度もまた、ご老中が襲われたという噂が先に流れて来たが、幸い今回は、安藤さまはご無事であったらしい。

「せっかく和宮様がご降嫁されて、幕府と朝廷が親戚《しんせき》になったっていうのに、水戸浪士は何が気に入らなくて暴れてるのかしらねぇ」

おうめさんが言った。やすにもそれがわからなかった。世の中のことは、わからないことだらけになってしまった。

だが、翌月には、上さまと和宮さまの御婚儀が執り行われた。品川の大通りには真新しい祝提灯《いわいぢょうちん》がずらっとさげられて、遊郭も派手な宴《うたげ》を催してすっかりお祝い気分となった。紅屋《くれないや》の夕餉も、大根と芹人参《せりにんじん》で紅白を彩ったり、芋を飾り切りして鶴亀《つるかめ》にしたりと、お祝いの気持ちを込めたものを出した。そうして明るい話題に飛びつくことで、人々は不安を忘れたふりを続けていた。やす自身も、この先の世の中のことはできるだけ、深く考えずに過ごしていた。

やすには目の前に、大仕事が待っていた。政さんの料理本の挿絵を描くこと。政さんの許しを得て仮綴の本を長屋に持ち帰り、毎晩眠くなるまで、その本を隅々まで読んだ。読めば読むほど、自分の師匠である政一《まさいち》という料理人のすごさが伝わって来る。

政さんが選んだ料理は、どれも紅屋の定番料理ばかり、奇をてらった珍しい料理ではなく、旅籠《はたご》の夕餉にいつも出て来る、誰でも知っている料理だった。それらを季節ごとに、膳にのせた献立として七、八通り選び、主菜から香の物まで詳しく解説している。素材の魚や野菜のこと、同じ調理法で別の魚を使う時の注意から始まって、歯の悪い老人に出すならどうしたらいいか、腹に赤子がいる妊婦に出してもいいか悪いか、本当に細かく説明が書かれている。そしてそれはすべて、やすがこれまで政さんから教わって来たことそのものだった。やすが毎日献立を絵に描き、政さんがその絵と共に自分の為《ため》の覚書として記していた料理日記。そこに綴《つづ》られていたことが、惜しげも無く書かれている。

政さんは出し惜しみなどしない。自分の知識、技術をできる限り、本を読む人々に伝えようとしている。

これから料理人を目指す若い人たち、そして、自分の店を持ったばかりで希望に胸を膨らませている人たち。そんな人たちの助けとなるような、料理本。

やすは興奮した。そんな素晴らしい料理本の手伝いができるのだ。顔も知らない、会ったこともない料理人たちが、この本を読んでくれる。その人たちと自分とは、共に、料理の道を進む仲間なのだ。

だが、実際に挿絵を描くとなると、やすは自分の画力のなさにがっかりしてしまった。なべ先生のおかげで、一応絵らしきものが描ける程度にはなれたのだが、自分に絵の才がないことは自分がいちばんよく知っている。

確かに本に書かれている料理のことなら、わからないことはない。文章ではわかりにくい部分も、やすの頭の中には明確に「絵」が浮かぶ。しかし、それを筆で紙に描こうとすると、思っていたのとはまるで違った絵にしかならないのだ。

その夜も、やすは筆を手にしたままで考えこんでいた。

やっぱり自分には荷が重い。料理のことは説明できるから、絵が得意な人を連れて来て、横で説明しながら描いてもらう方がいい。誰か知り合いに、絵心のある人っていたかしら。

「ちょっと、おやす、まだ起きてるかい？」

戸の外から声がした。おしげさんだ。

「あ、はい、まだ起きてます」

やすは心張り棒を外して戸を開けた。

おしげさんが訪ねて来るのは久しぶりだった。同じ長屋に暮らしているので、以前は毎日のようにどちらかの部屋に行っておしゃべりを楽しんだものだったが、あの、境橋《さかいばし》の二八を二人で食べた日以来、おしげさんが来てくれたのは今夜が初めてだ。

「ごめんね、こんなに遅く」

「いいえ、どうせまだしばらくは起きているつもりでしたから」

やすは筆や紙を適当に片付けた。

「なんだい、また献立でも考えていたのかい」

「へえ、そんなところです」

政さんの料理本に挿絵を描くことは、まだ誰にも話していない。

「あんたも頑張るねえ。あんたが台所を仕切るようになって、はじめのうちは、せっかく紅屋に泊まったのに政一の料理が食えねえって文句を言う客もいたけどさ、この頃は、前より美味しくなったなんて言う客もいるんだよ」

「それはお世辞ですよ。まだまだ、政さんの料理には遠く及びません」

「そうとばかりは言えないさ。料理ってのはとどのつまり、客の舌との相性だからね、たくさん客がいれば、中には政さんの味よりあんたの味の方が舌に合う、って人もいたって不思議じゃない」

「わたしの味は、政さんの味です。それを超えようなんて考えたことはありません」

「なんでだい？　何にでも挑むのが好きなあんたにしては、おとなしいじゃないか」

やすは、ふふ、と笑った。

「だって、政さんの味がいちばん好きなんです、わたし。自分が食べて美味しいと思う味をお客さんにも食べていただきたいから、政さんの味にこだわりたいんです」

「そうかねえ。あんたはいつか、それじゃ飽き足らなくなるとあたしは思うよ。政さんも本当は、それを期待してるんじゃないのかねえ。ま、料理のことはあたしにはわからないし、美味しいものさえ作ってくれるなら、誰の味だろうとかまやしないけどさ。ちょっとね、あんたに見てもらいたいものがあるんだよ」

「へえ、なんでしょうか」

「これなんだよ。さっきまで、これを見ながらどうしようかと考えていたんだけどね、ちょっとあんたの意見を聞いてみたくなって」

おしげさんが取り出したのは、作り掛けの巾着袋《きんちゃくぶくろ》だった。

「……懐かしいですね。端切《はぎ》れで作った巾着袋」

「給金を貰《もら》えるようになった女中が真っ先に買うのが端切れだからね。選べばけっこう綺麗《きれい》な布が売られているから、巾着袋とか薬入れ、根気よくやればちょっとした羽織りものなんかも作れる。ほら、今、おせいに縫い物を教えているだろう？　おせいはまだ給金をもらえないけれど、番頭さんが時々、小遣いをくれているようでね、それをちゃんと貯《た》めているんだよ、あの子。なのでそのうち自分で端切れを買って、好きなものが作れるようにと思ってさ、巾着袋作りを教えてみたんだよ」

やすは、その作り掛けの巾着袋を手にとってみた。つい顔をしかめてしまって、おしげさんが笑い出した。

「ひどいだろ、その縫い目。それでも始めた頃よりはだいぶましになったんだよ」

縫い目が上へ下へとずれていて、わざとそうしているのかと思うほどだった。しかもひと針の長さがまちまちだ。縫い目がはずれてしまっている箇所もある。

「あたしも見習いの子に縫い物を教えたことは何度かあるけど、こんなに不器用な子ははじめてだよ。それでもさ、一所懸命やってるんで、叱《しか》る気にはなれないんだよね。ま、お針子になるわけじゃないんだから、とにかく真《ま》っ直《す》ぐに縫えるようになればそれでいいんだけど。縫い目のことはともかくとして、あんたに見て貰いたいのは、その端切れの組み合わせなんだよ」

「組み合わせ？」

「練習だからね、あたしんとこで余ってた端切れを適当に渡して作らせてみたんだ。最初に布をよく見て、それをどう組み合わせたら素敵に見えるか考えなさい、って教えたのさ。素敵ったって、余り物の端切れの、それまた余りものだからね、ろくなのは残ってなかった。なのに、これを見て気づいたんだよ。どうだい、これ、なかなかいいと思わないかい？」

やすはもう一度、巾着袋をよくよく眺めた。

余っていた布切れなので、美しい色のものはほとんどない。絣《かすり》の紺色、丹前にでも使いそうな茶色の縞《しま》模様、それに渋い風合いの緑色が少し。地味で、若い娘が好みそうなものではなかった。が、巾着袋は、なぜかとても美しい色に見える。よくよく見ると、それぞれの布が三角に切られていて、それが組み合わされている。規則正しく組み合わせているように見えて、時々配色が変わる。

「……綺麗ですね。素敵です」

「だろう？　あれ、と思ったのさ。あたしがやったら、こんな風にはできないな、って。縫うのが下手だからぱっと見たら良くは見えないんだけど、これでもし、すっと綺麗な縫い目できっちり縫い合わされていたら、どうだろうね？　こんな地味な色の布ばかりなのに、なんだか江戸で流行《はや》りの模様みたいに見えるじゃないか」

おしげさんは、とても真面目《まじめ》な顔で言った。

「これさ、もしかすると、あの子の、おせいの才、ってやつなんじゃないのかね」

「おせいちゃんの、才……」

「この前、みんなで話し合った時に言ってたじゃないか。なんでもいいからおせいに、ひとつくらいは取り柄というか、得意なことがあるといいねって。いやさっきまで一人でこれを見ながら考えていてね、これがそれなんじゃないのか、って思ったんだよ。あの子、絵が描けるんじゃないかね」

「絵が……でも、おうめさんはそんなこと言ってませんでした」

「あの子はさ、自分はいらない子なんだと思い込んでたんだよ。何をやっても人並みにできない、だから自分なんかいなくてもいいんだ、そんな風に思い込んでいた。いや、今もたぶんまだ、そう思ってる。そんな子が、自分から何かをやって見せたりはしないよ。例えば本当は絵を描くのが好きだとしても、そうは言わないさ。言ったところできっとまた、下手な絵だ、不器用だと笑われる。あの子ならそう思うだろうね。

ましてや紙だって墨だって、下働きの女子衆《おなご》が自由に使うには高価なものだよ。それを使わせてくれなんて、自分から言う訳が無い」

「描かせてみましょうか、絵を」

「そうだね、余り紙があったら、一度やらせてみてくれるかい。もちろん、こんなふうに柄を合わせるのが上手だからって、絵が描けるってわけじゃないんだろうけど、少なくともさ、色や柄をうまく組み合わせられるってことは、綺麗なものがわかるってことだろ？　絵そのものは下手でもさ、色を使うのが上手いならそれも才だよ」

「おせいちゃんが色にこだわる子だというのは感じていたんです。料理を見ても、あの子の興味は色に向くようなんですよね。自分が好きな色のものだとよく食べるんです」

「なるほどね……もしかすると、花なんか生けさせたらいいかもしれないね。台所の仕事には向かなくても、花を生けられるんだったら、あたしの方で引き受けたっていいんだし。どうせあの子の実家は、あの子に料理を覚えさせたいんじゃなくて、嫁にいくまでの口減らし程度のつもりなんだろう？　お勝手じゃなくて部屋の方の女中になっても、気にしないんじゃないかね」

「へえ……ただ、おうめさんがおせいちゃんのことをすごく可愛《かわい》がっていて、ようやく仕事を覚え始めたと喜んでいるところなんです。できればこのまま、台所で使ってあげたいんです」

「あんたがそう言うならそれでいいけどさ、おせいにとって何がいちばんいいのかは、ちゃんと考えてやらないとね。あ、もうだいぶ遅くなっちまった。それじゃ、おせいのことお願いするよ。また明日ね」

やすは、行灯を消して布団に横になり、かい巻きを顔の上まで引っ張りあげて体を温めながら、縫い掛けの巾着袋のことを考えていた。

おしげさんは、あんなにお粗末な縫い目を見てもおせいを見放さない。それどころか、柄合わせの巧みさに気づいて、おせいには絵の才があるのではないか、と、わざわざ相談に来た。それもこんな夜更けに。明日でもいいことなのに、きっとおしげさんは、そのことを思いついて嬉しかったのだ。一刻も早く、誰かにおせいの才について話したかったのだ。それほど真剣に、おせいのことを考えてくれていたのだ。

期限が来れば里に帰って嫁にいってしまう子のことを、そこまで考えてくれる女中頭なんて、他にいるだろうか。

やっぱり、おしげさんしかいない。

やすはあらためてそう思った。

紅屋の将来を背負って、女将《おかみ》となってくれるのは、おしげさんしかいない。旦那《だんな》さまも奥さまもそう確信しているから、おしげさんを養女に、と望んでいる。どうしたらいいんだろう。おしげさんの心をほぐして、養女となることを受け入れてもらうには。


翌日、やすはさっそく、お八《や》つを終えるとおせいを連れて番頭さんの部屋に行った。番頭さんにはおしげさんから聞いたことを朝のうちに話してあった。番頭さんは、紙を何枚かと、絵を描くのに良さそうな筆を用意してくださっていた。

おせいは、目の前に置かれた紙や筆を不思議そうに眺めていた。

「文字の手習いでしたら、こんな上等な紙はもったいないです」

おせいが不安そうに言う。

「せいはまだ、綺麗な字が書けません。裏紙で充分です」

「今日はね、文字ではなくて、絵を描いてみない?」

やすが訊くと、おせいはきょとんとしていたが、すぐに激しく首を横に振った。

「だめです。申し訳ありません、せいは絵は描けません。描いてはいけない、と、かかさまに言われました」

「里のお母さまが、おせいちゃんにそう言ったの？　絵を描いてはいけない、って？」

おせいは首をうなだれた。

「いつだったか……かかさまが文《ふみ》を書きかけていたのを見つけて、筆で遊んでしまったんです。……筆で、紙に絵を描いてしまいました。描いているうちに夢中になって、紙からはみ出して文机や畳にまで墨をつけてしまって……それでひどく叱られました。……三日くらい、ご飯をいただけませんでした……」

番頭さんがしかめ面で咳払《せきばら》いをした。おせいは折檻《せっかん》されていたのだ。幼い子に三日も食べ物を与えないなんて、ひど過ぎる。やすも怒りで唇が少し震えた。

おせいが文字の読み書きができなかったのは、筆を持たせてもらえなかったからだった。おそらく、その時のことで怖くなり、おせい自身も筆を手に取ろうと思わなくなったのだろう。

「畳にまで描かれたらちょいと困るが」

番頭さんが優しく言った。

「この紙の中になら、どれだけ墨をつけてもいいんだよ。いや、ちょっとくらいはみ出して文机が汚れたって、そんなことは気にしなくていい。どうせ私もしょっちゅう墨をこぼして汚している古い机だからね。それよりも、せっかく字が書けるようになったんだから、もう少し筆と仲良くなってみたらどうかと思ってね。文字を書くよりは絵を描くほうが、きっと楽しいんじゃないか、と思ったんだが、どうだろう。試してみてくれないかい。そこにあるのは絵筆といってね、文字よりも絵を描くのに向いている筆だ。平らなのや細いのや、いろいろあるだろう？　好きに使っていいから、何か描いてみないかい」

「わたしもここで一緒に、今朝の朝餉の絵を仕上げることにします」

やすは自分の絵筆や紙を、畳に置いた。

「おやすさん、いつもお膳の絵を描いていますね」

「こうして絵に描いて残しておけば、どんな季節にどんな献立を出したかあとでわかるでしょう？」

「夕餉の絵は、お膳に一枚ずつ置いてありますね」

「あれがお客さまには好評なのよ。何枚も描くのはけっこう大変で、お客さまの数が二十人を超えたらお品書きを文字で書くだけにしているけれど、おかげでささっと早く描けるようになりました。でもね、本当のことを言うと、わたしは絵が下手なの。献立の絵は慣れているし、いつもの料理の絵だから描けるけれど、他のものは何も描けないのよ」

「本職の絵師じゃないんだから、下手でもいいんですよ。おやすの絵は、そのお膳にどんな料理が出たのか一目でわかる。それがいいんです。旅の人には、そうしたものが思い出になるんですよ。おせい、おまえさんも、上手に描こうなんて思わなくていいんだよ。なんでも描きたいものを描いてごらん」

おせいはしばらくの間、筆に手を伸ばさずにじっとしていた。が、やすが筆を動かし始めると、その動きを瞬きもせずに見つめ出した。

やがておせいは、おそるおそる、筆をつかんだ。

おせいは何を描くのだろう。覗き込んでみたかったが、おせいが緊張してしまうだろうと我慢して、やすは自分の絵に集中した。番頭さんは何も言わずにおせいの手元を見つめている。

はう。

番頭さんがおかしな声を出したので、やすは顔を上げた。やすと目が合った番頭さんは、なんとも不思議な表情をしている。

やすは筆を置き、そっとおせいの背後に体をずらして、おせいの絵を見た。

わぁ。

やすも声をあげそうになった。

おせいが一心不乱に筆を動かしているその紙の上に、一匹の黒白斑《まだら》の猫がいた。その猫は、おうめさんがおせいを連れて買い物に行く、小間物屋の飼い猫、おたまだった。間違いない、見慣れたおたまにそっくりだ。丸い顔、片耳から片目にかけての黒い色。背中にも黒い斑。尾は切ってあるので丸く小さい。黒い紐《ひも》のようなものが首に巻かれているのは、おたまの赤い組紐の首輪だ。おせいは忙しく筆を持ちかえ、細い髭《ひげ》や爪《つめ》の先を描いたり、足先の黒斑を塗ったりしている。しかもその猫は、今にも紙の中から飛び出して来そうな姿をしていて、力をためている後ろ足の先は、紙からはみ出して文机に描かれていた。

やすは番頭さんとまた目を合わせた。番頭さんは何か言おうとしたようだったが、結局言葉は出て来なかった。

これぞまさしく、画才。

この、不器用で要領が悪く、何をやらせても満足にできない十歳の女の子には、まごうかたなき天賦の才がある。

やすには想像ができた。継母《ままはは》がおせいに筆を持つことを禁じたのは、おせいの才におそれを感じたからに違いない。いたずらで筆を持ったこの子は、何の考えもなくただのびのびと、紙や文机や畳に絵を描いてしまったのだ。

おせいの文字が上達しなかったのは、その時に筆を持つことを厳しく禁じられたことで、思うがままに筆を動かすことができなくなってしまったからだろう。だが今、おせいは、ただ心が命じるままに筆を動かす楽しさを思い出した。

それでも注意深く見てみると、まだ筆を使いこなしているとは言えないぎこちなさが随所に見て取れた。太い線は自信なげに震えているし、色の塗り方にはひどくむらがある。

だがおせいは、まさに一心不乱に描いていた。

これほど一つのことに集中しているおせいを見るのは初めてだ。

やすと番頭さんとは、息をのむようにしておせいを見守っていた。

半刻《はんとき》ほども経《た》って、ようやくおせいは筆を置いた。

そして筆から手を放した途端に、おろおろと泣き顔になってしまった。

「すみません、すみません」

「何を謝ってるの、おせいちゃん」

「こんな、こんなもの描いてしまって……」

「小間物屋のおたまね。そっくりだわ。それに、にゃあん、って鳴き声が聞こえて来そう。まるで生きている猫のようね」

「ふ、文机に……」

「猫の足先の描かれた文机なんて、滅多にありませんよ」

番頭さんが笑った。

「拭《ふ》いてしまうのがもったいないねえ」

「でもおせいちゃん、楽しかった？」

おせいは首をかしげるようにして、曖昧《あいまい》にうなずいた。

「楽しくなかったの？」

「……楽しかった……ような気がします。でも、せいにはよくわかりません」

「すごく夢中で描いていたものね」

「……前もこうだったんです。筆で遊び出したらなんだかわけがわからなくなってしまって……気がついたら、畳にも絵を描いてました」

「その時は何の絵を描いたの？」

「……たぶん……曼珠沙華《まんじゅしゃげ》でした。馬止めの土手に咲くんです。ずーっと、土手の端から端まで、真っ赤な花が行儀よく並んで。それを描いたように覚えています。紙からはみ出して、文机でも足りなくて、畳に」

「曼珠沙華がずらっと並んでいる様子を描いたのね。そうよね、紙では足りないわね」

おせいは泣いていた。

絵を描き始めると、自分では抑えきれない何かが溢《あふ》れてしまう。そのことが怖いのかもしれない。

「でも本当にすごいことだわ。おたまを見なくてもこんなにそっくりに描けるなんて。おせいちゃんは、目で見たものを頭の中にそのまましまっておけるのね」

「せいは、目が近いんです。なので本当は、近くに寄らないとよく見えません。おたまのことも、もっと近くで見てみたいです」

「今度買い物に行った時に、小間物屋さんに頼んでみましょう。おたまは人懐こくて物怖《ものお》じしない猫だから、頼めば抱かせてもらえるわよ」

「あの猫は、本当は黒白斑じゃないんです」

「え、本当に？」

「へえ、脇腹《わきばら》のところに茶色の斑があるし、左の後ろの足も茶色です。顔の左横にも茶色いとこがあります」

おせいは、自分が描いた絵を指差した。

「墨だと茶色にならないんで、てんてんにしてみました」

よく見れば、なるほど、細い筆の先でとても細かな点をびっしり打っている部分があって、目を少し細めると、茶色っぽく見えないこともない。

「次は、絵具と膠《にかわ》も用意しましょう」

番頭さんが言った。

「高価なものは無理だが、知り合いの浮世絵師に使わなくなったものを譲ってもらえると思う。色の粉を膠でといて墨の代わりに使えば、いろいろな色が描けるからね」

「いろいろな、色」

おせいの顔が、ぱっと明るくなった。

「赤い色もありますか?」

「そうだね、赤は必要だね。おせいは、赤い色が好きなのかい」

「へえ」

おせいは嬉しそうにうなずいた。

「おたまの首輪も、本当は赤い組紐なんです」

「よかったわね、おせいちゃん。次が楽しみね」

「手習いの方もちゃんとやってもらいますよ。もちろん何より大事なのは、お勝手の仕事。おせいが仕事を頑張るなら、私も頑張って絵具を探して来ましょう。さ、今日はここまで。そろそろお勝手にお戻りなさい」

おせいは元気よく返事をすると、筆をきちんと揃《そろ》えてから立ち上がり、一礼して部屋を出て行った。

「あんなに元気のいい返事を聞いたのは、初めてかもしれません。絵を描いたことで、気持ちがすっきりしたのかもしれませんね」

やすは言った。

「楽しかったかどうか、自分ではよくわからないと言ってましたけど、赤い色が使えるかもしれないとわかった時は、本当に嬉しそうでした」

「絵の才があるんじゃないか、というおしげさんの見立ては、当たっていたね。……当たり過ぎてしまったくらいだ」

番頭さんは、おせいが描いた猫の絵を目の前にかざしていた。

「これをどう思うかい、おやす」

「へえ……そこらのちょっと上手に描けた絵、というのとは、まるで違うように思えます」

「私にもそう見えるよ。いや、私は絵の良し悪しがわかるというほどの目利きじゃないが、それでもね、季節ごとに客間に飾る掛け軸なんかを大旦那様や旦那様と選んでいるから、凡庸なものとそうでないもの、くらいはなんとなくわかる。客間に飾る掛け軸などは、あまり突飛なものよりは凡庸なくらいがいい。お客が落ち着かなくなるようなものでは困るからね。だがそうしたものは、値段もそこそこ、商品としては人気があるからそう安くもないが、実のところ価値などは大してないので高くもない。おまえさんが言う、ちょっと上手に描けた絵、というのはそれと同じようなものだろう。だがこの猫は……これが客間に飾ってあったら、今にもこの猫が絵から脱《ぬ》け出て来そうで落ち着かないだろうね。よくよく見れば粗が目立つし、いわゆる子供の絵なんだが、この迫力は並じゃない」

番頭さんは、小さくため息をついた。

「どうも私らは、とんでもない子供を預かってしまったのかもしれないね」

「とんでもない……？」

「ああ、とんでもないね。こんな才のある子供を、何も知らないふりでお勝手女中のままにしておけるかい？　かと言って、自分の娘でもないのに、絵の才があるからと絵師の弟子にするわけにもいかない。女の絵師はおかしなものを見るような目で世間から見られたりするものだ。あの子の実家が、あの子を女絵師にしたいとは言わないだろう。結局のところ、我々は何もできずに、おせいの才を埋もれさせてしまうしかないわけだ。だがそんなことをしたら、私は死ぬまで後悔するかもしれない。そのまま里に帰ったおせいが、親が決めた相手のところに嫁いで絵とは無縁の人生をおくることになったとしたら」

番頭さんは苦笑いして頭を叩《たた》いた。

「やれやれ、厄介だ。どうしたものか」

「それでもおせいちゃんにとって、絵を描くことはとても大事なことだと思うんです。番頭さん、お願いです。おせいちゃんに絵を描かせてあげてください」

「それは構わないが、描けば描くほど、あの子の才は大きく育って花ひらいてしまうだろう。そしていつか、あの子自身がその意味に気づく。あの子が絵師になりたいと思う日が来た時に、我々に何がしてやれるだろうか。あの子の親がそれをゆるさなければ、どうにもならないことなんだよ」

番頭さんの言う通りだった。

江戸には女の絵師もいると聞いたことはあるが、浮世絵の人気絵師はみな男だ。いつだったか、お小夜さまがなべ先生に、女でも絵師にはなれるのかどうかと訊いたことがあったが、なべ先生は、絵師になるのに男か女かは関係ないけれど、絵師として食べていけるかどうかという話になると、女の人だと難しいかもしれません、と答えていた。女の絵師の場合、父親や兄などが名の知られた絵師であることが、世に出る条件になってしまうらしい。父親が有名な絵師ならばその娘の絵にも値がつくが、そうでなければ女絵師の絵に金を払う客はいない、ということかもしれない。その点では料理人の場合も似たようなもので、女の料理人の作ったものなんかに金は払えない、という客は少なくない。女の料理は家で作って家族に食べさせるもの、金をとるなどおこがましい。女が日々の料理をするのは当たり前のこと、それを仕事だと言うのは図々《ずうずう》しい。女の料理人は、そんな考えと戦うしかない。それでも料理人は、台所から出なければ客にとやかく言われることはない。女が作ろうが男が作ろうが、煮物は煮物、焼き魚は焼き魚で、食べてしまえば味の良し悪ししか問題にはならない。

けれど、絵は違う。絵は、誰それが描いた絵でございます、と素性を明かして売られるもので、絵師の人気によって値段が決まる。女絵師であることを隠して売ることもできないわけではないけれど、そこまでやってくれる版元があるかどうか。

おせいの実家が、娘を絵師にすることを望むわけがない。

それでも、絵を描くことは、おせいが生きていく上で大事なことなのだ、とやすは思う。どうにかして、おせいに絵を描かせてやりたい。おせいの好きな赤い色を、思う存分に塗らせてやりたい……

九　赤い食べもの

「そんなにすごい絵を描いたのかい、あの子が」

おしげさんは驚いて言った。

「絵心がありそうだとは思ったけど、まさかそれほどとはね」

「番頭さんは困っておられました。せっかくの才なので伸ばしてやりたいけれど、おせいちゃんの里の親御さんたちはそれを望まないだろうって」

「まあそりゃ、そうだろうね」

おしげさんは、竹箒《たけぼうき》を片付けると、くいっとしるこ屋の方を顎《あご》で示した。他の奉公人たちはまだ、お八つを食べに台所に集まっている。おしげさんとしるこ屋に行くのも久しぶりだ。

「あんたたちが作ったお八つの方が美味しいんだけどさ」

おしげさんは笑いながら、しるこを注文した。

「紅屋の中じゃ、内緒話はできないからね。みんな耳ざといから、何か聞かれたらすぐに広まっちまう」

女中だけでなく男衆も、噂話は大好きだ。

「画才なんてものは、なくたって女が生きるのに不便はないからねえ。あたしだって絵なんんざ、遠い昔に手習い所でいくらか描いたような記憶があるだけで、今は描いてみたいなんて少しも思わない。ほとんどの人はそうだろうね。気に入った浮世絵を買って楽しむのは好きでも、自分で描きたいとは思わないものさ。あんたと百足屋のお嬢さんが絵師に絵を習っていた時には、なんて物好きなんだろうと思ってたよ。ましてやおせいの実家ってのは、女の子にまるで興味がない、さっさと嫁にやればいいと思ってるらしいじゃないか。おせいに絵の才があるとわかったからって、それがどうした、って言うだろうさ」

「結局、紅屋はおせいちゃんの親類でもないんでどうにもならないと、番頭さんも言ってました」

「その口ぶりだと、あんたはどうにかしてやりたいと思ってるように聞こえるね」

やすは曖昧にうなずいた。おしげさんは首を横に振った。

「余計なことはしなさんな。人なんてものは、よくよく見ればみんな何かの才に、一つくらいは恵まれているもんだよ。だけどね、才があるからってそれで食べていけるかどうかはわからない。人はそれぞれ、生まれた家や親が違う。自分の才を伸ばしてもらえる親の元に生まれるかどうかは、運なんだよ。おせいはその運を持ってなかった。仕方のないことさ。あんたみたいに、親には恵まれてなくても運があれば、才を生かす生き方ができる場合だってある。だけどおせいの人生は先が長い。今は諦《あきら》めるしかなくたって、先でどうなるかはわからないよ。嫁いだ先のご亭主が絵が好きで、おせいが絵を描くことをゆるしてくれるかもしれないし」

「へえ……おせいちゃんを絵師にしたいとか、そういうんじゃないんです。ただ、おせいちゃんにとっては、絵を描くことがとても大事なことに思えるんです。だから描かせてあげたいんです」

「紅屋にいる間は、いくらでも描かせてやれるじゃないか。仕事に差し支えないようにするんなら、好きなだけ描いたらいいんだよ」

「でも、描けば描くほど、おせいちゃんの才は大きく花開くだろうと番頭さんが言いました。そうなればおせいちゃん自身が、自分に画才があるということの意味を知るだろうと。そうなってから里に戻った時に絵が描けなくなったりすれば、おせいちゃんの心は……」

「壊れちまう」

おしげさんは、お運びの女の子が持って来たしるこ椀《わん》の蓋《ふた》をとった。

「かもしれないね」

おしげさんはしるこをすすった。

「だけど、壊れないかもしれない。あの子はあの歳《とし》で、父親や継母から邪険にされてることを自分の運命だと受け入れてる。あたしらが思ってるよりも、ずっと大人なのかもしれないよ。十五になったら里に帰って嫁にいく、そのこともとっくに受け入れてるようだからね」

やすは何も言えず、しるこを箸《はし》でかき混ぜていた。

おしげさんの言うことは間違っていない。やすにできることは、紅屋にいる間は絵を描かせてあげること、そのくらいだろう。里に戻ってからのことは、もはや紅屋やすが口出しをすることではないのだ。

それでもやすには、番頭さんの言った通りになるだろう、という確信のようなものがあった。一枚絵を描くごとに、おせいの才は大きく育つ。そしていつかは、おせいが自分の才と向き合わざるを得ない時が来る。

「それはそうと、ね」

おしげさんが不意に言った。

「この前は、心配かけて悪かったね」

二八を食べた時のことを言っているのだ、とわかった。

「一昨日《おととい》、旦那様と奥様に呼ばれてね……直々に……養女になるお話をいただいたんだよ。できれば来年には養子縁組を済ませてしまいたい、というお話だった」

「それで……お返事はされたんですか」

おしげさんは、小さく首を横に振った。

「もう少しだけ、待っていただきたいとお願いした。……千吉《せんきち》に会って来ようと思うのさ」

「千吉さん……」

「あたしを捨てて品川を出たとは言え、縁切りをしたわけじゃないからね、千吉は今でもあたしの、たった一人の弟だよ。紅屋の養女になるってことは、保高《ほたか》の里との縁は切れるということ。千吉とも、姉弟《きょうだい》ではなくなるわけさ。そんなことを千吉に黙って決めちまうのは、あんまり薄情だろ」

おしげさんは、力なく笑った。

「もっとも千吉の方は、もうあたしなんかに興味はないだろうけどね。ただ、千吉が世間様に顔向けできないような暮らしをしているんなら、あとあと紅屋に迷惑がかからないとも限らない。それをはっきりさせないと安心できないしね。番頭さんに頼んで、今、板橋宿《いたばし》に本当に千吉がいるのかどうか調べてもらってる。千吉の居所がわかったら、一日休みをいただいて板橋まで行って来るつもりだよ」

つまり。

おしげさんは、養女のお話をお受けするつもりなのだ。

ほっとして、つい、涙がこぼれた。

おしげさんが決心してくれた。紅屋を背負うと、決心してくれた……

「本音を言うとね」

おしげさんは、しるこ椀の蓋を、所在無げに持ち上げてまた下ろした。

「いつの日か、信州《しんしゅう》に帰れたら、と思っていたんだよ。紅屋をおいとましたのちは、街道筋に小さな飯屋でも開いてね、小さな畑に店で使う分の野菜でも作って。保高の山々が見えるところで余生をおくりたいなあ、ってさ。里に帰りたいわけじゃないんだよ。もう里には親もいないし、あたしと千吉の居場所はない。ただ、あの美しくて険しい山々が見えるところで暮らしたい、それだけさ。品川はいいところだし好きだけれど、時々、あの山々が無性に懐かしくなるんだよ。ちょっと考えてごらんよ、もしあんたが、海の見えないところで暮らすことになったとしたら、海が懐かしくなるだろう?」

「へえ。……海の見えないところで暮らすなんて、考えたこともありません。ここまで漂って来る潮の香りが嗅《か》げなくなったら、どんなに寂しいでしょう」

「あたしにとっては、雪を抱いたあの山々が、あんたにとっての海みたいなものなのさ。……でも紅屋の養女となるからには、もうきっぱりと、信州のことは忘れないと。その決心が、なかなかつかなかったのさ」

本当はもっと言いたいことがあるに違いない。

これまで誠心誠意、紅屋のために働いて来たのに、大旦那さまのおたねではないかと思われて養女になれば、その働きがすべて下心のあったものだと勘ぐられるかもしれない。それはおしげさんにとって、どれほど悔しいことだろう。

だがもう、おしげさんは、そうした悔しさを押し殺して、ただ紅屋の将来のことだけ考えると決めたのだ。

「ま、とにかく千吉に会って話をして、千吉にも納得してもらってから、ってことだけどね。おやすは板橋宿に行ったことあるかい？」

「ありません。賑《にぎ》やかなところだそうですね。おうめさんの実家が板橋宿ですよ」

「そうらしいね。あたしも行ったことがないんだよ。千吉はどんな縁で板橋宿なんかで暮らすことになったのかねぇ。あ……」

おしげさんは、掌《てのひら》で額をペシッと叩いた。

「忘れてた！　通ったことはあるんだ、板橋宿。信州から江戸に出て来た時、下諏訪《しもすわ》から中山道《なかせんどう》で来たんだった。だけどなんにも覚えてないねぇ。あの時はただ必死に口入れ屋のあとをついて歩いていただけだったし……江戸に入る前に泊まったのは……桶川《おけがわ》だったかしら。それも忘れちまった。初めての長旅で、足には自信があったとは言え相当疲れていたし、里を離れて不安だったし。千吉はあとから品川に来たんで、その時は一緒じゃなかったんだよ。千吉が里を出たのは、あたしが紅屋で奉公を始めてから四、五年経ってからだったからね。あたしと千吉を産んでくれたおっかさまは、千吉が七つの時に病で死んでしまったんだ。その後実家が火事を出しちまって、千吉は邪魔者になっちまった。それであたしがいる品川に奉公に出そうって話になったんだよ。どうせなら手に職をつけられる職人のところに弟子入りさせようってことで、飾り職人の親方のところに来たのさ。……もしかすると千吉は、里を出て品川に来る途中に通った板橋宿に、何か思い出でもあったのかもしれない」

おしげさんは、千吉さんのことを話す時、とても優しい顔になる。

こんなに自分を大切に思ってくれる姉を捨てて品川を出てしまった千吉さんのことが、やすは少し、憎らしかった。恋路を邪魔されたことを恨んでいるわけではない、と本人は言っていたけれど……

❖

「まずは梅干し」

おうめさんが言ったが、やすは首を傾《かし》げたままだった。

「梅干しは、いつも出しているしねぇ」

「それはそうですけど、赤い食べ物って言ったら梅干しが頭に浮かぶじゃないですか、誰でも。おせいちゃんも梅干しは食べますよ。あ、梅干しを蜂蜜《はちみつ》につけた、ほら、前にここにいた女中さんが毎年作っていたっていう」

「ああ、蜂蜜梅ね。おまきさんが蜂蜜を買える農家を知っていて、毎年ひと壺《つぼ》だけ作っていたわ」

「今は作ってないんですか」

「蜂蜜は高価でしょう、作ってもみんなで食べたらすぐなくなっちゃうし、お客さまのお膳に出すにはたくさん作らないとならないし。でもまた作りましょうか。あれは梅干しを塩出しして作るから、蜂蜜が手に入ればいつでも作れるのよ」

「きっとおせいちゃん、喜びますよ」

「そうねぇ……でも蜂蜜梅は、おかずにはならないわ。お八つに食べるならいいんだけど。今考えたいのは、食の細いおせいちゃんが、もう少しご飯を多めに食べられるような、赤い色のおかずなの」

「なんであの子は、そんなに赤い色が好きなんでしょう」

「色の好みに理由はないでしょう。でもおせいちゃんの場合、赤い色へのこだわりはかなり強いわね。おせいちゃんが赤い色の食べ物が好きだと知った時、ちょっと新しい考え方だなあ、と思ったの。献立には色の配分も大切だっていうのはわかっていたけれど、特定の色を美味しそうだと感じる人もいるんだな、って」

「だとしても、お客一人ひとりに合わせて料理の色を変えることなんてできませんよ」

「それはそうなんだけど、今までと違った考え方で料理を作ってみるのも、いい勉強になると思うの。赤い色の食べ物は何があるか、それをとことん考えてみることが、いつか役に立つような気がするのよね……」

「とりあえずは、おせいちゃんがもうちょっとご飯を食べてくれることを考えればいいんですよね？　あの子のことはあたしもいろいろと心配なんで、おやすさんがおせいちゃんのことにそんなに心を配ってくださって、嬉しいです。本音を言えば、この先おせいちゃんとどう付き合ったらいいのか、ちょっと不安なこともあって」

おうめさんは、少し表情を曇らせた。

「おせいちゃんのことは本当に可愛いと思ってるんですよ。もしいらないって言うんなら、もらっちゃいたいくらいです。娘のおしんに姉さんができたら、おしんだってきっと喜ぶと思いますしね。でもそんなことは無理だってわかってます。おせいちゃんの実家はあんまりおせいちゃんを大事にしてないみたいですけど、それでも他人にくれてやる気なんかないでしょうし。だからいくら可愛がっても、いつかは別れが来る、それはわかってるんですよ。だけど、おせいちゃんがそのことをどの程度わかっているのか、それが心配で」

おうめさんは、削り節を鍋《なべ》の湯に入れると、ふう、とため息をついた。

「板橋の実家に預けているおしんも、この正月で七つになりました。もう家のことなんかもだいぶできるようになって、いつでも奉公に出せるとおっかさまは文に書いて来ています。おっかさまの考えでは、近くの商家にでも奉公に出したらいいんじゃないかと。そうすればあたしがおしんの分の仕送りをしなくてもよくなって、楽になるだろう、ってことなんですよね。それなら借金も早く返せます。借金を返し終えてしまえば、おしんを品川に引き取ることだってできるようになる。確かにそうするのがいいのだろうと思います。もしそうなれば、あと三年もあれば借金がすっかり返せそうなんです。その頃にはおしんも十や十一ですから、あたしが外で働いている間留守番もできるし、働き口が見つかるならおしんも働けますからね。あたしはもちろん、そうできたらいいなと思っています。おしんと一緒に暮らしたい。でも……おせいちゃんはどう思うだろう、って考えちゃうんですよね……。あたしがここの住み込みをやめて長屋に移ったら、あの子はここでやっていけるのかしら、って」

「その頃にはおせいちゃんも、女子衆の仲間入りをしているでしょう？　おうめさんがいなくなっても、他の女中たちと仲良くやっていけると思うわ」

「そうでしょうか。あの子……ちょっと変わってるし、とにかく不器用で融通が利かないし。悪気はないんだけど、料理のこととか行儀とか、教えていて腹の立つことも多いんですよ。覚えも悪いし、人の言うこと聞いてないのか、聞いていてもすぐに忘れちまうのか、同じことを何度も何度も言わないといけないんです。ほったらかされて育ったせいか、ちょっと常識のないとこもありますしねぇ。……部屋付き女中たちにいじめられるんじゃないか、って思うと……」

「おしげさんが女子衆のことはきっちりみているから、きっと大丈夫。奉公人同士のいじめなんておしげさんがゆるさないわ。それに今は、おはなさんもしっかりしていて、おしげさんが二人いるみたいだ、なんて言われてるし。おはなさんは仕事には厳しいけれど、心根は本当に優しいいい人よ。だから先のことはあんまり心配しないで、まずはおうめさんと娘さんにとっていちばんいいように考えて」

「へえ」

「おせいちゃんのことは、みんなで考えましょう。赤い色の献立作りは、わたしにもとても勉強になるからやらせてちょうだい。そして、その献立を料理する時に、おせいちゃんにも色々手伝わせようと思っているの。赤い色の食べ物を料理するのなら、きっとおせいちゃん、面白がってくれるでしょう」


赤はおめでたい色でもあり、とにかく目立つ色だ。

遠い戦国の昔には、戦場で味方の軍勢がどこにいるのかひと目でわかるように旗を立てたり、揃いの武具をつけたりしたそうだが、鎧兜《よろいかぶと》に漆などを塗って赤くした、赤備え、という装束もあったらしい。

おせいが赤にこだわるのは、赤い色がおせいの心に響くからだろう。おせいにとって赤い色は、心を浮き立たせる色なのだ。

おせいはあれから、十回真面目に手習いができたら、次の一回は絵を描いてもいい、と番頭さんに言われ、毎日お八つをそそくさと食べると、番頭さんの部屋に通っている。あと二回手習いを頑張れば、次は絵が描かせていただけると嬉しそうだ。しかも番頭さんは、次の時には絵具を用意してくださるらしい。赤い絵具も入っているに違いない。

たかが下働きの女の子のために、みんながこんなに一所懸命になっているのが、なんだか不思議だ。

やすは、赤い色を持つ食べ物を思いつく限り書き出してみた。

野菜なら芹人参。唐辛子。赤蕪《あかかぶ》。

鴨《かも》の肉は上手に焼くと赤みを帯びる。

魚は熱で赤くなるものが結構ある。鯛《たい》の皮もそうだし、金目鯛、蟹《かに》、海老《えび》なども。

食紅を使って、白豆のきんとんや魚のでんぶを染めることもある。

梅干しはもちろんだが、梅干しを作る時にできる梅酢も赤い。その梅酢や梅干しに色をつけるのは赤紫蘇《あかじそ》。梅酢や赤紫蘇で、大根や生姜《しょうが》などを染める手もある。

近江《おうみ》には赤蒟蒻《あかこんにゃく》というものがあると本に出ていた。赤い色はしているが、梅酢や食紅で染めるのではなく、特別な鉄を使うらしい。いったいどんな味なのか食べてみたいが、近江の名産で品川では手に入らない。

小豆《あずき》や豇豆《ささげ》の煮汁でもち米を炊けば、文字通り赤飯。飯がほんのりと赤くなる。

頭の中でそれらの材料を料理してみる。赤い色を生かした、美しい献立にしたい。

「なるほどな」

やすが書いた献立表を見て、政さんがうなずいた。

「赤尽くしか。こういう試みは、今までやったことがなかったな。しかし何でもない日に、いきなり赤尽くしの膳を出したらお客が驚かねえかな。まさか、台所の子供が赤が好きでございまして、なんて言えねえだろう」

「赤は還暦や出産の祝いに使われる色で、もともとは魔除《まよ》けの色だったと書かれていたのを読みました。それに紅屋の色でもあります。いっそ、紅《くれない》の日、とでも銘打って、三月に一度くらい、赤尽くしの献立にしてみたらどうでしょう」

「くれないの日、か。うん、おもしろいかもしれねえな。外で呼び込みをする時にも、本日はくれないの日、赤尽くしの特別なお膳をご用意いたします、とか言えば客が呼べる。わかった、番頭さんに相談して、旦那様のおゆるしをいただこう。おやすはこの献立でとりあえず、五人前ほど作ってみてくれ。それを旦那様、奥様、番頭さんにおしげ、俺で味を見る」

たった五人前とはいえ、いつもの夕餉のしたくと一緒に用意するのはなかなか大変だ。台所にある野菜や魚は、夕餉のために仕入れたものなので使えない。やすはおうめさんに夕餉の下ごしらえを任せると、籠《かご》を背負っておせいを探した。

「おせいちゃん、買い物に行くのでついておいで」

井戸端で芋を洗っていたおせいは、買い物と聞いて少し嬉しそうな顔になった。

おせいの背中にも籠を背負わせ、表通りを並んで歩く。やすの顔を知っている町の人々が軽く会釈をしてくれる。それに頭を下げてこたえながら歩いていく。

自分が下働きだった頃、おつかいで通りを歩いても誰一人、やすに目をやる大人はいなかった。大人たちはみな急ぎ足で忙《せわ》しげで、背の低い子供のことなどは目に映っていなかったのだろう。

それでもやすは、その忙しない大通りの雰囲気が楽しかった。品川という町は、大通りを中心にすべての人や物が、勢いよく流れている、そんな気がした。

おせいの目には、この町がどう見えているのだろう。

おせいは、しっかりとした足取りでやすと並んで歩いているが、その表情からはおせいが何を考えているのか、読み取ることができなかった。

「おせいちゃん、今日はね、お客さんに出す夕餉の他に、特別なお膳を作るのよ。赤尽くしのお膳よ」

「赤尽くし？」

「赤い色のものをたくさん使った献立なの」

ようやく、おせいの目が輝いた。

「赤い色の食べ物ですか！」

「そう、赤い色の食べ物を料理するの。まずは乾物屋に行きましょう」

乾物屋では干した桜海老を買った。相模《さがみ》の海で獲《と》れる桜海老は、その色の良さが人気だが、干すと独特の香りが強くなってさらに美味しくなる。だが決して安いものではないので、少量をうまく使いたい。

魚はこの時刻ではもう、棒手振《ぼてふ》りを捕まえることはできないが、品川には料理屋や飯を出す旅籠が多くあるので、夕刻まで魚を売ってくれる店がある。生きたガザミを五匹選んだ。海のものは熱をくわえると赤くなるものがたくさんあるが、蟹は特に鮮やかな朱色になって見栄えがする。

途中で野菜籠を背負って売り歩いている近くの家の顔見知りと出会ったので、籠の中にあった新鮮な芹人参と、干した赤唐辛子を買った。辛みのないシシトウガラシを赤くなってから収穫し、種を除いて干してある。七味に使う辛いものと違って、形が丸みをおびていて大きい。京野菜には伏見甘長《ふしみあまなが》という辛くない唐辛子があるが、近い種類なのかもしれない。その家の畑で採れるシシトウガラシは、肉厚で美味しい。

おせいはすっかり上機嫌になって、やすが蟹や野菜を選ぶ様子を熱心に見つめていた。これまで、野菜にも魚にも特に興味を示したことがなかったのに、赤い、というだけでこんなに夢中になるなんて、本当におせいは不思議な子だ。

紅屋に戻って下ごしらえを始めても、おせいの興味は薄れないようだった。芹人参を洗わせてみると、芋の時とは違って、何度も人参を目の高さに掲げて汚れの落ち具合を見ながら、丁寧に掌でこすっている。乾燥しているシシトウガラシを掌に挟んで砕かせてみたが、いつもなら雑に掌をこすり合わせてしまうだろうに、何か大切な宝物でも掌の間にあるかのような顔つきで、優しく砕いていた。

「おせいちゃん、なんかすごく真面目な顔してやってますね」

おうめさんが驚いて、小声で言った。

「どうしたんですか、あれ」

「赤尽くしの献立を作ると言ったら、あんな調子なの」

やすは思わず、ふふ、と笑った。

「あの子は、自分が興味のあるものにはすごく熱心になれるのね。あ、ごめんなさいね、夕餉のしたくをおうめさんに任せてしまって」

「大丈夫です、とめさんがかなり頑張ってくれてますから。今日は五目蒸しの卵汁をとめさんにやらせてもいいですかね。出汁《だし》の味だけ、おやすさんにみてもらいますね」

夕餉の献立は、卵蒸しに具を多く入れた五目蒸し、鯵《あじ》の刺身、小芋と烏賊《いか》の煮物に、青菜と海老団子の吸い物。繊細な味の料理が多いので、ガザミを使う赤尽くしは、夕餉の料理を作り終えてから料理することになる。小芋と烏賊の煮物はおうめさんの得意料理なので任せてしまえるが、蒸し物と吸い物の出汁はやすが味を決める。刺身をひくのもやすの仕事だ。

やすは、とめ吉が綺麗に皮を剝《む》いてくれた海老をすり鉢に入れ、片栗《かたくり》の粉を少し、塩をふた振りして、軽くすりこぎでついた。海老の身があらかた崩れたところで、シシトウガラシを砕き終えたおせいの前に、すり鉢を置いた。

「おせいちゃん、すりこぎで海老を擦り潰《つぶ》してちょうだい」

おせいは途端に、表情をなくす。すり鉢の中で潰れかけた生の海老は、紫がかった灰色だ。

「これは生の海老よ。これを潰して団子に丸めて、お出汁で煮るとね、赤くなるのよ」

おせいがやすを見上げた。やすはうなずいた。

「知っているでしょう、海老を茹《ゆ》でるとどんな色になるか。これも同じよ。真っ赤にはならないけれど、薄くて優しい桜色になって、とても綺麗なのよ。でもおせいちゃんが好きなのはもう少し濃い目の赤色よね。さっき砕いたトウガラシを、ここに少しだけ入れてみましょうか」

辛味のないトウガラシなので、海老団子の味を壊す心配はない。海老団子や海老しんじょの色を鮮やかにするのに食紅を使う料理人もいるが、それよりは自然な色合いになるだろう。

おせいの興味が戻ったようで、おせいは熱心にすりこぎを動かし始めた。やすはこっそりと苦笑した。手間のかかる子。それだけに、おせいが真剣に働く姿を見ると、なぜか無性に嬉しくなる。

刺身をひくには刃の長い柳刃を使うので、おせいを近づけると危ない。刺身用のまな板は他のものを切るまな板とは別に置かれていて、板台も他の台とは離してある。やすが子供だった頃、そこに立ってひとりで刺身をひく政さんの背中を見ているのが好きだった。その背中は、紅屋の台所の要《かなめ》。

今、自分がそこに立って、仲間たちに背中を見せていることの重さを、やすはしっかりと感じている。

自分も政さんのように、仲間たちの憧《あこが》れになれるだろうか。いや、憧れになる必要はないのだ。自分と政さんとは違う。自分は政さんを超える料理人になどはなれないだろう。政さんは特別な才を天から与えられた人なのだ。けれど、紅屋の台所の中でなら、政さんの代わりになることはできるかもしれない。それでいいのだ。仲間たちから、おやすがいてくれたら安心だね、そう言われる存在になれたら。

刺身をひく時は速さが大事だ。いつまでも生の魚をいじくりまわしていては、身があたたまって味が落ちてしまう。しかし速いだけで雑な仕事をすれば、身が崩れたり傷んだりして、余計に味が落ちる。柳刃と魚の身とが触れる部分を無闇《むやみ》に動かさないように、手首の力ですーっと刃をひく。その間、無意識にだが呼吸も止めている。雑念は頭から追い払っておく。

今日の鯵は大きめなので、半身で一人前。客部屋はほぼ満室、膳の数は三十八。紅屋は大部屋にぎりぎり詰めていただいても八十人ほどがやっと、ゆったりと泊まっていただくにはせいぜい、五十人までの、規模としては小さな旅籠だ。遊郭のある町なので、夜遊びが目的だったり、夕餉は他の料理屋や料亭で済ませるというお客も多く、夕餉の膳の数が四十を超えることは滅多にない。

三十八人前の刺身に、捌《さば》く鯵は十九尾。一人でこなすのはそこそこの仕事だった。平蔵《へいぞう》さんがいた時のように、刺身がひける料理人がもう一人いたら楽なのだが、この頃政さんは、滅多に柳刃を手にしない。台所に入っても自分はやすの手伝いをするのだと決めているようで、やすが柳刃を握る以上は、自分は魚に触らない、と言う。

鯵を刺身にひき終えて、やすはほっと一息ついた。

ふと振り返ると、いつの間にか、少し離れたところにおせいが立っていた。

「おせいちゃん、どうしたの？」

おせいは抱えていたすり鉢をやすの方に傾けた。

「あ、終わったのね。じゃあ、それをおうめさんに渡してね」

とめ吉なら、指図しなくても一つ仕事が終わればそこにいる誰かに、終わりました、と報告していただろう。とめ吉は決して気がまわるという方ではないが、一つの仕事が終わって何もせずにじっとしていられる性質《たち》ではなく、次に自分が何をしたらいいのか、とにかく誰かに訊いてみる、くらいの機転は利く。おせいはただひたすらに、やすの仕事が終わるのを待って後ろに立っていた。

やはりおせいが、台所で戦力となるのは難しいかもしれない。台所では、次に何をしたらいいか、常に考えて動かなくては仲間についていけないのだ。

だがすり鉢の中身は、やすの期待以上だった。丁寧に、なめらかに擦られた海老は艶々《つやつや》としていて、見ただけで上手に擦れたことはわかる。

おせいは何をやらせても、とにかく不器用だ、とみんなが思っている。針仕事などは、こんなに不器用な子は見たことがない、とおしげさんを呆《あき》れさせるほどだった。

だがやすは、番頭さんの部屋で、次々と筆を持ち替えては自在に線を躍らせていたおせいの姿を見て、不器用というのとは少し違うのかもしれない、と思い始めていた。おせいの指先は決して不器用なのではない。あの絵筆の使い方は、不器用者のそれではない。

「おせいちゃん、次はこれをやってちょうだい」

やすはおせいを呼び、水に浸《つ》けておいた梅干しを見せた。

「これを一個ずつ取り出してね、布巾《ふきん》でそっと拭いてちょうだい。梅干しの皮が破れてしまうと使えなくなるから、破かないように丁寧に、そっとお願いね」

あがり畳の隅に台を置き、水から笊《ざる》にあげた梅干しと、固く絞った布巾を用意してやった。去年漬けたばかりの梅干しは、赤紫蘇の色が鮮やかで美しい。水に浸けて塩抜きしてから、赤尽くしの膳の一品に仕立てる。

おせいは梅干しの笊を少しの間、まるで絵か置物でも鑑賞するように眺めていたが、おもむろに一粒手に取って布巾をあて始めた。五人前なら五個で足りるのだが、おせいや他のみんなにも食べさせたいので、賄い分も合わせて十五、六個。大きめのものを選んである。

「今日はおせいちゃん、調子いいみたいね」

おうめさんも嬉しそうだった。

「やればできる子、だと思いたいわ。ま、普通の女の子なら、あの歳になればもうちょっと使えるでしょうけど」

「海老のすり身、どうでした？」

「よくできてましたよ。なめらかだし、擦り残しもないみたいで、ほとんど手を加えないで使えます。とめさんに任せると、もうちょっと粗いかしらね。いつも、最後にあたしが擦って仕上げてますよ」

「おせいちゃんが一人でやったのよ」

「本当ですか？　おやすさんが手を貸したんだと思ってました」

　やすは首を横に振った。

「これまでおせいちゃんは生まれつき、手先が不器用なんだと思っていたんだけど……もしかしたら、少し違うのかもしれない。集中する力の問題じゃないか、と思うの」

「はあ……集中する力、ですか」

「そう。何か仕事をする時に、余計なことを考えているとしくじることがあるわよね。簡単な作業で慣れていることだったら、上の空でやっててもできるけれど、例えばさっき、鯵のお刺身をひいた時なんかはね、できるだけ余計なことは考えず、ただ鯵の身と柳刃の刃のことだけ考えて、他のことは頭から追い払ってた。そういうのって、経験から自然と身につくことだと思うの。誰でも、自分でそうと意識しないでも、集中しないとできないことは集中してやる。針仕事だって初めて針を持った頃は、とにかく針の先だけ見つめて、針と縫い目のことだけ考えて針を動かしていた。そうして体がその動作を覚えてくれれば、あとはお喋《しゃべ》りをしながらだって縫い物ができるようになる。でもおせいちゃんは、集中するってことが苦手なのかもしれない。頭の中から余計なものを追い払うことができないんじゃないかしら」

「だって針は指に刺さったら痛いですよ。痛いのは嫌だ、と思えば、自然と集中するもんじゃないですか？」

「そうよね、普通は、そう。でもそれができない人だって、世の中にはいるかもしれないでしょう？　おせいちゃんの頭の中は、どうしてなのかあまり整理されていないんじゃないかしら。それで、今は針と縫い目に集中しないといけないとわかっていても、つい余計なことを考えてしまう。何か目に入った他の物のことが気になったり、誰かのちょっとした言葉に引っかかったりして。集中がちゃんとできないから、体が動作を覚えないんじゃないかしら」

「なんだか厄介ですね。病気か何かなんでしょうか」

「おせいちゃんは健康よ。ただ単に、そういう性分なんだと思う。人にはみんな性分があって、短気ですぐ喧嘩《けんか》になる人もいれば、のんびりし過ぎていて損をする人もいる。几帳面《きちょうめん》な人もいれば、だらしのない人もいるでしょう。でも大人になるにつれて、自分の性分の悪いところに自分で気づいて、それを補おうとするものよね。そうやって、世間に自分を合わせていけるようになる」

「それはそうですね、あたしだって、娘時分と比べたら相当丸くなったし、辛抱強くもなりました。いろいろと悲しい目にも遭って、諦《あきら》めることもおぼえましたし。てことはおせいちゃんも、少しずつ普通に振る舞えるようになるってことですね？」

「わたしはそう思うわ。赤い色に強い興味を持っているおせいちゃんは、赤尽くしの献立を作るための作業にはちゃんと集中できてた。もうちょっと大人になる頃にはきっと、興味のないことでも必要だと思えば、頑張って集中できるようになる気がするの。もちろん、人並みになれれば、ってところだろうけれど」

「人並みなら充分ですよ」

おうめさんは明るく笑った。

「あたし、ちょっと気づいたんですけどね、あの子、顔立ちは悪くないですよ。あまり笑わないので愛嬌《あいきよう》が足りませんけど、十六、七の娘盛りになったら、黙ってたって嫁に欲しいと言われるくらいの器量良しになりそうですよ。里に帰ったら親が決めた相手のところに嫁にいくことになるんでしょうけど、器量は悪いより良い方がいいに決まってますからね。嫁いだ先のご亭主に可愛がってもらえたら、案外、幸せな若奥さんになるんじゃないですか？　人並みに針仕事や台所仕事ができるようになれば、それでいいんだし」

それで、いいんだし。

おうめさんの言うことは間違っていない、とやすは思う。思うけれど、本当に、それでいいんだろうか。やすの胸にはまだ、もやもやとしたものが渦巻いている。

夕餉の客膳がすべて運ばれてしまうと、赤尽くし膳の仕上げにとりかかった。

まずは主菜、ガザミを一人前一匹、出刃包丁で勢いよく四つに割り、味噌《みそ》仕立ての椀物にした。ガザミの出汁は味噌と合わせると、他に比べようもないくらい濃くて美味しい汁になる。ガザミはズワイなどに比べると身が少なく食べでがないが、椀種としてなら充分だ。それに少ないとは言え、食べられる身の部分は味が濃くてとても美味しい。

香の物は、信州から毎年送られて来る赤蕪の漬物。

干した桜海老は大根を入れて炊いた大根飯の上にのせて蒸らし、ざっくりと混ぜる。白い飯に赤い海老の色が美しく、食べると大根のさっくりした歯ざわりと、干し海老のさくさくした歯ごたえが合わさってとても面白い。

芹人参は夕餉の残りの小芋と炊いて紅白の煮物に仕上げ、細かく砕いた干しシシトウは、ガザミの椀物にたっぷりと振りかけた。一見すると辛そうなのに、実はまったく辛くないのが仕掛けである。

海老団子を作った残りの海老の頭と殻を、ゆっくり時間をかけて素揚げする。正月の餅《もち》の残りは干し餅にしてあったので、それも素揚げし、ちょうど他の料理が出来上がった頃合いに一緒に盛り付けて、ぱらりと塩を振る。

膳の隅に、盃《さかずき》に置いた梅干しをのせる。上等のみりんを少しだけ入れて砂糖蜜を絡めた、塩出しした梅干しだ。食後の甘いものとして食べてもいいし、案外、みりんの香りに梅干しの酸味で、飯や酒にも合う。今夜の賄いにも一人一個。

赤尽くしの膳は五人前、奥の部屋でと番頭さんから言付けがあったので、やすとおうめさんとで片手に一膳ずつ、おせいが残り一膳を大事に抱えて、廊下を抜けて奥座敷に向かった。

奥、と呼ばれているのは旦那さまと奥さまのお住まいで、紅屋からは渡り廊下で繋《つな》がっている。

普段からお二人が食事をされる座敷に膳台を並べ、その上に赤尽くし膳を置いた。おせいも、しくじることなく膳を運び終えた。

その日の賄いは散らし寿司にした。大根飯に甘酢を混ぜ込んで、蓮根《れんこん》の炊いたものを細かく切ってさらに混ぜ、上に余った桜海老を散らしただけの簡単なものだったが、赤い海老の色が映えてとても美味しそうに見える。ガザミの実はお膳に出してしまったが、ガザミの出汁の出た汁はわざと多めに作っておいた。そこに豆腐をさいの目に切って入れてさっと煮る。芹人参の葉と皮はいつものきんぴらに。

とめ吉はいつものようにたいした食べっぷりだったが、おせいまで散らし寿司をお代わりしたのには、驚くと共に、思惑が当たったことでやすとおうめさんはとても喜んだ。赤い色の入っていない豆腐の味噌汁まで、おせいは残さずに平らげた。その汁には赤い蟹の出汁が溶けているのだと、知っていたからかもしれない。

片付けを終えると、やすはあがり畳の部屋の奥におせいと入った。

「おせいちゃん、さっきの赤尽くしのお膳、覚えているわよね」

「へえ」

おせいは力強くうなずいた。

「それなら、簡単でいいからここにちょっと、描いておいてくれないかしら。あとで料理日誌をつけるのに役立てたいの」

いつもやすが料理の絵を描く紙と絵筆をおせいの前に置き、やすはそっと襖を閉めた。

おせいがどんな絵を描くのか、やすの胸がどきどきと鳴る。

その絵を見て、覚悟を決めよう。

やすはそう思っていた。

十　迷うこころ

「赤尽くし、好評だったぜ」

奥座敷から戻った政さんは、急須《きゅうす》に番茶の葉をさらさらと入れた。お膳はおしげさんと、部屋付き女中たちが運んで来てくれた。おせいとめ吉は、裏庭で皿洗いに忙しい。おうめさんとやすは台所の掃除に取り掛かっていた。

「おやす、ちょいといいかい」

盆に急須と茶碗をのせて、政さんが言った。

「おうめ、あんたの分も番茶をいれておいたぜ」

「あら、すみません」

「代わりにちょっとおやすを借りるよ。相談事があってな」

「へえ、かまいませんよ。もうほとんど終わりですから」

「ごめんなさい、おうめさん」

盆を持って政さんが向かったのは、番頭さんの部屋だった。

「なんだかすっかり、ここが内緒の話をする部屋になってしまいましたね」

番頭さんが困ったように笑いながら、何かを懐から出して置いた。

「なんとまあ、江戸塩瀬《しおせ》の上用饅頭ですかい」

政さんが、包みを開けて中の饅頭に驚いた。

「番頭さん、これはちょいと店先で買うというわけにはいかないはずですぜ。三個四個のばら売りなんざしてくれないでしょう」

「もともとは権現様がいらした三河《みかわ》の菓子屋、権現様が江戸に幕府を開かれた時に、ぜひにと頼まれて江戸に移ったというのが自慢の菓子屋だからねえ。さすがに近頃では、大名家や千代田《ちよだ》のお城だけ相手の商売ではなく、町人相手の店売りもしていらっしゃるが、名代のこの饅頭は、あらかじめ頼んでおかないと買えないという噂だね。いや、これは旦那様が寄り合いでもらっていらしたものですよ。私一人でこっそり食べちまおうかとも思ったが、この頃は甘いものを食べ過ぎると胃の腑《ふ》が重くてね。寄る年波には勝てないということですね」

「どうぞ奥さまにお土産《みやげ》になさってください」

やすは自分の分を断った。

「梅干しの砂糖蜜からめを作るのに、砂糖蜜を何度も味見したので、今夜はもう甘いものは控えておこうと思います」

「それなら明日、食べたらいい。一日経つと、餡《あん》がいっそう味わい深くなるそうですよ。家内の分は、ちゃんと取り置いてあるから大丈夫。あ、ただし、とめ吉やおうめの分まではありませんからね、こっそり長屋でいただくんですよ。おしげに見つかったら半分こになさい」

番頭さんは笑いながら、番茶をすすった。

「寝る前に煎茶《せんちゃ》を飲むと寝つきが悪くなる気がするんだが、どうなんだろうね」

「お煎茶や玉露は、寝つきを悪くするというのは聞いたことがあります」

「やっぱりそうかい。若い頃は布団《ふとん》に寝転がった途端に夢の中にいたもんだが、歳をくうと寝つきも悪くなって困っていますよ」

「番頭さんはまだ、そんなお歳じゃありませんぜ」

「いやいや、もう充分生きさせていただきました。大旦那様が隠居なさってしまったので、私もあとは余生だくらいに思ってますよ。その意味でも、おしげが紅屋の養女となる件、承知してくれたようでほっとしています」

「承知したんですかい。それはおしげさん、よく腹をくくったなあ。あの人の気性からして、難しいんじゃないかと思っていたが」

「まだはっきりと返事をもらったわけではないが、と旦那様はおっしゃってましたがね、弟の千吉の件が片付いたら、承諾してもらえそうだと。千吉のことは、今、私の知人に頼んで探してもらっています。板橋宿は大きな宿場で店も多いが、居るのが間違いなければ、近いうちに見つかるでしょう。さてと、時刻も遅いし、本題に入りましょうか。まずは今夜の赤尽くしのお膳ですが、見た目も味も、大変結構でございました。旦那様も奥様も喜んでいらっしゃった。政さん、あんたの評価はどうですか」

「とにかく面白い試みだったな。俺もいろんな献立を作って来たが、色尽くしの膳というのはやったことがなかった。尽くし膳というのはたいてい、鯛尽くしだの貝尽くしだのと、使う材料で遊ぶ膳にするもんだ。赤尽くし、なんてのは、思いつかなかったな。料理に色はとても大事だが、一つの色に偏らないよう、色の配分を考えて献立を決めるのが普通だからな。同じような色ばかりではまずそうに見えやしねえかと思っていたんだが、赤と白をうまいこと合わせてあって、なんだかおめでたい気分になるような膳だったよ。おやす、あの赤唐辛子は、なんだって辛くないんだい？」

「へえ、あれはシシトウを赤くなるまで待ってから摘んだものなんです。品川宿のはずれで草鞋《わらじ》屋を営んでいる、安蔵《やすぞう》さんの奥さん、おしまさんが、店裏の畑で作っているシシトウです。今日、籠売りをしているおしまさんと行きあって、籠の中を見せてもらったら、赤いシシトウを干したものが束で入っていたので、少し分けてもらいました」

「シシトウってのは青いうちに摘んで、青菜のように使うものだとばかり思っていたが」

「おしまさんの畑のシシトウはあまり細長くなくて丸いんですよ。青いうちだと少し青臭さが強くて、おしまさんはそれが好きだけれど、人によっては美味しくないと言うんですって。それで試しに辛い唐辛子のように赤くなるまで待ってから摘んでみたら、甘みがあって美味しかったそうなんです。面白いので、今年の秋にまた赤いシシトウが実ったら、売ってもらう約束もしておきました。干したものよりも生の方が美味しかったそうなので」

「そんな珍しい野菜が、品川で採れるのかい」

「おそらく、どこからか飛んで来た花粉がついて、変わり種ができちまったんでしょう。小さな畑で自分らが食べる分だけ作っているようなところでは、時たまそういうことがあるんですよ。シシトウは辛みのない野菜ですが、近くで辛い唐辛子を育てていると、辛いシシトウになっちまうこともよくあるんです」

「面白いものだねえ。料理の道というのは、そうしたことにまで繋がっているんだね。それで政さん、味の方はどうでした？」

「おやすが美味しいと思って出した料理なら、万に一つも不味《まず》いなんてことはありませんよ」

政さんはそう言って、満足そうに茶をすすった。

「それはそうでした」

番頭さんは笑って言った。

「それでね、おやす、旦那様は、くれないの日を決めて赤尽くしの料理を出す案も気に入ってくれました。どうせならお客が覚えやすいように、小の月の朔日《ついたち》をくれないの日にしたらどうかと。大の月では元日が入るし、今年は閏《うるう》八月もあるからね。次は五月ということになるが、その頃でも赤尽くしは作れそうかい？」

「へえ、大丈夫です。赤魚《あかうお》や鯛が使えますし、その頃だと生の赤紫蘇の葉が採れます。赤紫蘇を塩漬けしてあくを抜き、塩出ししてから絞った汁を使えば、いろいろなものが赤く染められます。赤い豆腐、なんてものも作ってみたいです」

「それは面白い。今から楽しみだ。ではその件はそれでいいとして、次は……おせいのことなんだが」

その言葉を聞いて、やすは袂《たもと》に入れてあった紙を取り出し、二人の前に広げた。

「おせいちゃんのことでしたら、わたしにもお願いがございます」

「おやこれは……」

「先ほどの赤尽くしの膳を、おせいちゃんに描いてもらいました」

番頭さんと政さんは、絵を覗きこんだ。そして二人して頭をくっつけるようにしながら、しばらくじっと絵を見つめていた。

「……これを、おせいが……」

番頭さんが言った。

そこには、さっき奥の座敷に運んで行った、赤尽くしの膳が描かれていた。簡単でいいから、と言ってあったせいか、ささっと筆先だけで描いたような絵だったが、それでも、そこには見事な膳が再現されていた。

黒塗りの脚付き膳の堂々たる形がまず目に入る。毎日毎日、客に運んでいる膳なのに、こんな形をしていたのか、と驚くほど、躍動的な姿だった。その上に並ぶ皿と椀も、それぞれ、職人たちの思いが伝わって来るような形をしている。一つずつの形が、おせいの筆にかかると命でも吹き込まれたかのように、今にも動き出しそうに見える。

小鉢の模様までしっかりと描かれ、その小鉢には梅の花と合わせて緑の松葉が描かれていたことを、やすはその絵でやっと思い出した。小鉢の中に見えている人参と小芋の愛らしいこと。墨一色の絵なのに、人参はちゃんと赤く思える。それは小芋の白さを際立たせる描き方がされているからに違いない。

大きな椀の中のガザミが、また見事だった。四つに割られて、足先やハサミがそれぞれ味噌汁の中からつき出しているのだが、それらが動き出しそうで、やすは思わず目をこすった。

そして何より驚かされたのは、膳の隅の盃に置かれた、梅干しだった。なぜ墨一色で絵筆も一本しか使っていないのに、梅干しに絡まっている甘い砂糖蜜のてかてかとした光まで描くことができるのか。指で触ればとろりと溶けた砂糖がついて来るように思えて、その指を舐《な》めてしまいそうだ。

しかも、おせいは、何刻も膳を眺めてからこれを描いたのではない。完成した膳を奥の座敷まで運んだそのわずかな間に、おせいの頭の中には赤尽くし膳のすべてが写し取られたのだ。

「これは……良く描けている、なんて簡単に言えるようなもんじゃねえな」

政さんが、長いため息のあとで、そう言った。

「これは人の技ではありません。絵の神がおせいに乗り移って描いたかのようだ」

番頭さんも言った。

やすは小さく深呼吸してから、言った。

「これだけの才を……見なかったことになど、できません。知らなかったことにして、おせいちゃんを期限が来たら里に返してしまうことなど……」

「しかしな、おやす。おまえの言いたいことはわかるが……おせいの人生を決めることなど、俺たちにはできねえんだぜ。おせいにああしろこうしろと言えるのは、おせいの親だけだ」

「おせいちゃんの親御さんは、おせいちゃんのこの画才を知っているのでしょうか。おせいちゃんの話では、たった一度絵を描いた時に畳を汚したからと、母上さまに絵を禁じられてしまったそうです。でも畳を汚したから叱ったのではなくて、おせいちゃんの絵が尋常ではないと感じた母上さまが、気味悪がって禁じたように思えるんです」

「まあ確かに、今の母親は産みの母ではないらしいが……」

「おせいちゃんの親御さんが、おせいちゃんのことをどこまで真剣に考えているのか……少なくとも母上さまには、おせいちゃんを育てるつもりがなかったのではないかと。それでお嫁にいける歳になるまで奉公に出した。ていのいい厄介払いです」

「憶測でそこまで言うものではありませんよ、おやす。他人様《ひとさま》の家庭の事情など、他人にはわからないものです。それに仮におやすの言う通りだったとしても、殴ったり蹴《け》ったりして育てていたわけではないのですから、やはり他人が口出しできる問題ではありません。おせいが実家でどう扱われていたかということと、おせいの画才のことは、分けて考えましょう。おせいには確かに、並々ならぬ画才があります。その才を伸ばしてやれば、もしかしたら、名の通った絵師になれるかもしれない。だが才があるからと言って売れる絵師になれるわけではない。江戸に行けば、画才は持っているのに埋もれて貧乏暮しをしている絵師など、いくらでもいます。そんな不確かなものにおせいの人生を預けていいものなのか。男ならまだしも、女の人生です。良縁に恵まれて妻となり母となって、穏やかに一生を終える方が、おせいにとって幸せだとは思いませんか」

「どちらが幸せなのか、わたしにはわかりません」

やすは言った。

「だから迷いました。今でもまだ、迷っています。ただ、わたしは妻となり母となる人生を、自分から捨てた女です。心からお慕いしている方が嫁にと言ってくださったものを、料理の道に進みたいがゆえ、お断りしてしまった、それがわたしの人生なのです」

「……おやす」

「それでもわたしは、自分が不幸だとは思っていないのです。自分が料理人として生きていることが、何よりも幸せだと本気で思っているのです。わたしは運が良かっただけだとも言われました。人には持って生まれた運というものがあると。どんな才があったとしても、運がなければその才は埋もれてしまうものなのだと。確かにわたしは運が良かった。大旦那さまに拾われて紅屋に連れて来られ、政さんと出逢って料理の道に進めました。ではおせいちゃんはどうなんでしょうか。あの子には運がないのでしょうか。いいえ、あの子も運のいい子なのです。おしげさんがあの子の才に気づき、番頭さんが絵を描かせてそれを明らかにした。あの子の才は、ちゃんと認められたのです。埋もれたままでなどいなかったのです。なのにせっかく見つけたその才を、女の子だから、里の親御さんが望んでいないからと、本人の望みを尋ねることもなく封じてしまうとしたら……あの子の運を奪ったのは、わたしたちだということになってしまいます」

やすは畳に額をすりつけた。

「言葉が過ぎていることはわかっております。番頭さんも政さんも、おせいちゃんの幸せを願っている、そのことは重々承知しております。それでも……だからこそ……迷って迷って、黙っていようかと迷って……それで赤尽くしの膳を描かせてみたのです。猫のおたまは上手に描けても、お膳と料理はさほど上手く描けないかもしれない。あの子の画才は、思ったほどでもないのかもしれない。それなら黙っていよう、あの子がただ、時々絵を描いて楽しむのを見守っていればいい、と思いました。いずれお嫁にいってしまっても、もしかしたら絵を描くことをご亭主にゆるしてもらえるかもしれないじゃないか、そういう人生ならその方が幸せだ、そう自分に言い聞かせて。でも……あの子が描いたのは、この絵です」

やすは、赤尽くし膳の絵を掌で叩いた。

「この絵なのです！　これだけの才を黙って見過ごすことなど、おそろしくてわたしにはできません。絵の道を進めと背中を押すのは、あの子にとって迷惑なこと、酷なことかもとは思います。わたしがしようとしていることは無責任で、おせいちゃんを不幸にするかもしれないことなのだ、と責められれば返す言葉はありません。それでもこの絵は、わたしの迷いなどとは無関係に、あまりにも素晴らしいものでした。わたしの迷うこころなど嗤《わら》うかのように、あの子の才がとても高いところに届いていると、教えてくれるものでした。わたしは……ただおせいちゃんが自分の才に気づいて、自分でどうしたいのか決めてほしい。それだけなのです。そうしなければ、あの子はきっと後悔します。もっと大人になってから自分の才に気づいても、それこそ女であるがために、二度と絵の道に戻ることはできないかもしれないからです。その後悔は激しい苦しみを伴うに違いありません。知らぬうちに分かれ道を過ぎてしまい、もう引き返すことはできない、その道を死ぬまで歩くしかないと知ることがどれほど苦しく悲しいことであるか……」

やすは泣き崩れた。なぜなのか、絵の道を進めなかったおせいが年老いて寂しげにしている横顔が、目の前に見えた気がした。

分かれ道を自分で選んで進んだのなら、後悔はしても受け入れることはできるだろう。だが選ぶこと、考えることさえできなかったのだと知った時、誰かを恨まずにいられるだろうか。

仮にすべてを受け入れて諦められたとしても、その時におせいの輝くようなこの才は、おせいの中で死んでしまうのだ。

やすは泣きながら、自分の傲慢《ごうまん》さも意識していた。おせいの人生を自分がどうこうできると思ったこと自体、間違いなのだ。それはわかっていた。わかっているけれど、それでもこうすることに、もう迷いはなかった。

突出した才を持って生まれてしまった人は、その才を隠して生きていくことなどできないのだ。いずれおせいは、自分の才の大きさに気づく。そして気づいてしまえば、その才に突き動かされて前に進むしかなくなる。たとえその先に、江戸の貧乏絵師として苦労をする人生しか待っていないとしても、おせいは挫折《ざせつ》をするその時まで、前に進もうとするだろう。それが才というもの。やすには、わかる。やす自身も、胸が張り裂けそうなほど悲しくても、一郎《いちろう》さまとの恋は捨てねばならなかった。やすの中にある料理の才が、その恋をゆるしはしなかった。

「もういい」

番頭さんが、何かを吐き出すように言った。

「もうわかりましたよ、おやす。おまえさんの気持ちは充分にわかりました。実はね、先に言えばよかったのだが、赤尽くしのお膳をいただきながら、おせいのことについても旦那様に相談したんです。旦那様も、そこまで紅屋が口出しをするのは良くないだろう、とおっしゃった。しかし同時に、はたしておせいの画才が本物なのかどうか、一度目利きに見せてみたらどうか、ともおっしゃったんです」

やすは顔を上げた。涙で滲《にじ》んだ視界に、番頭さんの優しげな顔がぼんやりと像を結んだ。

「絵の目利きにおせいの絵を見せて、おせいが絵師になれるほどの才があるのか、絵師になれたとして、食べていかれるようになれるのか、意見を聞いてみたらどうかと、ね。その上で、その目利きが太鼓判を押すほどの才であるなら、松戸《まつど》の親にそれを伝えて、奉公の代わりに誰か絵師に弟子入りする道もあると教えてみればいい。どのみちあと四年は外に出しておくつもりであったのだから、奉公でも弟子入りでもいいはずだ、それで四年経っても目が出なければ、つれ戻して嫁にやればいいと、そう伝えてやればいい。旦那様のおっしゃることはもっともです。なので、そうしてやることにしようかと」

やすは涙を拭いて、深く頭を下げた。ひとりで先走って興奮し、泣いてしまったことがひどく恥ずかしかった。

「山東屋《さんとうや》の吉蔵《よしぞう》に相談して、浮世絵に強い版元を紹介してもらおうと思う」

政さんが言った。

「山東屋は地本《じほん》と西欧ものには強いが、浮世絵となれば大手の版元の方がいいからな」

山東屋の吉蔵さん。一緒に横浜《よこはま》村で西欧の食事をした時のことが思い出された。あれからもう二年近く経つが、やすは吉蔵さんに会っていない。政さんは、料理本の出版のことで度々会っているようだった。

「心配しなくていい。おせいのことは、番頭さんも俺も、もっと真剣に考えることにしたからな。おまえさんの言う通り、これだけの画才に知らないふりなど、俺たちにもできないし、本人のおせいはもっとできまい。遅かれ早かれ、おせいは絵筆をとっただろうし、そうすれば才が溢れてしまうのは仕方のないことだった。どこに奉公に出したって、いつかは自分の才に気づく。そうしたら、黙って里に帰って嫁にいくことなんかできやしない。それが人の業《ごう》ってもんだ。それでも女の場合には、泣こうが喚《わめ》こうが本人の気持ちなど無視して嫁がせることはできる。だが、それが幸せだとは俺には言えねえ」

「ひとりで先走ってしまって、ごめんなさい。どうしてなのか、おせいちゃんのことを考えると、気持ちが抑えきれなくなるんです」

「それはな、おやすが、おせいと同じだからだろうよ。おまえさんには、おせいのことが他人事《ひとごと》には思えないのさ」

❖

そうした話し合いのあったことは、おせいにも、他の誰にも伏せられた。おせいは無邪気に、手習いの合間の絵描きを楽しみ、一枚絵が増えるごとに、番頭さんは胃の腑の痛みを覚えると言っていた。

番頭さんの予言の通り、おせいの絵は、一枚ごとに凄《すご》みを増していった。

そんな中で、やすはおせいが絵だけに夢中にならないよう、おうめさんと二人、台所仕事を教えることにも苦心した。五月、七月のくれないの日、赤尽くしの膳も、おせいに出来るだけ手伝わせて用意した。

赤尽くしの料理を手伝うようになってから、こころなしか、おせいの不器用さが改善されたようでもあった。おしげさんが見せてくれた、おせいが縫った巾着袋は、どうにか縫い目が揃っているように見えた。それでもおしげさんは笑いながら言った。

「あの子ったら、玉結びを忘れて縫い始めちまってさ、やれ終わったと針を抜いたら、するするっと今縫ったとこがみんなほどけちまったんだよ！　面白い子だよ、まったく。あの子見てると飽きないよ」

七月の終わり、秋蟬《あきぜみ》の声が耳にうるさい夕刻に、山東屋の吉蔵さんがやって来た。

「お久しぶりですね、おやすさん」

「へえ、もう横浜村の時から二年経ってしまいました」

「近いうちに行きましょうよ、横浜村。あれから二年で、また一段と賑やかになりましたよ。関内《かんない》に開業した港崎遊郭《みよざき》が繁盛していて、遊女たちもあちこちから横浜に移っているようです。食べ物屋も増えたし、西欧のご婦人の姿も増えました。清国《しんこく》から西欧の商人がたくさん来ているので、その商人の奥方や娘さんなんかが歩いているんです」

吉蔵さんは相変わらず、陽気で気持ちのいい声で笑った。

「わたしは近頃、神戸《こうべ》にも行っています」

「神戸？」

「上方《かみがた》にある港町です。横浜の次に開かれるのは神戸ではないかと噂されているんですよ。幕府はできるだけ開きたくないようですが」

「お忙しいのですね」

「この時代、他人より早く動き回った者の勝ちですからね。横浜の時にも噂を耳にしてすぐに動きました。神戸にはもっと食い込んで、山東屋を神戸にも開きたいんです。あ、ついお喋りしてしまいました。えっと、おせいちゃん、というのはどの子ですか？」

やすは、おうめさんの横でイワシを指で捌いて臓物をかき出しているおせいの方に、ちょっと首を傾げて見せた。

「ああ、なるほど。これは驚いた。可愛らしい娘さんじゃないですか。あんなすごい絵を描くのなら、さぞかし変わった子なのかと思ったのですが。絵師というのは変わり者が多いんです。その絵が素晴らしければ素晴らしいほど、風変わりになる傾向がありますね」

「吉蔵さんも、あの子の絵をご覧になったんですね」

「ええ、見せてもらいました。すぐにでもうちで引き受けて売り出したい、と思いましたよ」

吉蔵さんは真顔だった。

「しかし山東屋から売り出したのではかわいそうです。あれだけの絵であれば、浮世絵を売るのが上手な大手版元から出す方がいい。政一さんには、何軒か版元の目利きを紹介してあります。ただ、女の子というのが残念ですねえ」

「やはり女の子に絵師は難しいのですか」

「父親が名のある絵師ならばいいのですが。無名の絵師となると、男であってもなかなか思うようには……」

「絵で暮らしていくのは相当に大変だと聞いています」

「それはまあ、そうですね。しかしまずは誰かに弟子入りして、腕を磨くと同時に箔《はく》をつけるところから始めることになるでしょう。一人立ちして暮らしていけるかどうかわかるには、十年はかかりますよ」

十年。おせいに、そんな猶予はないのだが。

「あの子の実家は裕福なのですか」

「裕福、と言うほどではないかもしれませんが、お金に困っていることはないと思います」

「それなら大丈夫かな。絵を描くには絵具が必要ですが、これがなかなか値の張るものなんです。弟子入りしたら弟子でいる間は、収入はほとんどありません。三食は師匠が食べさせてくれますが、絵具はなんとかして自分で買うしかない。絵師に弟子入りした若者たちの中には、実家から仕送りを受けている者も多いんです」

やすは、思わず大きなため息をつきそうになった。

やはり簡単にはいかないのだ。絵師に弟子入りすることをおせいの実家がゆるしたとしても、仕送りまでしてくれるとはとても思えない。

どうしたらいいのだろう。

「迷いはなくなった、と思っていたのですが」

やすは、おずおずと口を開いた。

「そうしたお話を耳にすると……やはりわたしのしたことは間違っていたのか、とも思ってしまいます」

「……おやすさん？」

「おせいちゃんに、なんとか絵を続けさせてあげて欲しいと、番頭さんにお願いしてしまいました」

「ああ」

吉蔵さんは、頷いた。

「そうだったんですね。……そうですね、正直、戸惑いました。普通、奉公人の、それも子供が少しばかり絵が達者でも、それで絵師になる道をと模索するお店などありませんからね」

吉蔵さんは優しく微笑んでいた。

「だが、あの絵を見て納得したんですよ。あれはそう……並外れた画才です。少しばかり達者、などというものではない。しかしそれでも、奉公人の子供の将来をそこまで考えてくれるお店など、そうはないでしょう。あなたが口添えしたと知って、なるほどなと思いました。あなたは女でありながら、下働きの身から料理人になった。ご自分がこの紅屋で、稀《まれ》に見る幸運に恵まれたからこそ、あのおせいという子のことが、他人事には思えなかった」

「わたしの……傲慢さなのです。わたしは何か、勘違いをしているのかもしれません。おせいちゃんにとっては、何もなかったように嫁いでいくことの方が、ずっと幸せなのかも……」

「そんなことは誰にもわかりゃしませんよ。人生なんて、思いがけないことの連続です。どの道を進んだから必ず幸せになれる、なんて、誰にも保証なんかできません。それに、最後はおせいという子が決めることです」

吉蔵さんは、腕組みして言った。

「あの子は絵を続けているのですよね？」

「へえ。政さんが、あの料理本の挿絵をやらせてみたらと言ってくださって。挿絵と言っても、おせいちゃんの好きなように描かせてはちぐはぐになってしまいますから、わたしが細かくおせいちゃんに、何をどう描いて欲しいか言って、その通りに描いてもらっています」

「それは楽しみだ」

「へえ、おせいちゃんも楽しんで描いています。そのせいか、以前より料理のことにも興味を持てるようになって来たようで、自分が絵に描いた通りのことを台所でやってみたり」

「つまり、絵を描くということが、おせいという子の毎日を楽しくしている、そういうことですね」

「そう思います」

「それなら少なくとも、その子は今、幸せなんじゃないですか？　先のことはわからなくても、絵を描くことで今は幸せを感じているなら、絵筆を取り上げてはいけない。それだけは確かでしょう。子供の頃に天才と言われていても、そのまま絵師として成功できるわけではありません。絵の世界には天才は掃いて捨てるほどいるんですよ。それらの天才が、日々努力して、考えて考えて、こつこつ描いて、その上で何がしかの運に恵まれて、やっと絵師として成功できるんです。狩野《かのう》派のような名門に弟子入りしたとしても、そのままお金の稼げる絵師になれるわけではない。ましてや町人の出でしかも女の子となれば、狩野派の門弟になることはまず無理でしょう。まずは浮世絵の絵師に弟子入りして十年、それこそ下働きから始めて苦労をして、師匠の絵の下絵を何年も描いて、それでやっと自分の名前で絵を世に出せるかもしれない。そのくらい厳しい世界です。それでも耐え抜くためには、三度の飯より絵を描くことが好き、絵さえ描いていればそれで幸せ、そのくらいの絵の虫でないと無理なんです。今はそれを見極める時だと考えたらいいんじゃないでしょうか」

吉蔵さんは言った。

「いっときだけ話題になればいいのであれば、今すぐにおせいという子の絵を世に出すことはできますよ。さっきも言いましたが、任せていただけるのでしたらうちで引き取らせていただきます。まだ十かそこらの女の子が、こんなすごい絵を描いたと、それを売りにすればいいんです。猫の絵などは人気になりそうですから、猫だけ何枚か描かせて組絵として売れば売れるでしょう。しかしそれは、おせいが子供である間しか通用しない商いです。もう二、三年もすれば色気が出て来て、それが新しい売りになることもあるでしょうが、逆に、年頃の娘が絵師であることに反発する輩《やから》もいるでしょうし、何より江戸の人々はとにかく飽きっぽい。いっとき話題になっても飽きられてしまえば誰も見向きもしなくなり、絵の価値も二束三文です。そのあとはどうなるか。奉公人に戻りたくても、絵師として名を売ったような者を引き受けるお店はないでしょう。結局、意にそわない婚姻を受け入れるしか生きるすべがなくなるのは目に見えています。商いですから、そうしろと言われたらやりますがね、決して進んでやりたくはないですね。それでおせいが幸せになれるのかと訊かれて、なれるとはとても言えませんから。なのでわたしは手を出さないと決めました。それよりも、確かな目利きに才を見極めてもらった上で、きちんと修業させた方がいい。時間はかかっても、土台をしっかり作ってから絵の道に進ませた方がいいと思います。それにはまず、おせい自身がどうしたいのか、それを決める猶予を与えてあげたらいいと思うんですよ。政さんから聞きましたが、十五になるまでは紅屋で奉公することになっているのだとか。それなら焦ることはないでしょう。今は料理本の挿絵を通じて、絵を描くことの楽しさを知り、さらに、絵をきっかけにして料理にも興味を広げるなど、日々の暮らしを豊かにすることを学ばせてやればいいんじゃないでしょうか。その上で、本気で絵師になりたいとおせいが自ら思う時が来たら、もう一度、我々大人たちが考えてやったらどうでしょうね、おせいの将来のことを」

やすは吉蔵さんを見た。噛《か》んで含めるような丁寧な語り口が、やすの胸にすっと染み込んだ。

やすは、自分が必要以上に気負っていたことに気付いた。

そう、何を焦っていたのだろう。おせいは、わたしではない。

おせいには、まだ時があるのだ。

次のくれないの日、閏八月の朔日には、おせいが大好きな赤色の絵具で、大きく膳の絵を描かせてあげよう。その絵にふさわしい献立を、今から考えなくては。

「そうそう、おやすさん、薩摩《さつま》藩にどなたかお知り合いはいらっしゃいませんか？」

不意に吉蔵さんが話題を変えた。

「薩摩藩に、ですか？」

「ええ。紅屋には薩摩藩の方々はお泊りになりませんか」

「紅屋はお武家さまのお泊りはあまりございません。薩摩藩の方々は江戸に薩摩屋敷が上、下とございますし。でも百足屋さんでしたら、以前から薩摩藩の方々ともご交流がおありになるはずです」

やすの脳裏に川路正之進《かわじまさのしん》の顔が浮かんだが、正之進とやすとの関係は、藩とは別のところにある。無闇と名前を出さない方がいいだろう、とやすは思った。

「そうですか。百足屋さんとは何のご縁もないんですが、政一さんに頼んだら紹介してもらえるかしら。いえね、手前の贔屓《ひいき》客に、大名行列の絵を集めている和蘭《オランダ》人がいるんです。江戸市中で日々行われているような、屋敷から屋敷へと移動する程度の小さな行列ではなく、参勤交代の時のような大きな行列の絵が欲しいと言われていましてね。それもできるなら、大大名がいいと。それなら直近で長旅をされそうな大大名にお声をかけて、絵師に描かせたらどうだろうかと思いつきました。絵そのものはそのお大名家にさしあげて、私は模写を和蘭人に売ればいいかと。行列を勝手に絵に描いたりしたら首をはねられてしまいますからね、先に話を通してゆるしを得ておかねばなりません」

「そんな大大名さまが、近々行列をされるのですか」

「薩摩様が京にお戻りになると聞いています。国父の久光《ひさみつ》様の行列ですから、大層な数の方々が歩かれるはずです。薩摩様は東海道を通られるので、品川をお通りになりますね」

「いつ頃になるのでしょう」

「さあ、もうひと月かそこらあとではないでしょうか」

吉蔵さんは、小声になってやすの耳元で言った。

「薩摩の島津久光様は、意気揚々と戻られるでしょうから、行列もさぞかし威勢がいいことでしょう。斉彬《なりあきら》様が急逝され、大獄で薩摩藩にも厳しいご処分があってどうなることかと思われていましたが、どうして久光様は兄上様以上の策士であらせられる。ご当主様の実父として権勢を強くされ、幕府にもの申すお立場になられました。今回の江戸滞在中にも、昨今の異人たちの、大名家に対する無礼な振る舞いを取り締まるようにと幕府に強く申し入れされたと聞いております」

「無礼な振る舞い、ですか」

「江戸市中での大名行列の際に、馬から降りずに見物したり、前を横切ったりする西欧人がいたようなのです。彼らはほとんどが横浜村に居住する商人や船乗りですから ね、公使やその一行のように、この国の習慣を学んでいるわけではありません。彼らにしてみれば、大名行列というのは面白い見世物です。それこそ手前の贔屓の和蘭人同様、珍しがってわざわざ見に行く輩がいても不思議ではありませんよ。そもそも大名家というものが、そのへんにいる二本差しとどう違うのか、その意味すらわかっていないでしょう。しかし幕府の方はどうもおよび腰で、めりけんやえげれすにそうした細かいことを要求する気があるのかないのか。いずれにしても久光様のお申し入れですから、ご機嫌を損ねないよう、曖昧な返答をされたでしょうね。まあそんなことがあるので、大名行列の絵というのは面白い商いになりそうだと思ったわけです。薩摩様には、これを機会に、大大名の大名行列の威光をあらためて世に知らしめ、異人たちに見せつけてはどうか、と持ちかけてみようかと」

吉蔵さんの顔には、さっきまでの慈愛に満ちたような優しさではなく、楽しげでいながらどこか企《たくら》みに満ちた「商人の笑み」が浮かんでいた。

山東屋吉蔵は、今の時代に生きる商人なのだ。外国人が日の本に殺到しようとしている時代の、商人なのだ。

薩摩さまが京に戻られる。

川路さまもご同行されるのだろうか。川路さまが江戸を去ってしまわれたら、もう、おあつさまと自分とをつなぐものが何もなくなってしまう。

いや。

もともとそんなものはどこにもない。

おあつさま……おあつさんとのあれこれは、夢幻だったのかもしれない。

おあつさま。

もう二度とは、お会いできないだろう、懐かしいお方。

お幸せに。ただただ、お幸せにと祈ることしか、やすにはできなかった。

この作品は、月刊「ランティエ」二〇二四年十月号～
二〇二五年三月号までの『迷うこころ　お勝手のあん』
としての掲載分に加筆・修正したものです。

私たちは、清華大学に人文系の学部を再建する使命に協力してほしい、と陳希に依頼された。私たちの寄付によって、彼は国内や欧米から教授を集めることができた。私たちは中国文学部〔訳註・正式名称は「人文学院中国語言文学系」〕に資金を提供し、平安保険株を売却した二〇〇七年には、一〇〇〇万ドルを寄付して、面積が一万七〇〇〇平方メートルの図書館を建設した。掉尾《ちょうび》を飾ったのは、自由な学問的議論を促進する屋上庭園とバーベキューの設備である。そのプロジェクトは、二〇一一年に、清華大学の創立一〇〇周年に間に合って完成した。私たちは清華大学に大きな信頼を置いているし、そこで慈善事業の先鞭を付けたことを誇りに思っている。

中国も私たちを信頼してくれているように見えた。二〇〇七年、農業農村部長を務めていた孫政才は、私が「中国人民政治協商会議〔政協〕」の北京市支部に加われるように取り計らってくれた。政協は「中央統一戦線工作部」という官僚機構の一部であり、中国共産党が、チベット族などの少数民族から、信仰心の厚い人々や、起業家、華僑に至る、国内外の非共産党要素を管理するために使ってきた組織である。私は、香港・マカオの代表として北京市支部に招かれた約五〇人のうちの一人だった。

北京市支部は国家レベル政協の一段下に位置する。政協は、基本的に、アメリカのロータリークラブのような、人脈を作るプラットフォームであり、メンバーであることは、共産党が、党の影響力にとって潜在的に有用な人物だと認めているしるしである。メンバーは年に数回の会議に出席するほか、私たちの投資を求めている省に視察旅行に行く。年に一回、北京で一週間開かれる会議の期間は、当局が私たちのバスのために道路を封鎖し、五つ星ホテルに泊めてくれる。飛行機のチケットを買う費用も出してくれるが、私には無意味なことに思えた。私たち香港の起業家の代表は、たいがい純資産が一〇〇〇万ドルを超えているからだ。いずれにせよ、政協を本来の目的どおりに受け取っている人はほとんどいなかった。だから香港の代表はよく欠席していた。

政協に参加して驚いたことがある。一つは、香港の代表が中国の官僚に見せるお追従《ついしょう》である。北京に住んで、毎日、本土の中国人と仕事をしている私からすれば、そんなことをする必要はない。だが、香港の裕福な人たちは、そうしなければいけないと思い込んでいる。原因は、彼らが、すぐそばの隣人であるにもかかわらず、中国を皮相的にしか理解していないことだ。視点を変えると、共産党の官僚たちが、自分たちと中国を特別扱いするよう、世界に発信してきたこととの反映とも言える。

ほかの発見は、もっと希望を抱かせるものだった。私たちの小規模な会議や、全国政協のフォーラムで提起された問題の中に、興味深いものがあった。中国本土の政協のメンバーの一部からは、党内での民主主義の実験として、党のトップのポストを党員が複数の候補者の中から選んではどうかという、大胆な提案がされた。また、中国の急激な近代化の副産物である環境汚染に対する不満も表明された。それに、ただ人脈を作ったり、取引をしたりする場として政協を利用するだけではなく、政治的な問題にも関心を持った、私たちのような実業家のメンバーを増やしていることも注目に値した。政協が実質的な意義を持つようになり、制度的に中国の法律を公布する役割を持つ全国人民代表大会に加えて、立法府の第二院のような存在になる日が、いつか来るのではないか、と私たちは感じ始めていた。

こうした政協内部の動きは社会全体にも反映された。二〇〇〇年代の初めから、ほかの何百人もの起業家たちが、私たちのようにNGOや教育機関を支援し始めた。民間資金が、『財経』誌のような不正を暴くメディアに投じられ、人々は市民団体を組織し始めた。その状況は「公共心の爆発」と呼んでも誇張ではないだろう。起業家たちは、伝統的にタブーとされてきた領域に踏み込んだ。私たちの凱風シンクタンクも、二〇〇六年に出版された『民主是個好東西——兪可平《ゆかへい》訪談録（民主主義は良いものである——兪可平へのインタビュー）』で有名な政治哲学者、兪可平を所長（訳註・清華大学凱風研究院政治発展研究所所長）に任用した。私たちは兪可平を、体制の内部から合理的な政治改革を推進する、信頼のおける学者だとみなしていた。

私たちは海外のシンクタンクと協力して、民主主義がどのように機能するかや、どうやって外交政策を策定するかについて、中国の学者たちが学ぶのを支援した。二〇〇四年に温家宝総理がイギリスを訪問した際は、中国社会科学院の学者たちを同時に訪英させる企画を立てた。私も同行し、ダウニング街一〇番地〔訳註・イギリスの首相官邸〕や、イングランド銀行、上院議会での会議に出席した。二〇〇六年には、私たちの出資によって、欧州委員会の前委員長、ロマーノ・プローディ率いる使節団が中国を訪れ、中国で同じ職責を担う官僚たちと、外交政策についてオフレコで対話をした。中国では、外交関係は常にデリケートな問題だったが、私たちは温家宝の秘書、宋哲がうまく舵取りをしてくれると思っていた。私たちは、どこでもレッドラインを越えないように気をつけていた。そして、心から中国の明るい未来を信じていた。私たちはみんな中国という一つの船に乗っていたのだ。

第13章 撤退

北京 2006-2008

今から思えば、二〇〇六年に空港の総経理、李培英《りばいえい》の姿が消え、その後、汚職で逮捕されたことは、何か大きな変化が起こっているという警鐘だったのだ。その警鐘を無視してしまったのは、一つには、彼の逮捕によって生じた状況に対処し、空港プロジェクトが破綻しないようにするために奔走していたからである。

だが、あとから考えると、李培英の失脚は、彼がギャンブルに溺れて、バカラで数百万ドルをすったことだけが原因でないのは明らかだった。私たち資本家が持つリベラルな傾向に驚いた中国共産党が、二〇〇〇年代の半ばから方針を転換したのだ。彼らは、富裕層を弱体化させ、私たちが種をまいた市民社会の芽を摘み取り、共産党による中国社会の思想的、経済的な支配を再び強化する方向に舵を切ったのである。この動きの一環として、共産党は国有企業にテコ入れし、民間企業にダメージを与えようとしていた。

李培英が姿を消して共産党に拘束されたあと、当局は新たな総経理を任命した。李培英がボスだったときは彼がすべてを決めていた。彼が一度イエスと言えば、司処長はそれに従った。確かに、彼は、怒鳴ったり、脅したり、甘言《かんげん》を弄《ろう》したりしなければならなかったが、仕事は確実に進んだ。それに対し、李培英の後任は新体制の申し子であり、あらゆることが官僚主義的になった。一人の人間による専制的な支配は終わり、「集体決策（集団的意思決定）」に変わった。その結果、私たちは、総経理だけではなく下役とも交渉しなければいけなくなった。そして、何かにつけて党委員会を通す必要があると言われた。順義区《じゅんぎ》のほうの仕事は、命を助けた男のおかげでやりやすくなったが、もう一つのパートナーである空港の仕事は困難の度を増していった。

新しい総経理は、ジョイントベンチャーへの支配を強化するために、空港の幹部を私たちの会社に送り込んできた。以前は、ジョイントベンチャーの役員会に参加する空港の官僚は五人だったが、今は二十数人になった。しかも、一人一人意見が異なるのだ。そのために経営構造が複雑になった。かつては私がほとんどの意思決定をしていたが、今は官僚たちすべての意見を取り入れなければならない。そして、彼らの忠誠心は、ジョイントベンチャーではなく空港に向いていた。

なぜ私たち民間の起業家が物流ハブを建設する権利を獲得したのか、と人々は疑問を抱き始めた。敵対していた順義区と空港を劇的な提携に導けたのは私たち以外にいなかったのに、そうした経緯はすっかり忘れられていた。今では、国有施設であるべきものの一部を私物化しようとしている資本家は、いったい何者だ、と思われているのである。こうした世間の目は、私たちのプロジェクトだけに向けられたわけではなかった。それは経済全体に影響を与えていた。「国進民退（国有企業を前進させ、民間企業を後退させる）」が新たな流行語になったことは、共産党のトップが方針転換したシグナルだった。国有企業は、成功した民間企業を強制的に合併し始めた。起業家は中国の経済成長の原動力だったのに、結局、信頼されることはなかった。一九四九年に政権を掌握して以来、中国共産党は、必要とするときだけ社会のさまざまな要素を使い、用が済めば捨ててきたのだ。

官僚制度も変わりつつあった。かつて地方のリーダーは実力で出世しようとした。李培英は苦労して空港のトップに登り詰めた。李平《りへい》は叩き上げて順義区の区長になった。こうした官僚たちは地域社会に根付いているので、中央政府は管理するのに手を焼いていた。そこで、共産党は、権力を中央に集中させる施策の一環として、ほかの地域出身の官僚を別の地域のトップに降下させ始めた。中国の国営メディアは、「土皇帝《トウホアンディ》」と呼ばれる人々、つまり、北京からの指令を無視する地域の大立者への批判をあおった。ところが、降下してきた新しい官僚たちは新たな問題を生んだ。彼らは、昇進して異動するまで、二、三年だけ腰かけるつもりで着任する。その結果、自然と、昇進を正当化するための短期的成果を追い求めるようになるのだ。確かに古いシステムには問題があった。汚職がはびこっていたし、土皇帝たちは、しばしば、地域を私的な領地のように経営した。反面、地元の官僚は地域社会をよく理解していて、何が必要で、何が必要でないかを知っていた。彼らは、権力の座を離れて引退したときに近所の住民に恨まれたくないので、たいがい地元を大切にした。地域に暮らす自分の一族や、生涯の友人たちの利益のために働いた。遺産として受け継がれるような長期的な事業に、喜んで取り組んだ。そして、地域社会との強い結び付きがあるために、物事をスムーズに実行できた。

ホイットニーも私も、空港プロジェクトを長期的投資だと考えていた。プロジェクトの第一段階が終わったとき、私たちに施設を売却する気はなかった。さらに成長させようと思っていた。私たちは、北京空港のモデルをほかの空港にも広げたかった。私は、中国各地で空港都市を開発し、次には世界各地に展開しようと考えていた。そのために、二〇〇六年に香港で開かれた「空港都市世界会議」に出席し、二〇一〇年には、会議を北京に招致した。私たちは、成都《せいと》や、広州、深圳《しんせん》、そして中国各地を訪れ、空港の近くに、物流、製造、商業、住宅などの機能をあわせ持った複合施設を建設するビジョンを説明した。私たちのビジョンは大きな関心を集めた。

ところが、最初はわずかだった変化がやがて動かし難いものになると、私は考えを見直し始めた。そして、北京で私たちへの風当たりが強くなり、空港の官僚たちの中に私たちのアイデアに反対する声が高まるに従って、私の考えは変わった。中国では長期的なビジネスモデルは機能しないと確信するようになったのだ。何人かの起業家の友人がずっと言っていたことを、私はようやく理解した。すなわち、中国でビジネスをする賢明な方法は、何かを作り、それを売ったら、テーブルの上のお金をサッと取って、また投資に戻ることだ。一ドル投資して一〇ドル儲けたら、七ドルを手元に残して、残りの三ドルを投資に回すといい。儲けた一〇ドルを全部投資すると、すべてを失う可能性が高い。それが友人たちの助言だった。

共産党はしだいに起業家に脅威を感じ始めたのだ。膨大な資産を持った社会階層は独立性を高めていた。私たちのような起業家は、より大きな自由や発言権を求め、党の支配力を低下させる方向へ向かっていた。党は、自分たちが支配していた領域にズカズカと入り込んでくる私たちが煙たかったのだろう。

例えば外交政策である。二〇〇六年、私たちはEUの代表団を中国に招き、EUと中国の関係について議論する場を設けた。会議の途中で、温家宝《おんかほう》の秘書である宋哲のもとに、総理とのホットラインから電話がかかってきた。電話の向こうの声は尋ねた。「きみはデズモンド・シャムを知っているか?」。宋哲は「はい」と答えた。「彼は香港の住民だ。中国本土の人間じゃない」と電話の向こうの声は言った。宋哲が「はい」と答えると電話は切れた。宋哲は、情報機関が私たちの活動を厳重に監視していることを悟った。彼は、私たちに、ボランティア活動の範囲を、物議を醸さない分野に限ったほうがいいと助言してくれた。私たちは、外交政策をリードするのは将来の課題とし、今は関わらないことにした。

共産党は、私たちのような人間を元の位置に押し戻す手段を、ほかにも持っていた。一時は、自分たちが独立した勢力を形成できるのではないか、と思い上がったことを考えたが、私たちは依然として共産党というメカニズムの歯車にすぎず、共産党の支配を永続させるために作られた巨大なシステムの小さなネジにすぎないことが、党の対応でよくわかった。アリババ（阿里巴巴）の創業者のジャック・マー（馬雲《ばうん》）や、もう一人のインターネットの巨人、テンセント（騰訊《タンシュン》）のCEO、ポニー・マー（馬化騰《ばかとう》）といった人々は、額面上、莫大な富を持っているが、彼らも共産党に奉仕せざるを得ないのだ。共産党は、指示すれば中国のすべての企業に国のためのスパイ活動を強制できる国家安全法のような法律を、間もなく成立させることになる〔訳註・二〇一七年に「国家情報法」として施行された〕。

進歩に逆行する変化が加速し始めたのは、胡錦濤《こきんとう》総書記・温家宝総理体制の二期目となる二〇〇八年だった。最大のきっかけは世界金融危機である。中国の政治・経済システムは欧米のシステムよりも優れているという党内の信念が、金融危機によって確かめられたからだ。

中国政府は、世界金融危機に際して、欧米で試みられたどんな対策よりもはるかに効果的で大規模な景気刺激策で対応した。景気刺激は国有セクターを通じて実施され、国有企業は資金を消費に向けるように命じられた。党は、起業家を説得して投資させる代わりに、インフラ整備に資金をつぎ込むように国有企業に指示したのだ。党が国有企業を支配しているからこそ、世界的な景気後退と戦うことができたのである。より開かれた社会や経済への平和的移行は共産党と中国に災厄をもたらすという強硬論が、資本主義国家、特にアメリカが直面した問題によって勢いづいた。欧米の思想は中国を弱体化させるだけであり、中国は欧米の思想との戦いを強化しなければならない、と強硬論者は主張した。わずか数年前に中国経済を救った民間の起業家は、欧米の影響を蔓延させる第五列〔訳註・戦時に、敵と内通し、国内で諜報、攪乱《かくらん》、破壊活動などを行う部隊〕のレッテルを貼られた。そして、私たち起業家や私たちの資本を管理する必要性が声高に唱えられたのである。

北京空港での私たちのジョイントベンチャーには党委員会が設けられていなかった。もちろん数人の党員はいたが、私たちは、私たちがすることに関して党の発言権を認めなかった。しかし、二〇〇八年から、党委員会を作ることが求められた。いったん委員会ができると、委員会の意見を重視しなければならなくなった。党委員会の存在によって経営判断は混乱した。

共産党は、こうしたことを中国全土のジョイントベンチャーや民間企業に強制した。私は落胆した。私たちは、中国が良い方向に進んでいると信じていたのだ。中国政府は力を持ってきたし、党と政府を分けようとする動きが進んできたように感じていた。人々は改革を支持し、もう少し自由なメディアを求めた。誰も共産党を転覆したいとは思っていなかった。もっと開かれたシステムが欲しかっただけなのだ。だから、静かに党の背中を押していた。ところが、二〇〇八年以降、党の指導者たちは、穏当な働きかけさえ警戒心を持って見るようになった。私たちは富を使って社会の進歩を促進できると思っていたが、間違っていた。それは、私がこれまで経験した中で最も悲しいことの一つだった。

振り返って深く考え、私は、中国社会の後退は避けられなかったという結論に達した。アナリストは、共産党が時代に逆行したことについて、きっと、さまざまな理由を考えつくだろう。二〇一〇年代に中東を吹き荒れた「アラブの春」に、中国の指導者たちがおびえた。二〇〇八年にアメリカ経済を揺さぶったグレート・リセッション（大不況）によって、共産党の官僚たちが中国のシステムの優越性を確信し、自信を持ち、国際舞台で強硬な姿勢を取るようになった。中国が南シナ海に人工島を築いている事実にアメリカ海軍が気づいて攻勢に転じたことで、共産党内に以前からあった強い反アメリカ感情が刺激された――等々である。

しかし、共産党が急に独裁に傾斜したことを、最も納得のいく形で説明するのは、中国共産党が生まれ持った性質だ、と私は思っている。共産党は、ほとんど動物的な抑圧と支配の本能を持っている。それは、レーニン主義体制の基本的ポリシーの一つなのだ。共産党は、抑圧に動くことが可能であれば、いつでもその方向に向かうのである。

一九七〇年代の終わりに、鄧小平《とうしょうへい》が中国の指導者の重責を引き継いだとき、中国は事実上破産していた。鄧小平が主導した経済改革は、自由市場を伴った資本主義を目指すという確たる信念に基づいたものではなく、必要に迫られたものだった。共産党は、生き延びるために、経済の締めつけを緩めざるを得なかったのだ。一九九〇年代の江沢民《こうたくみん》時代になっても、中国の国有企業は多額の損失を出していた。だから、経済を浮揚させ、失業率を下げるために、依然としてホイットニーや私のような起業家が不可欠だった。しかし、二〇〇七年~二〇〇八年に胡錦濤・温家宝体制の一期目が終わり、数十年続いた二桁成長が終わると、国有企業の経営は安定し、共産党は、もはや以前のように民間セクターを必要としなくなった。同時に、党は税制改革を行い、中央政府がパイの大きな部分を取るように改めた。こうした改革が成果を上げた結果、共産党が、経済や、ひいては社会を管理する手を緩める必要がなくなった。資本家は、経済の救世主としての役割がなくなると、むしろ政治的な脅威になった。共産党は再び手綱《たづな》を引き締めるようになったのである。

私は、李培英の事件をきっかけに、空港プロジェクトから降りたほうがいいのではないかと考え始めた。ほぼ二年間行方不明だった李培英は、当局に収監されていたことがわかった。彼は一五〇〇万ドルもの収賄《しゅうわい》と横領の罪に問われ、二〇〇九年二月に有罪が確定し、死刑判決を受けた。控訴審でも敗れた李培英は、ほとんどの金を返済したにもかかわらず、二〇〇九年八月七日に処刑された。

李培英の致命的な失敗はしゃべりすぎたことである。一般に、中国で汚職の疑いで逮捕されたときは黙秘しなければいけない。中国共産党にはマフィアに似たところがあり、独自の「オメルタ（沈黙のおきて）」（訳註・警察に捕まっても口を割ってはならないという決まり）を持っているのだ。ところが、聞いたところでは、李培英は中国の高官との取引をすべて暴露してしまった。捜査員たちは彼の証言をどう扱えばいいかわからなかった。というのも、彼の口からは、前総書記で国家主席でもあった江沢民の家族を含む、党の最高レベルの人々の名前が出てきたからである。それに加えて、李培英は体制の中に血縁がいなかった。それがあれば命は助かったかもしれない。二〇〇九年八月に李培英が後頭部に銃弾を受けるわずかひと月前、別の官僚、中国石油化工集団公司の前会長、陳同海《ちんどうかい》が二八〇〇万ドルの汚職事件で有罪判決を受けた。李培英が申告した着服額のほぼ二倍である。しかし、陳同海は死刑を執行されなかった（訳註・判決は「執行猶予付きの死刑」だったが、これは通常、終身刑に減刑される」。彼の父親である陳偉達《ちんいたつ》は、革命前の上海で地下活動をしていた共産党の主要な指導者で、一九四九年以降も指導的立場にいた。噂では、戦前の共産党で同じように地下活動をしていた江沢民に、陳同海の母親が直接、寛大な措置を頼んだと言われている。二人の汚職官僚に対する、この大きな扱いの差は、物事がどういう力で動いているかを如実に物語っている。赤い貴族は懲役刑で済み、平民は頭を撃ち抜かれるのだ。

二〇一〇年、ホイットニーと私は空港プロジェクトの第一段階を終え、五六万平方メートルを再開発した。もともとは、何年かかけてプロジェクトを完成し、最終的には三倍の規模にする計画だった。私たちは人が羨むような立場にいた。新しい倉庫を建設するための広大な土地を持っていたからだ。それも、バリアフリーで滑走路にアクセスできる倉庫である。私たちは、空港が扱う貨物量が増えるのに従って、プロジェクトの残りの施設を建設するつもりだった。

しかし、李培英の処刑の余波として、新しい総経理との関係を築かなければいけなくなっただけではなく、海関は関長を三回も交代させるし、順義区の仲間も何人か退職した。官僚機構が民間のビジネスに敵対的になり、人間関係を一から作り直すだけのために、あとどれほど酒を飲んでバカ話をしなければならないかを考えたとき、私はプロジェクトを降りる決心がついた。

二〇一〇年、私たちは株を売るために数社と交渉を始めた。そのうちの二社は中国の国有企業だった。三番目のプロロジスは国際的な不動産投資会社で、空港の視察旅行に行くときに、意図的に安い見積もりを提示した会社の一つだ。ホイットニーと私は株の売却先について議論になった。というのも、私が国有企業に売るつもりがなかったのとは逆に、ホイットニーは、国有企業との交渉のほうが大きな影響力を行使できると考えていたからだ。私には何よりも取引の透明性が大切だった。もし国有企業と取引すれば、必ず数年のうちに中国政府がやってきて、適当な根拠を持ち出し、不当に高い対価を受け取った（つまり、国の資産を盗んだ）と主張して、刑務所に放り込まれるからだ。結局、ホイットニーが望んだ取引は成立せず、二つの国有企業の存在がプロロジスとの取引を後押しする形になった。二〇一一年一月、プロロジスは私たちが持っていたジョイントベンチャーの株を買い取り、私たちは二億ドル近い売却益を手にした。

私にとって空港プロジェクトは、中国の体制がどういうふうに動いているかを学ぶ貴重な機会になった。ある友人は、第一段階を終えただけで悟りの境地に達したね、と冗談を言った。

株を売却したあと、私は二つのことを実行しようとホイットニーを説得し始めた。第一に、私たちは、リスクを分散するために海外に投資する必要があった。私は中国共産党の歴史を知っていたし、一九四九年の共産主義革命のあと、党が財産を没収するのを何とも思わなかったことを知っている。私の祖父の家や法律事務所、私の家族が所有していた土地が、まさにそうだった。共産党は一九七九年から私有財産を許容し始めたが、党が与えたものは党が奪うこともできるのだ。

何千人もの裕福な中国人が資産を海外に置いている。私たちもそうすべきだと私は主張した。ホイットニーはしぶしぶ折れて、ロンドンに投資先を探すオフィスを開かせてくれたが、その対象は、高級ブランド品や、ベルギーのチョコレート、フランスのクリスタルガラス、イタリアのカシミアなどだった。彼女は本気ではなかったのだ。私たちの資産の大半は依然として中国にあった。

第二に、私たちは中国の公開市場での競争によって事業を獲得すべきで、「関係《グワンシ》」による闇取引に頼るのはもうやめよう、と私は提案した。中国政府は土地の競売を始めていて、そのプロセスはしだいに透明になってきていた。ＳＯＨＯ中国〔訳註・中国人夫妻が創業した、北京にある大手不動産開発会社〕のような成長著しい企業が、事業を行って成功しているのは、こうした場だった。コネではなく、入札で契約を獲得しているのだ。そういう企業と競争しようと、私はホイットニーを説得した。泰鴻《たいこう》だったら強力なチームが作れる。私たちはきっと成功する、と私は信じていた。

ホイットニーは首を縦に振らなかった。彼女は公開市場を怖がっていた。使った経験がなかったからである。彼女は、「関係《グワンシ》」のネットワークを使って事業を拡大することに絶対的な信頼を置いていた。中国というチェス盤の上で、古いルールに則《のっと》ってゲームを続けたがっていた。もし私たちの会社が、公平な競争の場でほかの企業と争っても成功するなら、それは彼女にとって何を意味するのか？　彼女は常に、自分の役割は泰鴻を特別に有利な立場に置くことだと考えていた。だが、泰鴻が特別な立場を必要とせず、彼女がいなくても競争に勝てるとしたら、どうだろう？

王岐山《おうきざん》や、孫政才《そんせいさい》、そのほかの部長、副部長、書記たちの連絡先をローロデックス〔訳註・回転式名刺ホルダー〕に入れたホイットニーは、私たちが仕える新しい守護者が党内に見つかると信じていた。そして、常に新しい人脈を探していた。二〇〇八年、張おばさんは、習近平《しゅうきんぺい》という新進気鋭の官僚との食事の席を設けた。彼は中国の副主席に指名されたばかりだった。この新星がどんな人物かを見極めるために、張おばさんは、第二の目と耳としてホイットニーを同伴した。私は家に残った。こうしたディナーに出席する人には、みんな目的がある。私は、新しい人脈を築くこの儀式に必要な参加者ではなかった。

習近平は二番目の妻、彭麗媛《ほうれいえん》を連れてきていた。彭麗媛は人民解放軍出身の魅力的な歌手で、愛国的な甘いバラードを得意としていた。スターとしてのオーラは、アメリカのカントリーミュージックの天才ドリー・パートンを彷彿とさせるものがあった。

習近平は、共産党の革命家、習仲勲《しゅうちゅうくん》の息子で、中国の「赤い貴族」の一員である。父親の習仲勲は鄧小平の重要な盟友であり、一九八〇年代に中国の輸出ブームの基盤を築いた経済特区を立案した中心人物の一人だった。

習近平は、福建《ふっけん》省のさまざまな政府や党のポストを一七年務めた。その間に、大規模な密輸スキャンダルが暴露されたが、彼は関与していなかった。習近平は、中国の民間経済の原動力の一つとなった浙江《せっこう》省の党の要職にも就いていた。

二〇〇七年、習近平はある事件によって大きなチャンスをつかむが、その事件は中国の政治体制に関して多くのことを明らかにした。前の年、上海市の社会保障基金から数億ドルが不正流用された汚職事件で、市の党書記、陳良宇《ちんりょうう》が罷免された。しかし実際は、陳良宇の失脚は汚職に関連するものではなく、刑事事件を隠れ蓑にした政治的暗殺だった。原因は、陳良宇が、当時の党総書記、胡錦濤に忠誠を誓うのを拒んだことである。陳良宇は、胡錦濤の前任者だった江沢民が率いる「上海幇《バン》」という派閥の主要メンバーだった。二〇〇二年に胡錦濤が江沢民から総書記を引き継いだとき、江沢民は党のポストをすべて放棄することを拒み、中央軍事委員会の首席に、もう二年とどまることを決めた。また、中央政治局常務委員会に自分の息のかかった人間を入れ、彼らに九つの席のうち五つを占めさせた。その結果、胡錦濤は数年間、江沢民の同意なくしては何もできなかったのである。そこで二〇〇六年、胡錦濤の支持者たちは、江沢民の有力な忠臣だった陳良宇を失脚させるチャンスを見つけると、たちまち攻撃したのだ。

二〇〇六年九月に陳良宇がオフィスから引きずり出されると、後任には上海市長の韓正《かんせい》が充てられた。張おばさんの話によると、韓正が着任して数カ月も経たないうちに、彼の家族の一人が、オーストラリアの銀行口座に二〇〇〇万ドル以上を隠し持っていたのが発覚した。だが、共産党は韓正を粛清できなかった。党書記と市長の両方が立て続けに職を追われれば、中国最大の金融センターである上海の安定が失われるからである。習近平が上海市の党書記に就任すると、韓正は元の市長のポストに戻ることを許されたと、張おばさんは教えてくれた。のちに韓正は罪を許され、二〇一七年には中央政治局の常務委員に加わり、副総理に指名された。これは、中国では、政治的な結束と忠誠心がほかの何にも勝ることを示している。

習近平が上海に異動したことは、彼がトップに登り詰めるのに、決定的とは言えないまでも、幸運として働いた。結果的に江沢民に接近する時間ができたからである。習近平は、二〇〇七年の終わりには、江沢民の後押しと胡錦濤の同意の下で中央政治局に入り、北京に異動した。二〇一二年に胡錦濤の任期が終わったとき、中国共産党の次の総書記を争うのは、習近平と、北京大学出身の李克強《りこつきょう》の二人の官僚だということが、この時点で明らかになった。

ホイットニーが驚いたのは、習近平と食事をしているあいだじゅう、彼が妻にしゃべらせていたことだった。彼自身は、少し居心地が悪そうな様子で、ときどきぎこちない笑顔を作っていた。ホイットニーは、習近平と彭麗媛のどちらともウマが合わなかったと言っていた。食卓を囲んだ会話は弾まなかった。ホイットニーは、特に相手が高官の妻だと、話題を見つけるのが得意だったが、彭麗媛は手がかりを与えてくれなかった。習近平はすでに将来の立場が約束されており、夫妻ともガードが固かったのだ。

ホイットニーと私は、浙江省と福建省の人脈を使って、なぜ党が中国のリーダーに習近平を選んだのかを知ろうとした。多くの友人やコネのある官僚の一致した意見は、彼の能力は水準にも達していないというものだった。毛沢東《もうたくとう》の元秘書で、習近平の父親とも親しかった李鋭《りえい》は、その数年前に習近平に会ったときのことを覚えていて、彼には学がないとこぼしていた。言うまでもなく、習近平は、抜け目がなく、冷酷な、内部抗争の巧者としての力を示し、やがて、一世代で最も大きな権力を持った党の指導者になる。

私たち起業家グループの一致した見方は、習近平はすでに確立されている中国のルールに従うだろう、というものだった。ホイットニーは、習近平の政権下でも、胡錦濤政権時代と同様に、「関係《グワンシ》」に頼ったゲームを続けていけると信じていた。

リスクの分散と公開市場での競争に関する、ホイットニーと私との意見の相違は、時間とともに大きくなっていった。ホイットニーは、これまでと違うやり方をすることに大きな不安があるのだ、と私は結論づけた。私たちが中国でコネに頼って契約を取るのをやめたら、自分の存在意義がなくなり、私が独立してしまうことを、彼女は恐れていたのだ。

こうした懸念のために、彼女は私の言動へのコントロールを強めようとしたが、まさに同時に、私は、彼女は手綱を緩めるべきだという確信を強めていた。二人の関係が始まったとき、私は自由にやりたいという欲求を抑え、ホイットニーの足元で学ぼうとした。だが、人生で成功するにつれて、私は自分のルールでやっていきたくなった。北京で成功してからは、おのずと、中国のほかの地域や世界にも仕事を広げたいと考えていた。ホイットニーは抵抗した。そして、私たちの資産は彼女の名義だったから、私は従うよりほかはなかった。私はしぶしぶそうした。

第14章 ジェットセッター

北京・ヨーロッパ 2004-2011

中国には途方もないことを成し遂げるチャンスがいくらでもあった。だから、ホイットニーは自分のやり方がもっと効果を上げるように、党の上層部に食い込んで、さらに多くの赤い貴族たちと結び付こうとした。そうしたターゲットの一人が、英語名デイヴィッドで通っている李伯潭《りはくたん》だった。彼は、中央政治局常務委員である賈慶林《かけいりん》の義理の息子だった。

賈親分は、二〇〇三年から二〇一三年まで中国人民政治協商会議（政協）の主席を務め、さらに党の中央統一戦線工作部の部長を務めた。統一戦線工作部というのは、少数民族や、宗教団体、起業家など、社会の非共産党要素を管理する組織である。前に書いたように、私は孫政才《そんせいさい》の口添えで政協の北京支部のメンバーになっていた。

髪を後ろになでつけ、垂れた頬と、でっぷりした腹をしたデイヴィッドの義父は、陽気で社交的な性格で、いつもにこやかに微笑んでいた。彼にまつわる伝説には、彼が行ったとされる汚職も含まれている。一九九〇年代の初めに、香港の北、台湾の対岸に位置する福建《ふっけん》省で、副省長や、省長、党書記を務めていたとき、賈親分は大規模な密輸事業を幇助《ほうじょ》していたと噂されている。この密輸は桁外れのスケールで、数千台の外国車や、数十億箱の外国タバコ、数億トンの外国製ビール、中国の輸入量の六分の一を超える原油などが含まれており、すべてが福建省の沿岸にある軍港を通じて流れ込んでいた。

賈親分の妻で、デイヴィッドの義理の母である林幼芳《りんようほう》は、このとんでもない密輸が行われているあいだ、福建省最大の国有貿易会社の党書記を務めていた。聞いたところでは、一九九九年にスキャンダルが暴かれたあと、かつて党の社交界のリーダーだった林幼芳は、自分と夫が逮捕されることを恐れるあまり、神経が衰弱してしゃべれなくなり、何年も北京の病院に入院していたそうだ。だが、結局、林幼芳も賈慶林も起訴されなかった。これは、中国で肝心なのは、何をしたかではなく、誰と知り合いかだということを証明している。

党総書記の江沢民《こうたくみん》と賈親分は、一九六〇年代に二人が第一機械工業部で一緒に働いていたときからの知り合いである。江沢民は、賈慶林の家族に処分が及ばないように守っただけではなく、賈親分を昇進までさせた。

一九九六年、江沢民は賈親分を副市長として北京に連れていき、翌年、賈親分は北京市党書記に就任した。二〇〇二年、賈慶林はさらに昇進し、中央政治局常務委員会の九人のメンバーの一人になった。二〇〇二年に江沢民が常務委員を退いたあとも、賈親分は、江沢民の派閥の代表として、もう一期、常務委員にとどまり、二〇一二年まで委員を務める。だから、賈慶林の義理の息子デイヴィッド・リー（李伯潭）に接近することは、ホイットニーにとって明らかに価値があった。

デイヴィッドは身長が一八三センチあり、成功した中国の実業家のトレードマークである太鼓腹をしていた。服装はおしゃれだがカジュアル。北京の最先端を行く人たちとつるんでいるのが好きで、芸術家や、歌手、映画監督、赤い貴族の息子や娘たちと親しく付き合っていた。

デイヴィッドは義父のコネを使って資産を築いたらしい。彼は、主として、北京に本拠を置く北京昭徳投資という持株会社を通じて、多数の会社の株を大量に所有していた。二〇〇九年十二月、デイヴィッドは「マオタイクラブ（茅台会）」をオープンした。当時は富裕層の誰もがプライベート・クラブを持ちたがっていて、北京や、上海、広州に、雨後のタケノコのようにクラブができていた。クラブを持つ目的の一つは秘密の保持である。私有の施設であれば、政治的な取引やビジネスの取引が気兼ねなくできる。誰と会っているか人に知られずに済むし、人に話を聞かれる心配もない。それに、赤い貴族には人前で自分の富をひけらかすことをためらう人が多いが、信用できる仲間内であれば、そういう話を控える必要もない。プライベート・クラブの閉ざされた扉の奥では、お金にまつわる自慢話もできるのだ。そして多くの場合、一番の利点は、国有財産の中にクラブを作れば、政府が所有する資産を使って私的な利益をあげられることである。経費節減とはまさにこのことだ。

デイヴィッドは、北京中心部の紫禁城《しきんじょう》の近くにある、並木道に面した四合院《しごういん》にクラブを作った。一見して北京市政府の所有物だとわかるその建物の獲得には、賈親分がかつて北京の市長や党書記を務めていた事実が一役買っているようだ。

マオタイクラブに入ると、直径が六メートルもある壮麗なテーブルが出迎えてくれる。素材は、今や絶滅に瀕している中国で最も高価な木材の一つ、ニオイシタン（降香黄檀）の幹だ。テーブルの表面の波打った木目のパターンは、琥珀色の水の中で踊る亡霊のように見える。テーブルの背後には広々とした通路があって、中庭と個室のダイニングルームへと続いている。高価な古美術品か、少なくともよくできた模造品が飾られたクラブは、デイヴィッドや彼の周辺の人々が持つ東洋的なセンスの良さを感じさせた。

デイヴィッドの大きなセールスポイントは、中国のビジネスエリート御用達の酒である茅台《マオタイ》酒の醸造元、貴州茅台酒公司との裏でのつながりだった。デイヴィッドはその会社の役員まで務めていた。このコネは明らかに賈親分の力添えがあってできたものだ。賈親分は、チベットやウイグルといった、少数民族が優勢なあらゆる地域の奥深くまで触手を伸ばしている統一戦線工作部の部長を務めていたからだ。茅台酒を製造する貴州省は、中国南西部の山岳地帯に住み、ベトナムや、ラオス、カンボジアなどにも支族を持つ少数民族、ミャオ族の根拠地だった〔原註・欧米ではミャオ族は「モン族」として知られている〕。

デイヴィッドの話では、貴州茅台酒公司が毎年出荷する一〇年物の茅台酒の三分の一を、彼が押さえているという。中国で普通に売られている年代物の茅台酒は、本当の古酒が一滴でも入っていればいいほうだが、デイヴィッドは本物を入手するパイプを持っていた。

茅台酒は中国の国民酒である。それなりの地位にある人間はみんな、特別な年に醸造された茅台酒を買って人に自慢する。人民解放軍も、国務院も、警察もそれぞれに古酒を求めた。なかには一二万五〇〇〇ドル以上の値が付くものもあった。茅台酒の通を気取る人には、高級ワインの愛好家に見られるのと同様の、相手より一枚上を行こうとする鼻持ちならない感じがある。「きみが八二年のラフィットを持ってくるなら、ぼくは六九年と行こう」。これは茅台酒も同じだ。

デイヴィッドは、彼の一〇年物の茅台酒を赤いボトルに入れて売っていた。私たちはそれを「紅毛《ホンマオ》」と呼んだ。「茅台酒」にかけたシャレである〔訳註・中国語では「茅」と「毛」は同じ「マオ」という音なので、「赤い茅台酒（ホンマオ）」→「紅毛（ホンマオ）」となる〕。私たちの仲間は、普通の店で売られている茅台酒には手を出さなかった。中国の偽造産業はあらゆるものの偽物を作る。その代表が茅台酒である。中国の密造業者は茅台酒の瓶やラベルを偽造するのが非常にうまいので、一般の中国人は海外へ行って茅台酒を買う。外国の店は本物を仕入れていると信じているのだ。

デイヴィッドの貴重な「紅毛」を飲みたければ、マオタイクラブに入会するしかない。マオタイクラブの会員権は数万ドルする。だが、北京の特別なナンバープレートを手に入れるためにコネが必要だったのと同じように、お金があるだけでは会員になれない。デイヴィッドは入会希望者を厳密に審査するし、重要人物でなければ会員になれないので、マオタイクラブの会員資格はたちまち北京で垂涎《すいぜん》の的になった。会員には中国でトップクラスの大立者が名前を連ねていた。そのなかには、形としては民間のメディア企業帝国、鳳凰衛視（フェニックステレビ）の主席、劉長楽《りゅうちょうがく》がいる。鳳凰衛視は、香港に本拠を置いて、中国政府寄りのプロパガンダを大量に流している。また、中国最大の国有コングロマリット、ＣＩＴＩＣグループ（中国中信集団）の孔丹《こうたん》董事長《とうじちょう》（取締役会長）や、ＩＴの巨人アリババ（阿里巴巴）の創業者ジャック・マー（馬《ば》雲《うん》）もいる。あるときクラブを訪れると、アルヴィンと名乗る初々しい若者がいた。あとから知ったのだが、彼は党の総書記、江沢民の孫の江志成《こうしせい》（アルヴィン・ジアン）だった。のちに江志成は、二十代にして資金一〇億ドルのプライベート・エクイティ企業を設立することになる。

クラブの経営を始めて一年半が経ったころ、デイヴィッドは私に、スピンオフのワインクラブを作らないかと提案した。権力者に取り入ることに常に関心があるホイットニーは、デイヴィッドと親しくなるように私の背中を押した。ホイットニーと私は、ワインクラブ計画のエンジェル投資家になることに決め、ワインに関する知識をデイヴィッドに教えた。私はいつも、ひたすら彼をおだてた。デイヴィッドは特定のヴィンテージを絶賛した。デイヴィッドがそのワインのコクや、渋み、テロワール〔訳註・ブドウの生育地の地形、土壌、気候などによる特徴〕を褒めると、私は、ワインの味にかかわらず、首振り人形のようにうなずいた。

デイヴィッドと私はワインクラブを開設する場所を探し始めた。ある日、私たちは、中国共産党本部がある中南海《ちゅうなんかい》の北門から通りを隔てた北海公園を、ぶらぶらと歩いていた。北海公園の中の建物を「借りる」というアイデアを検討するために、建物を見て回りながら、リノベーションに適しているかどうかを確認していたのだ。国の資産に少し手を加えて、私的用途に流用する二つ目の例にしようと思っていた。

北海公園を一回りしていると、デイヴィッドが、大股で歩きながらこちらに近づいてくる人物に気づいた。スポーティーなメタルフレームの眼鏡を掛け、ノーネクタイでダークブルーのスーツを着たその男は、中国の官僚の雰囲気を漂わせていた。男が近づくと、デイヴィッドは小さな声で「ヤバい」と言った。「孟部長だ」。孟建柱《もうけんちゅう》は公安部の部長、つまり警察のトップだった。食後の散歩をしていたところらしい。私たちは、小学生のようにその場から逃げた。「こんなところにワインクラブはあり得ない」。デイヴィッドは、ほうほうの体《てい》で逃げながらつぶやいた。孟部長と鉢合わせして喜ぶ人間はいない。

私は、デイヴィッドがビジネスプランを作れるように、私の経営チームを貸し出した。多くの赤い貴族と同様、彼には優秀なスタッフがいなかった。必要なかったと言ったほうがいいだろう。コネを使って非公開の取引に加わったり、自分の立場を利用して入手したものを売ったりして金を儲けていたからだ。茅台酒を入手できるのも、それを売る保証付きのマーケットがあるのも、買親分のおかげだった。一時期、デイヴィッドの投資会社で最大の資産は、北京の東側、建国門外大街のランドマークである友誼《ゆうぎ》商店ビルだった。噂では、デイヴィッドがそのビルを手に入れたのは、義父の力を借りて元のオーナーが刑務所から出られるよう便宜を図ったからだと言われている。その実業家は、釈放されるとデイヴィッド・リーにビルを譲渡した。また、デイヴィッドの会社は、北京の至る所にあるバス停の広告を販売する独占契約を獲得した。濡れ手で粟の事業だった。のちに、デイヴィッドは電気自動車技術に投資し、カヌー（Ｃａｎｏｏ）というアメリカの企業に参画した。

デイヴィッドは生まれながらの赤い貴族ではなかったが、結婚して貴族階級に入り、彼らの習慣をいくつか取り入れた。まず、毛の濃いゴマ塩頭を、いつもクルーカットのように短く刈り込んでいた。これは、軍隊として出発した共産党への原点回帰である。彼のオフィスに入ると、お茶と葉巻が出される。葉巻は、世界革命へのシニカルな支持を示すために、キューバ産でなければならない。お茶は、いつも、年数を経た雲南《うんなん》省産の普洱《プーアル》茶で、彼が求める文化的正統性を表していた。デイヴィッドは、建物の中では、底が白い黒い綿の室内履きに、白いソックスを履いていたが、これは、北京旧市街の「胡同《フートン》」という路地に住む男性の伝統の反映である。その風変わりな履物には、暗に、ある問いかけが含まれていた。解読すると、こう言っているのだ。「私たちの先祖は昔の中国でこうした履物を履いていた。あなたの先祖はどうですか？」

二〇一一年の春、デイヴィッド・リーと彼の妻、賈薔《かしよう》を、ワインの短期集中講座としてヨーロッパに連れていってはどうか、とホイットニーが提案した。デイヴィッドはそのアイデアを気に入り、ワインクラブの出資者になる予定の、ほかの二人の実業家と妻たちを旅行に誘った。一人目は、中国最大の不動産開発会社、恒大《こうだい》集団のCEO許家印《きよかいん》である。私が企画した家族の資産管理セミナーのあいだ中、居眠りをしていたのは彼の息子だった。二人目の余国祥《よこくしよう》は、下品な話が好きな建設業界の大立者で「小寧波《シヤオニンポー》」というあだ名が付いていた。背が低く、上海の南にある港町、寧波《ねいは》（ニンポー）の出身だったからだ。私たちは、五〇〇〇万ドルずつを出資してワインコレクションを作り、クラブをオープンするつもりだった。

デイヴィッドと妻の賈蕾がヨーロッパに行ったことがあるかどうかはわからなかったが、彼らの娘のジャスミン（李紫丹《りしたん》）には間違いなくその経験があった。二〇〇九年十一月、キャロリーナ・ヘレラ〔訳註・エレガントなドレスで有名なニューヨークのデザイナー〕の床まで届くドレスに身を包んだジャスミンは、パリのオテル・ド・クリヨンで毎年開かれる「ル・バル・デ・デビュタント」〔訳註・上流階級の若い女性が社交界デビューする舞踏会〕に華々しく登場した。初々しい顔のデビュタントの写真は『ヴォーグ・パリ』に掲載された。ジャスミンはのちにスタンフォード大学に進み、「パナマ文書」〔訳註・二〇一五年にリークされた、世界中の企業や個人の膨大な租税回避行為が記録された機密文書〕では、二つの海外の投資法人の単独株主であることが明らかにされた。それらの法人はイギリス領ヴァージン諸島に登録され、投資とコンサルティングが主な業務ということになっている。賈親分の血は争えないようだ。

私たちのヨーロッパ旅行に関してまず問題となるのは移動手段だった。このころには、ホイットニーもプライベートジェットを使うことに慣れていたし、四三〇〇万ドルのガルフストリームG500の予約リストにも名前を連ねていた。私たちはプライベートジェットを使うことを提案した。デイヴィッドは賛成してくれたが、利便性を考えて三機で行ったほうがいいだろうと付け加えた。二〇一一年六月、私たち四組のカップルはパリに向けて出発した。

三機のプライベートジェットで行く準備をしていたのだが、出発間際になって、ほかの男たちがトランプをやりたいと言い出した。余った二機は、空っぽで後を付いてくることになった。それもやはり「面子《めんつ》」のせいだった。「きみがプライベートジェットを持っているなら、私も持たなきゃいけないな」となるのだ。それに、わかってもらえないかもしれないが、中国人だったら、ビジネスチャンスが飛び込んできたときは、取引を成立させるために自分たちだけ急いで引き返す。

機内では、妻たちがおしゃべりをしながら鮨を味見しているあいだ、私たちは「闘地主《ドウディージュー》」つまり「地主との闘い」というトランプゲームをやっていた。それは中国で人気のあるゲームで、一九五〇年代初めの、共産主義中国による苛酷な土地改革運動にルーツがある。何回かのビッド（競り）を繰り返すうちに、すべての手札を捨てた、すなわち「地主を殺した」プレーヤーが勝利するというものだ。私は賭け金に驚いた。ギャンブルに慣れていない私は、いやいやながら参加した。果たして、最初の一巡で一〇万ドル負けてしまった。落ち込んだというよりバツが悪かった。だが、実のところ、ああいう男たちにお金を持っていかれるのはビジネスに役立つことが多い。進んでカモになる人間を歓迎しない人間がいるだろうか？　彼らが私を何度も誘ってくれれば、個人的なつながりを深められる、と私は納得していた。

カードテーブルでの会話はビジネスに話題を変えた。余国祥は、過去に何度か法に触れるようなことをしたらしい。伝えられるところでは、彼は、広州市に環状高速道路を建設する一二億ドルの契約を取るために、浙江省《せっこう》の官僚に五〇万ドルを「貸した」そうだ。その官僚は、結局、汚職の罪で終身刑を言い渡された。また、公表された報告書やアメリカの外交公電〔訳註・二〇一〇年にウィキリークスによって暴露された〕は、二〇〇三年に上海の国営年金基金から余国祥が受けた疑わしい融資と、彼がヒルトン上海ホテル〔訳註・現在の静安昆侖大酒店〕を一億五〇〇〇万ドルで買収したことを結び付けている。

余国祥と、彼の警察との闘いに乾杯して、デイヴィッドはこう宣言した。「今の中国では、刑務所は現代の黄埔《こうほ》軍官学校だ。刑務所に入ったことのない中国人実業家は何も成し遂げていない」。それは、私にとってかなり衝撃的な発言だった。黄埔軍官学校は中国のウエストポイント〔訳註・アメリカの陸軍士官学校の通称〕で、一九二〇年代から一九三〇年代に、中国の第一世代の近代的将校が訓練を受けた神聖な学校だ。実業家が受けた懲役刑を、愛国心にあふれる士官候補生が全《まっと》うした軍事教育と一緒にするのは冒瀆《ぼうとく》だろう。どんな分野でも服役は汚点であり、黄埔は名誉だと思うのが常識だ。それなのに、中国で四番目の権力を持つ政治家の娘婿が、懲役刑を讃えているのである。ほかのみんなは、うなずいて真剣な同意を表し、カチンとグラスを合わせ、フルートグラスに入ったクリュッグのシャンパン〔訳註・フランスの最高級シャンパン〕を飲み干した。デイヴィッドの大胆さにはかなり驚かされたが、それほど心配していたわけではない。ホイットニーと私は、取引が法律の許容範囲を越えないように、常に注意していたからだ。

ホイットニーが、みんなにショーを見せてあげたら、と言うので、最初の訪問地であるフランスに着くと、私はショーの幕を開けた。二〇一一年六月十日、私はパヴィヨン・ルドワイヤンにディナーの席を設けた。ルドワイヤンは、シャンゼリゼ通り東側の庭園の中にあるパリで最も古いレストランの一つだ。おしゃれなパリ八区にあるこの場所は、ナポレオンが初めてジョセフィーヌに出会った場所であり、近くのブローニュの森で撃ち合った決闘者が、宴を開いて仲直りするために訪れた場所だと、私はゲストに解説した。

ダイニングルームは三方が庭に面していて、白いカーテンを花づな状に掛けた広々とした窓からは、きれいに刈り込まれた植栽が見える。白いテーブルクロスと銀のカトラリーのせいで、テーブルがまぶしい。その夜の客は、フランス人のカップルが少しと、サウジの皇子の一行、ドイツの製造業者たち、日本の実業家たちのグループ、そして、くだけすぎた服装のアメリカ人たちだった。私たちは個室に案内された。シエフのクリスチャン・ル＝スケールは料理の世界の著名人で、トロール船の甲板員にファストフードを出していたところから身を起こし、ミシュランの星付きシェフになった人物である。

私はフランソワというフランス人の友人を招いておいた。彼は、一九六〇年以前に作られたワインの、フランスで最大級の個人コレクションを持っている。ワイン愛好家の国にしてそうなのだから立派なものだ。私は、シェフのル＝スケールと一緒に料理のキュレーターを務めてほしい、と彼に頼んでおいた。中国の友人たちに、フランス人がどれほど繊細な注意を払ってワインを扱い、どれほど美食体験に気をつかっているかを知ってほしかったのだ。中国の共産主義革命は、中華帝国の名高い熟練技や目利きと人々との結び付きを断ち切ってしまった。だから、いつもこうして、旅行友だちに、伝統というもののすばらしさや本当に上質なワインを味わってもらうことにしていた。

三種類のシャンパンと、ロスチャイルド家のコレクションのボトル一本に続いて、フランソワは、シャトー・ラフィットの六種類のヴィンテージをすべてマグナム瓶〔訳註・通常の瓶のおよそ二倍入る1・5リットル瓶〕で用意し、バーティカル・テイスティング〔訳註・同じ銘柄のワインを年代順に飲み比べること〕を体験させてくれた。一九〇〇年に始まり、一九二二年、一九四八年、一九六一年、一九七一年と続き、最後は一九九〇年である。

シェフのル＝スケールが、これらのワインに組み合わせてくれたのは、鰡《ぼら》のグリル、ターボット（イシビラメ）の蒸し煮、冬から春に変わるころに生まれた小羊の肉、燻製ウナギのトースト、最後は柑橘類のソルベだった。ワインだけでも一〇万ドルは超え、私たちは何時間も飲んだり食べたりした。確かに、財力を誇示するような散財だったが、ホイットニーと私にとっては、明確な目的を持った羽目《はめ》の外し方だった。

中国においては、政治が富を生み出す鍵であって、富が政治を動かす鍵なのではない。そして、デイヴィッド・リーは政治的に体制とつながっていた。ホイットニーと私がパリにいたのはコネを作るためだった。ホイットニーは、自分のチェス盤にあるほかの駒をいつでも使えた。ホイットニーと私は、デイヴィッドの妻である賈薔に、良い意味で驚いた。党の大物の娘にもかかわらず、気さくで、親しみやすかったのだ。

ホイットニーがもっぱら力を注いでいたのは、私たちのパーソナルブランド〔訳註・独自性や価値を高めて差別化した個人のイメージ〕を磨いて、私たちカップルがほかの人々とどれほど違うかを際立たせることだった。その中で彼女は「中国の教養を身に付けた東洋に案内してくれる女性」という役割を演じた。一方で、私は「西洋とその生活様式の入り口となる男性」の役割を果たした。私は、ヨーロッパでは、普通は閉ざされているはずのドアを、グループのために開かせた。中国の外の世界に関する知識を強調するために、旅行のあらゆる過程を入念に計画した。ホテルはここととあそことどっちがいいだろう？　どこで食事をし、どこで買い物をしようか？　飲み物はあれとこれと、どちらにしよう？　私はすべてに答えを用意した。そういう観点から見ると、夕食の値段はショーの一部にすぎないのだ。

パリを発つと、私たちはボルドーに向かい、ロスチャイルド家が所有する土地を訪れた。私がこのロスチャイルドの分家と知り合ったのは、家族の資産管理プロジェクトに取り組むために、ヨーロッパを旅した折だった。その屋敷で、ニューヨーク生まれの一族の子孫、七十歳のエリック・ド・ロスチャイルドと、妻のマリア＝ベアトリスは、私たちに食事をご馳走してくれた。銀行家で、ワイン醸造業者で、慈善事業家でもあるエリックは、多彩な才能を持った人物だ。その日、エリックが着ていたのは、仕立てが良く、本人が気に入っていることが一目でわかるスーツで、肘だけでなく、あちこちに継ぎが当てられていた。私の仲間たちはみなびっくりした。新たな学習をした瞬間である。これが資産家の流儀なのだ、と私は仲間たちに説明した。それは、ずっと昔に注文して仕立てたスーツだった。しだいに古びていったが、エリックは手放す気になれず、大事に扱ってきたのだ。いささか下品な中国のニューリッチのグループにとって、スーツの話は、自分の持ち物をどうやって大切にするかを学ぶ良い機会になった。

ボルドーの次は、地中海に面したコート・ダジュールに飛んだ。不動産開発業者の許家印が船を見たがったのだ。一九五八年に河南《かなん》省の田舎の村で生まれた許家印は、自力で社会をのし上がった人間だ。彼の父親は、私の父と同じく、倉庫で働いていた。許家印が生後八カ月のとき、農婦だった母親が亡くなったために、彼は祖父母に育てられた。二十歳になるころには、すでに中国南部の製鋼工場で働いていた。

許家印は昇進して工場の廠長《しょうちょう》になった。一九八〇年代の終わりに工場が民営化されると、彼は工場を辞めた。鋳造場で働くのは危険だし、彼はすでに結束の固いチームを作り上げていたからだ。チームは彼と一緒に工場を辞め、不動産開発事業に取り組んでくれると、許家印は確信していた。

それが一九九二年のことである。この年、中国の最高指導者、鄧小平《とうしょうへい》は、中国南部の都市、深圳《しんせん》を訪れて経済改革を復活させ、一九八九年六月に天安門広場で民主化デモを弾圧した強硬派を排除した。許家印と彼のチームは、不動産開発の波がまさに盛り上がろうとするときに、その波を捉えたのだ。許家印は中国に形成されつつあった中産階級にマンションを販売し、私たちがヨーロッパに行ったときにはすでに数十億ドルの資産を築いていた。

許家印が人を味方に付けるときの手法は、私たちよりももっと露骨だった。ホイットニーが北京で、許家印と張おばさんと一緒に食事をしたあとのことだった。彼はホイットニーを宝石店に誘い、一〇〇万ドル以上する指輪をプレゼントしたいと言った。

ホイットニーは、将来、何らかの形でその代償を払わなければいけないのがわかっていたので断った。すると、許家印はまったく同じ指輪を二個買った。少なくとも一つが彼の妻のためのものではないのは明らかだった。中国では、権力者の注意を引く方法がいくつかある。許家印が好むやり方は、とてつもなく高価なものを贈ることだった。

許家印は、フランスの南海岸でドックに入っている、一億ドルのスーパーヨットを見に行きたいと言い出した。その船は香港の大物実業家（やはり資産数十億ドル）のものだった。許家印も、デイヴィッド・リーのように、自分のプライベート・クラブを持ちたいと思っていた。ただし、彼は、海に浮かぶ施設のほうが、北京の路地にあるデイヴィッドのクラブなどよりも、もっとゲストを世間から隔離できると考えたのだった。許家印が思い描いていたのは、中国の沿岸で官僚たちをワインと料理でもてなす、海に浮かぶ宮殿だった。そこならば、反腐《はんふ》警察や生まれつつあるパパラッチの目を逃れることができる。

一億ドルという値段に誰も驚かなかったと言えば、当時がどんな時代だったか、片鱗《へんりん》がわかるのではないだろうか。そこにいたジェットセッター〔訳註・プライベートジェットで世界各地を飛び回る富豪〕のあいだでは、こうした金の遣い方は、日常的ではないにしても、少なくとも異例なことではなかった。しかし、ドックに着いて船を見たときは、内装の簡素さに驚いた。確かに大きな船ではあった。運用するためには、十数人のコックや、メイドや、ウェイターが必要になるだろう。だが、一億ドル出すなら、もっと優雅で、いくつものシャンデリアが下がり、象眼細工を施した木が使われた船が買えるはずだ。遠い昔、香港で、父親とその上司と一緒に初めてロールス・ロイスに乗ったときに私を魅了した、あの象眼細工である。「一億ドル払って手に入るのはこれだけ？」と私は聞いた。許家印がその船を買わなかったのは言うまでもない。

旅のあいだ中、私の仲間たちは、ヨーロッパの歴史や文化にほとんど興味を示さなかった。彼らは中国の富裕層の第一世代に属する。許家印は自力で叩き上げた起業家、小寧波は豪腕の開発業者、デイヴィッド・リーは共産党の貴族階級のメンバーである。大胆不敵さが成果を上げ、懲役は仕事に付きもののリスクであり、教育は必要条件ではないという時代の人間たちだ。彼らのような人間は、美術館の名画には関心がない。彼らにとっては、自分が生きた証しをこの世に残すことが大事なのである。そうこうするうちに買い物の時間になった。

フランスのリビエラに続いて、私たちが目指したのはミラノだった。男たちがブルガリ・ホテルにこもっているあいだ、妻たちは、購買欲の鬼と化して、ミラノのファッション地区、クアドリラテロ・デッラ・モダに向かった。彼女たちはコロシアムの剣闘士よろしく、誰が何を買えるのかを競い合った。私は、買い物を格闘技だと思ったことはなかったが、何もわかっていなかった。彼女たちがあまりにも多くのお金を遣ったので、ミラノの空港で中国へ帰る準備をするときに、付加価値税の払い戻しに三時間かかった。その間、私はVIPラウンジのカードテーブルに呼び戻された。ここでは二〇万ドル負けたが、幸運にも、誰も支払いを要求しなかった。

帰り道、ユーラシア大陸の上空九〇〇〇メートルで、リクライニングさせた革張りのバケットシートに身を委ねながら、私は、自分たちの人生の驚くべき変わりように思いをはせた。「ほんの数年前は」と、私は大きな声で感慨を漏らした。「飛鴿《ひこう》（フライング・ピジョン）〔訳註・実用車だが庶民の憧れだった中国の老舗自転車ブランド〕の自転車を乗り回せればラッキーだった。それが今はプライベートジェットに乗っている。一生経たないあいだに、あそこからここまで来たなんて、頭がクラクラするよ」。ほかの連中はうなずいていた。中国に戻ると、ホイットニーと私は、ワインクラブを作るにはまだ機が熟していないと結論づけた。

張おばさんは旅行も大好きだったので、ホイットニーと私は、温家宝《おんかほう》が在職しているあいだにいくつもの旅行を企画した。あるとき、「あの人が引退したら、中国から出られなくなるわ」と、張おばさんは言った。「だから、チャンスがあるうちに海外に行っておきたいの」。中国の体制の奇妙なところなのだが、党は、引退したほとんどの最高幹部に国を離れることを禁じていた。例えば、前総理の朱鎔基《しゅようき》は、ハーバード大学の客員教授に就任することを止められた。ほかの国では、水面下で妥協案を探ったり、提案を打診したり、批判の矛先を変えるといった、現職の高官にはできない重要な役割を、元の高官が果たすことがよくある。だが、完全な管理という観念にとらわれた共産党は、自らその手段を封じてしまったのだ。

旅行しているときの張おばさんは、エネルギーのつむじ風だった。私たちは彼女を、アルゼンチンのパンパ、ニュージーランドのフィヨルド、オーストラリアの奥地、フランスのロワール渓谷の城館巡りなど、あちこちに連れていった。スイスへの小旅行では、張おばさんは、長寿のためのトリートメントをしてくれる特別なスパの中に姿を消した。

二〇〇四年、私たちと張おばさんは、ちょっとした冒険のためにチューリッヒへ飛んだ。そこから車でスイスを半分ほど横切り、レマン湖畔のモントルーとヴヴェイのあいだにあるクリニック・ラ・プレリーのスパに着いた。張おばさんは、加齢による変化を防ぐために、フェイスリフトと羊の胎盤の注射を予約していた。私は彼女をチェックインさせると、スパの待合室に座った。顔をガーゼに包み、バスローブを着た女性が列になって通り過ぎていった。数時間後、張おばさんが、同じように包帯を巻いて現れ、私たちはホテルに戻った。

数日後に包帯が取れると、張おばさんは、耳の周りの目立つ切開痕を気にもせず、出発の準備をした。彼女は、私の友人の起業家たちよりも、生きることにずっと貪欲だった。そして、周囲がヘトヘトになるほどのペースで生き急いだ。

五つ星ホテルのスイートルームで五時に目を覚ますと、張おばさんは、朝を迎える儀式のように、北京から持ってきた炊飯器を載せたワゴンを押してダイニングルームに向かう。唖然として見つめるヨーロッパ人のウェイターたちを尻目に、粥《かゆ》を作り、手荷物の中に入れてきた中国の野菜の漬物で味を付ける。六時ごろまでに朝食の準備が整うと、張おばさんは部下に言いつけて私たちを起こさせる。朝寝をしたり、西洋式の朝食を頼んだりするのは許されない。私にはこれが特に苦痛だった。私はクロワッサンが好きなのだ。

張おばさんには、奇妙な取り巻きが付いていた。元厰長の黄緒懐《こうしょかい》はどこにでも付いてきた。彼が、張おばさんの部屋にこっそり入るのを見たことはなかったが、誰もが不倫が続いているものと思っていた。もう一人、おばさんの息子ウィンストンの友人で、サンシャインと名乗る青年も私たちに同行していた。

朝食が終わると、私たちは、中国人ドライバーが運転する大型のワンボックスカーに乗り込んで七時半には出発し、ヨーロッパの田舎をあてもなく走り回った。張おばさんも美術館が好きなタイプではなく、雄大な自然を好んだ。朝早くから夜の九時まで、彼女は休むことを知らなかった。昼食と夕食には中華料理店を見つけなければならなかったが、スイスの山奥やアルゼンチンの牧草地帯では至難の業だった。

私にとって、それは目が回るような旅行だった。張おばさんをヨーロッパで最高級のホテルに泊め、さらに、彼女のために最高級のレストランを探した。毎回、一人分で一泊一〇〇〇ユーロを超える宿泊料金を支払ったが、部屋でくつろぐ時間などなく、最高級のレストランで食事することはまれで、ほとんど夜明けには部屋を出る日々だった。

張おばさんは、旅行をするときにけっして中国のSPを付けなかった。それに、旅行先の国の情報機関も、彼女が何者なのかを把握していないように思えた。ニュージーランドのフィヨルドを見に行った旅行では、私たちや騒がしい西洋人の旅行客が景色を眺めている傍らで、張おばさんがカップ麺をすすっていたので、くすくす笑ってしまった。彼らは、隣でズルズルと音を立てている年配の女性が中国の総理夫人だとは、夢にも思わなかっただろう。

第15章 啓皓《ジェネシス》北京

北京　２０１０－２０１２

ほとんどの富をもたらすのは幸運だ、と前に書いた。ホイットニーと私は、平安保険の新規株式公開という幸運に恵まれ、その後、別の幸運にも出会った。

李培英《りばいえい》は、空港の総経理になって間もなく、国有の大企業、北京首旅酒店集団（ＢＴＧ）が北京の中心部に保有するホテルを彼の会社が買収するという覚書を、ＢＴＧとのあいだに交わしていた。彼はその土地を再開発し、都心にも北京首都国際空港グループの本社を置きたいと考えていたのだ。それは彼の大きな虚栄心を満たす事業だったが、立ち消えになってしまった。空港での私たちのジョイントベンチャーが始まって一年ほど経ったころ、李培英はその取引のことを私に話した。

もう、あの土地にビルを建てる気はない、と李培英は言った。私は知らなかったが、彼は、そのころ、汚職の疑いで党の中央規律検査委員会から連日のように査問を受けていた。だから、空港コングロマリットの第二本社を（お気に入りの鮨屋のすぐそばに）建てるという夢は、自然と放棄されてしまったのだ。

私たちのジョイントベンチャーが、空港からその事業を買うというのはどうだろう、と私が言うと、李培英は、いい考えだと同意した。私たちはそれをBTGに提案した。北京の朝陽区《ちょうようく》にあるその土地は、「明るい馬の川」という意味の亮馬河《リャンマ》に沿って四六〇メートルほど延びていた。当時の亮馬河は悪臭を放つ運河で、冬は凍り、春には一面が有害な藻類に覆《おお》われた。その土地の中心に立つ華都《ファドウ》飯店は、少し古びた四階建ての三つ星ホテルで、レストランが驚くほどおいしかった。

私たちは第三者の不動産評価会社に土地を鑑定してもらい、評価額を空港とBTG双方の党委員会に提示した。ホイットニーも私も、不動産価格がその先どう変わるのかわからなかった。だが、景気は良くなっていると楽観視していたので、できるだけ多くの土地を手に入れておくつもりだった。土地とホテルの価値について、双方が約一億ドルで合意すると、ジョイントベンチャーは国有銀行から融資を受けて土地を購入した。

私たちは、この土地も何年か放置していた。すべてのエネルギーと資本を空港プロジェクトに注いでいたからである。その後、ホイットニーがニューヨークに行ってアリストンを産んだ。ようやく事業に取りかかる準備ができたのは二〇一〇年になってからだった。ところが、ここでも政治から横やりが入った。

李培英の逮捕のあと、空港が中核事業以外の事業に関わることを禁じる規則が作られ、特に、腐敗の温床になっていた不動産取引は、厳しく規制されるようになった。そのため、私が華都飯店の再開発に取りかかろうとした途端に、ジョイントベンチャー最大の株主である北京首都国際空港グループの腰が引けてしまったのだ。

空港グループは、私たちのところにやってくると、ほとんど命令するように、泰鴻《たいこう》がその土地をジョイントベンチャーから買い取ることを求めた。空港側は、まず土地を再評価し、新たな価格で私たちに売却したいと言った。もちろん、空港は大儲けを狙っていたのだ。というのも、土地を放置しているあいだに北京の地価が急騰し、特に、亮馬河沿いのまとまった土地といった貴重な物件は、異常な値上がりを見せていたからである。

私たちは、ジョイントベンチャーが購入した価格に利子を加えた額で買い取るという対案を出した。空港が本当に求めているのは、ジョイントベンチャーがその土地を手放すことだと、私たちは見ていた。一方、私たちの望みは、ジョイントベンチャーにその土地を開発させることだった。私たちが、ジョイントベンチャーから、高騰した価格で土地を買わなければいけない理由はどこにもなかった。

規則では、その土地は、公開入札を経なければ売れないことになっていた。だが、手順の設定次第では、競争者がおじけづいて降りるようにも仕向けられる。そもそも、売りに出されるのは、実際には土地ではなかった。売買の対象は華都飯店を所有する持株会社であり、土地を持っているのは華都飯店だった。私たち以外の潜在的買い手には、持株会社の債務がわからなかった。言うならばブラックボックスだったのだ。結局、入札は、私たちが入れた一億三〇〇〇万ドルだけだった。資金は、ホイットニーと私が協力して出した。今回は、張おばさんも、実際に約四五〇〇万ドルを出資した。

再開発プロジェクトは、最終的に、ホテルや、住居、オフィス、美術館を含む、予想もしなかった巨大なものになった。元の華都飯店の総面積は約四万二〇〇〇平方メートルだった。プロジェクトが完成したとき、四棟のビルからなる複合施設は、地上の総面積が約一四万平方メートル、地下が約七万四〇〇〇平方メートルという規模になった。現在の総資産価値は推測するしかないが、二五億ドルから三〇億ドルのあいだだろう。北京の不動産価格があれほど高騰するとは誰にもわからなかった。大きな富を生むのは、ほとんど運なのだ。

再開発プロジェクトに取り組むのは楽しかった。空港の拡張は、海兵隊の新兵訓練のようだったが、それを何とかやり遂げた今、再開発プロジェクトは、訓練の成果を実践し、初歩的なミスを避け、創造力を発揮できる場になった。

私たちが最初に思いついたのは、北京で最も高いビルを建てることだった。ホイットニーと私は、世界で最も有名な建築家数人を含めてコンペを行った。応募作の一つが、建築家のノーマン・フォスターがデザインした高さ三八一メートルのタワーだった。ところが、建設予定地から道路を隔てたアパート地区に、一年で最も日照時間が短い日に日光が二時間当たらなければならない、と規則で定められていたのだ。そのため、ビルの高さを半分にし、可能な場所では、手のひらほどの土地さえ有効に使わざるを得なくなった。一方、ホイットニーは、画家の曾梵志《ゾンファンジ》に、私たちが計画していた美術館の最上階にアトリエを作り、隣をエンターテインメントのスペースにすることを提案した。下の階に設ける美術館では、世界中で数百万ドルで売られている彼の作品を展示するのだ。中国にあるほとんどの美術館は国有だった。民間の美術館ができれば、展示の在り方も変わると考えたのである。

最終的に、私たちは四棟のビルを建設する許可を得た。二〇階建てのビル一棟をホテルとコンドミニアムが共有する。それに、二棟のオフィスタワーと美術館である。オフィススペースがプロジェクトのほぼ五分の三を占め、五分の一をホテルが、残り五分の一をコンドミニアムが使うことになった。店舗の数は抑えた。中国ではショッピングモールが過剰になっているからだ。美術館は亮馬河の川岸からほんの一メートルほどの場所に建てることにした。

私が見たところ、プロジェクトの土地は北京で最高の立地の一つである。南側全体が川岸に沿っているからだ。川の対岸は北京で最も古い外国公館地区の一つで、並木道のあいだに広大な敷地を持つ大使館や二階建ての家が並んでいる。スモッグのない晴れた日にプロジェクトから眺めると、緑の海が広がっているように見える。ちょうど、マンハッタンの五九丁目から北を見たときに、セントラルパークが広がっているのと同じだ。そのうえ、北京市政府が川を清掃しているので、悪臭も過去のものになった。

ホイットニーと私は、一緒に仕事をし始めてからずっと、世界で最も高級なホテルに泊まってきた。最高のホテルがどんなふうに運営されているか知っているし、どうすれば最高の部屋が作れるかもわかっている。空港プロジェクトと違って、ホテルを視察するために世界中を旅する必要はなかった。これまでの生活が、知らず知らずのうちにホテルのリサーチになっていたからだ。私たちは、インテリアデザイナーや、照明デザイナー、建築家、エンジニアなどに、きら星のようなスタッフを集めた。プロジェクトを取り巻く庭園を設計するためには、父親から禅寺を受け継いだ日本人の僧侶にインタビューし、最終的にはオーストラリアのチームと仕事をした。美術館の設計は、独学で建築を学んだプリツカー賞の受賞者、安藤忠雄と契約した。オフィス棟と、ホテル・住居棟の設計は、世界中で超高層ビルを建ててきたニューヨークの建築設計事務所コーン・ペダーセン・フォックスに依頼した。

私たちの使命は、この事業を、中国にかつてなかった最高の不動産プロジェクトにすることだった。それを実現するためには費用を一ドルも惜しまなかった。私たちは、デザイナーを雇って判断を任せてしまう、ほかの資金力のある開発業者とは、意識的に一線を画した。そういうビジネスモデルの問題点は、デザイナーや開発会社の幹部に贅沢な暮らしの経験がないことである。私たちは一〇年間、贅沢な暮らしをしてきた。私たちの美的感覚と開発チームの専門知識を組み合わせれば、結果は素晴らしいものになるはずだった。私はプロジェクトを「啓皓《ジェネシス》」〔訳註・『創世記』を意味する〕と命名した。世界の不動産開発の歴史に新たな一章を書き加えられると信じていたからである。

二〇一一年一月、私たちは北京にデザインチームを集めて、キックオフミーティングを開いた。世界中からやってきた約七〇人が一堂に会した。会議を始めるにあたって、まず私がスピーチをした。私はダークブルーのスーツを着て、フランスの靴工房アトリエ・ドゥ・トランシェに注文して作らせた深紅の「セルジオ」を履いていた。「皆さんは、オーナーがこんな服装で会議に出席するのを見たことがあるでしょうか?」と、私は会場に呼びかけた。「靴に注目してください。私がプロジェクト全体に取り入れたいのは、このスタイルなのです」。会場はどっと沸いた。だが、私が真剣なことはちゃんと伝わっていた。彼らにとって、履歴書に書けるようなプロジェクトに参加するのは刺激的なことだった。最善を尽くし、手を抜かず、完璧を追求するためなら、いくらでも費用をかける用意があると表明し、おまけに深紅の靴を履いているオーナーなど、彼らは見たことがなかったのだ。

中国にホテルがあふれているのは、一つには、中国の実業家が、プライベート・クラブを好むのと同じくらい、ホテルを好むからだ。そして、国有企業の幹部がホテルを造ろうとするのは、体制内の有力者をもてなしたり、女性を口説いたりするクラブハウスのように使えるからである。もちろん、それらはすべて国費だ。国有企業の元幹部は、引退したあとでも、タダでプールで泳ぎ、レストランで食事し、部屋に泊まるのだ。北京は世界中のどの都市よりも五つ星ホテルが多い。私は、プロジェクトにホテルを含めるのなら、規模を抑制したものにしたいと考えていた。少なくとも、努力すれば利益を出せる可能性を与えておきたかったからだ。私は、世界のホテルの至宝であり、プロジェクト全体の価値を高めるブルガリをパートナーに選んだ。当初、私は客室数を六〇にすることを主張したが、ブルガリ側はより多くの部屋を望んだ。結局、一二〇室で決着した。

私は部屋のデザインを細部に至るまで検討した。ほかのホテルでは得られないもの、疲れてぐったりすることが多い旅の体験を改善する心配りを、ゲストに提供したかったからである。例えば、ほとんどの五つ星ホテルの部屋は、かろうじてスーツケース一個を広げられるスペースが確保されているだけだ。しかし、旅行客には二人連れが多い。私は建築チームに指示して、スーツケース二個を広げるのに十分なスペースを確保させた。そのために必要となる〇・五平方メートルには大きな費用がかかるが、それだけの価値がある。

私たちは、最上階をホテルとコンドミニアムのどちらが使うかについてブルガリと協議した。私たちは住居にしたかった。あれほどの立地であれば、北京で最も高い価格で売れると考えたからだ。結局、ブルガリ側が折れて、私たちの希望が通った。ホイットニーと私は、そこに九三〇平方メートルの不規則な形のペントハウスを確保した。私とアリストンのための屋内プールも付いている。私たちの家になるはずだった。

ホイットニーは、プロジェクトがスタートした二〇一〇年に仕事に復帰した。私たちは、プロジェクトの詳細について、スタッフがいるところでも公然と口論するようになった。彼女は、私に反論するのを楽しんでいるかのようだった。夜になって話し合うと、あれはみっともなかったと彼女も認めるのだが、翌日にはまた同じことが始まるのだ。とうとう、私たちは、それぞれの役割を分けて、オフィスでのやりとりを制限することにした。

マーケティング、企画立案、戦略、販売を私が受け持ち、ホイットニーは、施工、経費、品質管理を担当することになったが、重なる部分が多くあった。合同会議では、彼女は、やはり、あからさまに私の発言を封じた。ある会議では住居の広さを議論したが、それには細かい財務上の計算と政治的な計算が関わっていた。どういった顧客を販売対象にするのか？　一三〇平方メートルの小ぶりな区画を三〇〇〇万ドルで買う人たちなのか、それとも、ワンフロア全体を二〇倍以上の価格で買う人たちなのか？　念のために言っておくが、これは中国経済が急成長していたときの話である。きっと都心の空中に浮かぶ豪邸を欲しがる人がいるだろうと思った。確かに、私たちがそうだった。

社会的地位の点から見れば、二種類の顧客はまったく異なっていた。ただのリッチとメガリッチである。両者が、共通のエレベーターや共通のロビーで混ざり合ってもいいのか、それとも、別々の入り口を設けるべきなのか？　そして、政治的な問題を考慮するなら、共産主義を看板に掲げている国で、人民が一戸のマンションに何千万ドルも使うのは賢明なのか？　中国でそれほどの大金を使うことを、人々は怖がらないだろうか？　社会や政治の流れが急に変わったりはしないのか？

この問題について私のチームは数カ月間検討し、結論をホイットニーおよび彼女のチームと共有した。そもそも、チームのメンバーは依頼されたものを作るのが仕事だった。ホイットニーは、心底からは納得していないようだった。私たちが提案した、二つの階層を混ぜるやり方が気に入らなかったのだ。だが、私がその奥に感じ取ったのは、私に主導権を握られることを快く思わない彼女の本心だった。彼女はオフィスの中を歩き回って、私たちの計画をどう思うかと自分のチームのメンバーに聞いた。彼らは口ごもったり言葉を濁したりした。私は、李培英の後任が総経理になった空港に戻ったような気がした。みんなが異なる意見を言い合って、合意が得られないために、仕事がまったく進まないあの状況だ。

そして、彼女は、当分その決定を棚上げしたいとみんなに告げた。私は激怒した。「そんなに自分が賢いと思ってるんだったら、好きにすればいい」と怒鳴り、「もうたくさんだ」と付け加えると、私は部屋を出ていった。それは、単なる意見の違い以上のものだった。ホイットニーは、常にみんなの前で私をないがしろにしていた。一生、面子《めんつ》をつぶされ続けるのかと思っていた私にとって、この一件は特にこたえたのだ。

私とホイットニーの関係には、常に、私と両親との関係が反響していた。ホイットニーと私が初めて会ったとき、彼女は執拗《しつよう》に私を批判したが、その様子は私の両親にそっくりだった。私は彼女に言われたことを肝に銘じ、自分の生活や、服装、話し方、行動まで変えて、彼女が示す成功のためのレシピに従おうとした。ところが、私がひとたび成功すると、両親とのあいだに起きたのと同じことが起こった。ホイットニーの苦言が充満した私的世界と、成果と称賛にあふれた公的世界のギャップに直面したのだ。そのままではどこかが支障をきたすのは必至だった。

今、考えると、ホイットニーは自分の力をアピールする必要に迫られていたのだと思う。彼女はアリストンを産むために中国を離れていた。その間、会社での私の立場が上昇するにつれて、彼女は自分の立場が低下していくのを感じ取っていた。私は、一人で泰鴻の経営チームを集めた。CFO（最高財務責任者）以外のスタッフはすべて私が採用した。空港プロジェクトの立ち上げでは、ゼロから経営チームを作り上げた。そして、空港の持ち株を売却したときのプロロジスとの取引条件には、経営チームが私と一緒に会社を去ることが含まれていた。あのチームを作ったことは、私が成し遂げた最も意味のあることの一つだったと思っている。ホイットニーは、ひたすら党の大物との関係構築にいそしんでいた。だが、私とチームは着実に仕事を遂行した。彼女はその作業にほとんど関わらなかったので、不安がますます募ったのだろう。

私は、チームと協力して、東洋と西洋が交わるハイブリッドな企業文化を創るように努力した。多くの中国人経営者と違って、週末は必ず休みにした。一方で、多国籍企業のように、五〇〇〇キロ離れたところから価値観を押しつけるようなことはしなかった。私はあらゆることを新たにデザインした。そして、人は成長するものだと信じた。そうしなければ、ご都合主義になってしまう。成果はどうであれ、私自身は、パームインフォが潰れたあとには上海で、後年はアスペン研究所で、多くの時間を使って自分自身を向上させようと努力した。福利厚生は国際企業と同等のものにした。何人かの幹部には、会社が費用を持ってMBAを取得させた。それに、自分たちの親戚を雇わなかった。ホイットニーは異母弟がやっている天津《てんしん》の不動産事業を支援していたが、彼はうちの社員にはならなかった。結果的に、多くの中国企業を悩ませる派閥抗争を避けることができた。

　夫婦であり、ビジネスパートナーであったにもかかわらず、ホイットニーと私は激しく競い合っていた。ビジネスパーソンとしての私を形作り、成功に導いたのはホイットニーだったが、そのころの彼女は、自分の権威が私に脅かされているように感じ、自分がもはや必要とされないのではないかと不安になっていた。彼女の懸念は当たっていた。時代は私に味方していた。これまで事業を推進してきた私のノウハウがあれば、私たちの会社は、国内外の開発プロジェクトを巡って、すぐに、中国や海外の企業と同じ土俵で競争できるようになると考えていた。それと同時に、ホイットニーと私が、もっとバランスのとれた形で資産を分け合う日が来るのを心待ちにしていた。しかし、ホイットニーは変化を嫌っているように見えた。彼女は「関係《グワンシ》」ゲームをすることが自分の唯一のスキルだと思い、そのスキルや、ひいては彼女自身が、もはや必要なくなる日が来るのを恐れていた。

　二〇一二年に、ブルガリ・ホテルの建設が承認されると、プロジェクトは空港のようにコネに頼る必要がなくなり、ホイットニーの役割はさらに小さくなった。仕事を指示するのは外国人だったし、請負業者はすべて国際的な企業だった。だから、私たちは接待のことなど考えなかった。茅台酒《マオタイ》はバックミラーの中に置いてきたのだ。でも、たまにヴィンテージの「ホンマオ」の栓を抜くと、チームのみんなに歓迎された。私
　仕事で感じる喜びに反して、ホイットニーとの関係はますます悪化していった。私たちの距離を縮めてくれるはずのプロジェクトが、私たちを引き離していくように思えたのは、皮肉というよりも悲劇だった。今、冷静に考えると、結婚に結び付くほど私たちの気持ちが近づいたことはなかったし、自分たちの関係に対して、あまりにも実利的で分析的だったことがわかる。私たちの関係においては、情熱は二の次であり、しっかりした論理に支えられていればカップルとして持続すると、ホイットニーはいつも主張していた。
　だが、論理だけでは十分じゃなかったと私は思っている。人間関係が重要なものに変わるのは、崖からのジャンプと利害の計算が合わさったときだ。完全な公式などない。ところが、ホイットニーと私が用いた公式は不適切なものだった。私たちの関係に注がれた感情はあまりにも少なかった。今考えると、もっと豊かな感情があれば、私たちの結び付きは強固になって持続していただろう。感情が人体における軟組織のような機能を果たしたかもしれない。骨が弱くなっても、なお弾力を持った層があれば、転倒の衝撃を緩和してくれるからだ。

第16章　スキャンダル

北京　2012-2013

二〇一二年十月二十六日、『ニューヨーク・タイムズ』紙は、一面で、温家宝《おんかほう》の家族が所有する莫大な資産の詳細を報じた。その暴露記事は、企業の記録に基づいて、温家宝の家族の資産を約三〇億ドルと見積もっていた。記事の二〇段落目の冒頭にはホイットニーの名前が出ていた。まさに、私とホイットニーの関係の「骨格」に対する強烈な一撃だった。

記事が掲載される三日前、『ニューヨーク・タイムズ』の記者デイヴィッド・バルボーザがホイットニーに連絡をしてきて、彼女が記事の焦点になることを伝え、コメントを求めた。ホイットニーは、張おばさんと密かに話し合って対策を練った。バルボーザが記事の内容としてホイットニーに伝えたのは、平安保険株を購入する手段として泰鴻《たいこう》が使われたこと、その後、一億ドル以上の価値がある平安保険株が温家宝の母親名義の口座に移されたこと、そして、温家宝の母親が退職した元学校教師であり、公的年金以外に収入がないことだった。

ホイットニーと張おばさんは、当初、記事にコメントしないことに決めた。そして、ホイットニーは、美術界の知り合いを通じて、バルボーザの台湾人の妻に連絡を取った。ホイットニーは、彼女に対し、バルボーザを説得して記事を出さないようにしてほしいと、数時間にわたって懇願した。「私たちはお互い中国人じゃないですか」と、ホイットニーが電話の相手に言っているのが聞こえた。「この問題は穏便に解決すべきです。私には子どもがいます。あなたにもお子さんがいるでしょ。だったら、この件で私の家族がどんなに傷つくかわかるはずです。人の家族を傷つけたりしたくはありませんよね」。これも、ホイットニーの文化と欧米の文化とのズレの例だった。だが、彼女は必死だった。何かが相手の気持ちに訴えないかとやみくもにしゃべっていた。バルボーザ夫妻が関心を示さなかったのは言うまでもない。

その後、張おばさんは考えを変え、ホイットニーに平安保険株の取引の責任を取るように命じた。バルボーザと話をして、総理の母親や親族の名義になっている株は実はホイットニーのものであり、ホイットニーが資産の規模を隠すために彼女たちの名前を使ったと話すように、ホイットニーに指示した。ホイットニーは「平安保険に投資したとき、そのことを記録に残したくなかったの」と、『ニューヨーク・タイムズ』に話した。「だから、親戚に頼んで、私の代わりに株を預かってくれる人を探してもらったのよ」。ホイットニーの弁明は、控えめに言っても不自然であり、はっきり言えば、誰も信じないようなものだった。だが、ホイットニーは、張おばさんへの忠誠心から指示に従った。知ってのとおり、もともと、株はすべて泰鴻の名義になっていた。ホイットニーではなく、温一家を守るためである。二〇〇七年にホイットニーと私が持ち分を売ったあとで、張おばさんが判断を間違い、自分の義母やほかの親族に株の所有権を移転したのだ。それによって証拠となる書類が残ってしまった。もし、株の名義が泰鴻のままだったら、バルボーザは記事の根拠となる十分な資料を得られなかっただろう。

　いつか張おばさんはホイットニーを捨て駒にするだろう、と私は心の奥でずっと思っていた。しかし、その局面が来るまでには、ホイットニーはうまく自分を守れるようになっているだろうと想像していた。だが間違っていた。彼女は、自分の人生の大部分を張おばさんとの関係につぎ込んでいたのだ。ホイットニーは中国人が「義気《イーチイ》」と呼ぶもの、つまり「兄弟の契《ちぎ》り」を信じていた。上海で私と仲間たちを結び付けていたのと同じ絆である。彼女は、張おばさんが長いあいだ自分を信頼してきたのは正しかったと証明するために、喜んで身代わりになったのだ。
たいていの人は、ここでヒーローになってもしかたがないと考えて、安全な場所に逃げ込むだろう。しかしホイットニーは違った。彼女がとった行動は、拮抗する絶望と勇気から生まれた極めて個人的な選択だと私は思った。キリスト教の信仰が一定の役割を果たしたのかもしれない。だが、それ以上に大きかったのは、自分が築いてきた人間関係への忠誠だろう。私はバルボーザと話さないように説得したが、彼女の意志は変わらなかった。人間関係は、彼女が持っているもののすべてだったからだ。突き詰めれば、彼女が自分自身をどういう人間とみなしていたかということだ。

その記事は、温一家、ひいては中国共産党の高級幹部に地震のような衝撃を与えた。欧米の報道機関が、中国の指導者の家族が所有する資産について詳しく報じたのは、その年二度目だった。数カ月前の二〇一二年六月には、時の国家副主席で、間もなく党総書記になる習近平《しゅうきんぺい》の親族が保有する資産について、「ブルームバーグ・ニュース」が同様の記事を配信していた。興味深いことに、そのときは、ホイットニーが張おばさんのためにしたように、身代わりになって罪をかぶった人間はいなかった。

党は、温家宝に関する記事に反発して『ニューヨーク・タイムズ』のウェブサイトを遮断した。外交部の報道官は、記事は中国に対する中傷を意図したものであり、背後には「隠された動機」があるとして、『ニューヨーク・タイムズ』を非難した。党は、国内に対しては守りを固めた。党の指導部は、体質的な被害妄想に基づいて、二つの記事をアメリカ政府による中国の政治指導者への組織的な攻撃の一部だと見ていた。もし習近平の家族に関するニュースが配信されていなかったら、党の反応は違っていて、温家宝は批判の標的にされていたかもしれない。だが、習近平のニュースがあったために、人々はアメリカ政府が何らかの形で記事に関わっていると信じた。そして、最善の反応は、動物的なもの、つまり結束を固めることだ、と中国人の誰もが確信した。

温家宝家では、家族、特に張おばさんと息子のウィンストンのビジネスが露顕したことに対して、温家宝が激怒した（娘のリリーは最初の記事には登場しなかったが、のちの『ニューヨーク・タイムズ』の記事で取り上げられる）。ホイットニーと私は、張おばさんと子どもたちが温家宝に多くのことを隠していると思っていたし、彼が、以前から家族のビジネスの一端を知っていて、やめるように言っていたのもわかっていた。

今回、温家宝は張おばさんに離婚を要求したそうだ。怒りに駆られた彼は、退職したら頭を丸めて仏門に入ると、親族に宣言した。その時点で党の有力者たちが介入し、離婚も、仏教徒が言うところの「看破紅塵（欲にあふれた俗世を見限る）」して僧侶になろうとする彼の衝動も、ともに思いとどまらせた。少なくとも公式には無神論ということになっている共産党にとっては、最後の部分が特に不都合だったのである。

記事の影響はさざ波として始まったが、やがて津波のように膨れ上がった。私たちと温一家の関係も変わった。張おばさんは、プロジェクトの利益の三〇パーセントを受け取ることに、もう興味がなくなったと言ってきた。つい先日、ブルガリ・ホテルに着工したばかりだというのに、手を引くと言うのだ。私たちは、それをどう受け取ればいいかわからず、彼女の気が変わる可能性も考えた。これまで、張おばさんとのあいだには契約書を交わしてこなかった。中国では多くのことがそうであるように、すべては暗黙の了解の下に進められていた。

『ニューヨーク・タイムズ』の暴露記事のあと、ホイットニーは人脈作りの活動を停止した。彼女は誰にも接触しようとしなかったし、誰も彼女に接触しようとしなかった。彼女は人を窮地に追い込みたくなかったのだ。一方、私は、自分たちがどれほどのリスクに直面してるかを見極めようとした。今後も記事に関連した問題が出てくるような気がしたが、それが何であり、いつ襲ってくるかは、わからなかった。私たちはひと月待ってホテルの仕事を再開した。国の情報機関や、人々に恐れられている党の中央規律検査委員会の人間が、家を訪ねてくることはなかった。

張おばさんは、息子と娘に、目立つ立場を降りるように指示したと、私たちに話した。ウィンストン・ウェンは国有企業に勤めることになり、リリー・チャンはコンサルティングのビジネスをたたんで、国家外貨管理局に入った。張おばさんも、北京北部の広大な土地を利用してジュエリーの職業訓練施設を建設する計画を取り止めた。彼女はその土地を息子のウィンストンに譲り、彼は、共産主義中国で最も優秀な全寮制学校にするとうたった、キーストーン・アカデミー（北京市鼎石学校）の建設に着手した。

張おばさんはホイットニーに、誰かが自分の家族を壊そうとしていると断言した。彼女は記事の情報源を調べたそうだ。その結果、政府内部の有力者の話として、生死を賭けた党内の権力闘争の巻き添えで、夫の評判が落とされたのだと語った。

権力闘争は、習近平と薄熙来《はくきらい》という官僚のあいだで起こったものだった。二人はともに、毛沢東《もうたくとう》の革命に加わった古参の共産党員である「神仙」(訳註・いわゆる「八大元老」を指す)の息子である。そして、「青年幹部局」の設置によって出世したことも共通している。青年幹部局は、陳雲《ちんうん》という共産党の重鎮が主導し、一九八一年の党の決定によって中央組織部に設けられた特別な組織だ。その目的は、党幹部の息子や娘に、政府や党での高い地位を確保することである。「息子や娘があとを継げば、私たちの墓は暴かれない」と陳雲は、はっきり言った。一九八九年に起きた天安門広場の弾圧によって、この計画は緊急性を増した。赤い貴族たちが騒乱から引き出した教訓は、ことわざにあるように「自己的娃児最可靠(自分の子どもが一番頼りになる)」ということだった。党の指導者の家族は、それぞれ、将来の政治的リーダーに育てるべき後継者を選んだ。習近平と薄熙来は、父親に指名されて党内で昇進していったのである。

習近平の父親、習仲勲《しゅうちゅうくん》は、一九三〇年代から四〇年代に蔣介石《しょうかいせき》の国民党軍とあいだで行われた内戦の英雄だった。また、一九七〇年代の終わりから八〇年代の初めにかけては、中国を世界の工場へと変えた経済政策の策定において重要な役割を果たした。

薄熙来は、やはり毛主席の部下だった薄一波《はくいっぱ》の息子である。薄一波も国民党軍と戦った。経済改革に関しては習仲勲よりも保守的だったが、一九八〇年代には、上海と深圳《しんせん》、二つの証券取引所の設立を主導した。

一九九〇年代の初めまでに、薄熙来は沿岸部の都市、大連《だいれん》のやり手の市長として名をはせていた。その後、遼寧《りょうねい》省の省長や国務院の商務部長を歴任し、二〇〇七年には、かつて欧米で「チャンキン」と呼ばれていた南西部の大都市、重慶《じゅうけい》（チョンチン）市の党書記に指名される。オールバックの豊かな黒髪と、こぼれるような笑みが印象的な薄熙来は、メディアの人気が高く、いつでも気の利いた引用が口をついて出てきた。彼がもしアメリカ人だったら、中古車販売チェーンを拡大し、連邦議会に議席を得ていただろう〔訳註・アメリカでは、中古車のセールスマンと政治家は、愛想がよく口がうまい職業の代表と考えられている〕。

習近平は薄熙来ほどの華やかさがなく、ずっと慎重だった。一九九〇年代に彼が福《ふっ》建《けん》省の官僚だったとき、人民解放軍の有名な歌手、彭麗媛《ほうれいえん》に求愛し、ついには結婚するとは夢にも思わなかったと、当時の同僚たちは語っている。最初の妻だった外交官の娘とは、彼女が留学先のイギリスに残ることを望んだために離婚していた。

上海市や浙江《せっこう》省の首長や党書記を含む習近平の経歴は、薄熙来に劣らず立派なものだ。だが、二〇〇二年十一月に党中央委員会に加わって表舞台に立ったとき、彼はメディアにあまり知られていなかった。薄熙来も、父親の強い働きかけによって、同じ年に、誰もが憧れる中央委員のポストに就いた。しかし五年後、習近平は中国の次の支配者を争うレースで一歩先んじる。薄熙来は二〇〇七年に中央政治局に入るが、中国の最高政治機関である中央政治局常務委員会の委員に昇進したのは習近平だけだった。

薄熙来がレースに復帰しようと必死になっていることや、そのために行った、人々の注目を引くための行動については、ホイットニーや私も多くの話を聞いていた。彼が重慶市の党書記として知名度を高めたのは、大衆動員の色彩が濃い政治的キャンペーンを開始したときである。それは、文革期に毛主席の下で行われたものとよく似ていた。薄熙来は、革命初期の中国に対するノスタルジーに訴えて、大規模な集会を開いた。そこには何千人もの市民が集まり、共産主義をたたえる、いにしえの歌を力強く合唱した。

だが、薄熙来の野望は彼を破滅へと導く。転落が始まったのは二〇一一年十一月十五日である。その日、イギリスの実業家ニール・ヘイウッドの死体が、重慶の古びた簡易ホテル、南山麗景度仮酒店（ラッキー・ホリデイ・ホテル）の一六〇五号室で発見された。当初の報道では、彼の死因は「大量飲酒後の突然死」だとされ、遺体は検死を経ずに火葬された。

ヘイウッドは長らく、薄熙来の魅力的な二番目の妻、谷開来《こくかいらい》のビジネスパートナーだった。重慶の公安局長、王立軍《おうりつぐん》がその事件を調べると、彼女が仕事上のもめごとからヘイウッドを毒殺したことがわかった。

王立軍は薄熙来のオフィスに行って彼に話した。薄熙来はそれを暗黙の脅迫だと受け取った。薄熙来の考えでは、王立軍が彼に忠実な公安局長であれば、事件をもみ消し、闇に葬るはずだった。そのため、薄熙来は椅子からバッと立ち上がり、王立軍を鼓膜が破れるほどの力でビンタした。そして彼を解雇し、汚職の疑いで取り調べさせた。

王立軍は、次の殺人事件の犠牲者になることを恐れて重慶から逃れ、二〇一二年二月六日、近くの成都《せいと》にあるアメリカ領事館に駆け込んだ。そこで事の経緯をアメリカの外交官に話し、政治亡命を求めた。王立軍がアメリカの在外公館で自分の言い分を述べているあいだに、対立するさまざまな政治派閥を代表する公安幹部が領事館を取り囲み、緊張をはらんだ膠着《こうちゃく》状態になった。翌日、アメリカ領事館は王立軍を国家安全部の副部長に引き渡し、重慶市の警察のトップは北京に連行された。一連の事実は、間が悪い時に明らかになった。党が、翌月に開かれる全国人民代表大会の年次総会の準備をしている矢先だったのだ。

王立軍が北京に到着したあと、中央政治局常務委員会の九人のメンバーが集まって、そのスキャンダルについて話し合ったそうだ。口火を切ったのは、情報機関の担当で、薄熙来の盟友である常務委員の周永康《しゅうえいこう》だった。彼は、捜査は公安局長の王立軍で止めるべきだと主張した。会議室に沈黙が広がった。周永康の発言は、薄熙来の捜査が行われないことを意味していた。常務委員たちは周永康の意見について考え込んだ。誰も声を上げなかったそのとき、序列の低い習近平が発言のしきたりを破った。党は、王立軍だけではなく、関与した可能性がある者すべてを捜査すべきだ、と彼は主張した。薄熙来や妻の名前を出す必要はなかった。言わんとしていることは、その場にいる誰にとっても明白だった。そこで声を上げなければ、宿命のライバルを追い落とす千載一遇のチャンスを失ってしまうことを、習近平はわかっていた。

常務委員会のナンバーツー温家宝の発言が鍵を握っていた。彼は習近平に同意した。次に、常に慎重な総書記の胡錦濤《こきんとう》も完全な捜査を支持した。こうして議論の流れが変わった。中央政治局常務委員会は、三月七日に開かれた次の会議で、問題にどう対処するかについて最終投票を行った。薄熙来を党から除名し、事件を検察に委ね、彼の妻をニール・ヘイウッド殺害の容疑で捜査するという案に反対したのは、周永康だけだった。

薄熙来を粛清するという決定によって、全人代が閉幕した三月十四日の記者会見は劇的なものになった。それは、温家宝にとって、総理を務めた一〇年間で最後の記者会見だった。『ニューヨーク・タイムズ』からの質問に答えて、彼は薄熙来を批判し、重慶市の党委員会に「真摯に反省し、王立軍事件から学ぶ」ことを要求した。それは爆弾発言だった。温家宝は、密室での習近平と薄熙来の闘いで習近平を支持しただけではなく、公の場で薄熙来の面目をつぶしたのである。翌日、薄熙来は重慶市の党書記を解任され、四月十日には党の中央委員会および中央政治局から追放された。その年の十一月十五日、習近平は中国共産党総書記に就任した。中国の人民法院が薄熙来に終身刑を宣告したのは、翌二〇一三年の九月だった。

張おばさんは、夫が事件の捜査を支持し、薄熙来に公然と恥をかかせたことで、薄熙来一派と衝突する羽目《はめ》になったと考えていた。彼らの仲間は情報機関にもいる。私たちが得た別の情報も、張おばさんの見方を裏付けていた。二〇一二年二月にホイットニーと私が聞いた話では、薄熙来が中国のジャーナリストや学者を雇って、張おばさんと子どもたちのスキャンダルを集めていたという。バルボーザは、どうやってこの話をつかんだのかと尋ねられるたびに、温家宝への仕返しを企てる党内部の人間から情報を得たことを否定している。だが、張おばさんは、薄熙来に忠実な情報機関の官僚が、文書の入った箱を香港でバルボーザに手渡したことがわかったと言っていた。

習近平が反腐敗キャンペーンを開始して約一年が経ち、温一家の資産に関する記事が『ニューヨーク・タイムズ』に出てから、やはり一年が過ぎた二〇一三年のことだ。

張おばさんは、自分と子どもたちが訴追されないという保証と引き換えに、全財産を国に「寄付」したと話した。ほかの党幹部の家族も同様だと言うのだ。この行動の裏には別の理由もある。共産党は歴史を書き換えたいのだ。将来、党が体制全体の腐敗を容認したという批判に直面したとき、それらの家族は、自分たちの富を中国に「寄付」することで、国家に奉仕しただけだと主張できるからである。ホイットニーと私には、こうした話すべてが、かなり非現実的に思えた。だが、よく考えてみると、中国の共産主義者たちには、私有財産を盗み、真実をねじ曲げてきた長い歴史がある。『ニューヨーク・タイムズ』の記事は、将来に関する私の主張の裏付けになった。これからは、海外への投資が大半を占めるようにすべきだし、中国でビジネスをするために党との結び付きに頼るのはやめるべきだ、と私は主張していた。私たちは、すでに公開市場で競争するのに十分なスキルを身に付けている。確かに「関係《グワンシ》」ゲームで大きな成功を収めたが、新しいビジネスモデルに移行すべき時期だと、私は考えていた。親しい友人になった欧米のパートナーの中にも、私の考えを後押ししてくれる人がいた。国際的にビジネスを展開している建築設計事務所コーン・ペダーセン・フォックスのＣＥＯポール・カッツは、私たちの仕事ぶりに感心し、海外のプロジェクトの競争にも加わるように勧めてくれた。

しかし、ホイットニーは同意しなかった。彼女は海外進出を怖がっていた。温家宝は習近平の出世に決定的な役割を果たしたのだから、習近平は温家宝とその家族、そして私たちを守ってくれるはずだ、とホイットニーは言い張った。彼女は、今までと同じようにやっていけば、中国での私たちの未来は明るいと考えていた。

私たちのあいだには、ほかにもいくつかの問題が持ち上がった。ある晩、ベッドに横になっていると、ホイットニーは私に、占い師に占ってもらった結果を見せてくれた。そのころ、中国のエリートのあいだでは占いが大流行していた。中国の社会的ピラミッドの頂点にいる人々が、占い師や、気功師や、あらゆる種類の作り話を売る人々に頼っていたのだ。権力を握っていた七〇年のあいだに、共産党は中国の伝統的な価値を破壊し、宗教を事実上非合法化してしまった。精神的な真空においては迷信が人々の心をつかむ。人が一瞬にして頂点からどん底に落ちる、予測がつかない体制の中では、人生を解き明かしてくれる超自然的なものが人の心を強く惹きつけるのである。

ホイットニーが取り出した赤い小冊子には、占い師が読み取った彼女の運命が毛筆で書かれていた。だが、私の目を捉えたのは予言ではなく、彼女の生まれ年だった。占い師は「一九六六年」と書いていた。ところが、彼女は最初からずっと、私と同じ一九六八年生まれだと言ってきたのだ。

私が生まれたのは一九六八年十一月だったので、同じ年の十二月に生まれたホイットニーは約一カ月年下だと思っていた。それが突然、二歳年上だとわかったのである。実年齢を私に隠してきたのに、占い師には教えていた。本当の生年月日でなければ、正確な占いができなかったのだろう。

私は、彼女の生年月日を指さして「これはいったいどういうことだ？」と尋ねた。ホイットニーは少し青ざめた。「結婚して一〇年になるのに、きみの本当の年を知らなかった」と私は続けた。

彼女は少し黙ったあとで「私は私に変わりないわ」と、おどおどしながら言った。「確かにそうだ。でも、正確には同じじゃない」と私は反論した。「人に関する最も基本的な情報は、名前と、生年月日と、性別だ。何かの書類に記入するときは、まずこの三つを書かなきゃいけない。その中の一つが変わっても同じ人間だというのは、おかしくないか」

「私は私よ」と彼女は繰り返した。

私たちが付き合い始めたとき、この件について母親に相談したのだと、ホイットニーは説明した。彼女の母親は、私たちを絶好の組み合わせだと思ったそうだ。「本当の年を言って、せっかくのチャンスをつぶしちゃいけないわ」と、彼女の母親は助言した。二人は、もしホイットニーのほうが年上だと知ったら、私が去ってしまうかもしれないと心配したのだ。中国の家父長制の社会では、妻は夫よりも若いものと決まっていたからである。

こんなに長く関係が続いたあとで欺《あざむ》かれていたのを知ったことで、私はまた大きな衝撃を受けた。私たちは、将来の仕事をどうするかで仲たがいし、スタッフの前でもけんかを繰り返していた。そこに、今度はこれである。

衝突は、ホイットニーが是が非でもやりたがった別のプロジェクトに関しても起きた。私たちは、北京商務中心区にあるチャイナ・ワールド・ホテル（中国大飯店）に隣接する広大な土地の再開発計画への入札を検討していた。それは、約四六万平方メートルの土地に超高層ビルやショッピングモールが建ち並ぶ、巨大事業になるはずだった。不動産の価値としては、中国では比肩するものがなかった。

土地開発の交渉を進める中で、私は、私たちを取り巻く熱気を感じ取った。気がつくと、そのプロジェクトへの参画を狙う実業家や、彼らがコネを持つ党の官僚から接待を受けていた。土地開発の分野では世界有数の企業である香港の新鴻基《サンフンカイ》地産の代表者は、北京にやってきて私たちと張おばさんを昼食に招いた。食事が終わるとすぐにホイットニーの携帯電話が鳴った。かけてきたのは、当時の国務院港澳（香港・マカオ）事務弁公室の副主任、陳佐洱《ちんさじ》だった。ホイットニーが相手の声をスピーカーから出したので、私はそこに座ったまま、彼がプロジェクトの経営支配権を新鴻基に売るように勧めるのを聞いていた。それはかなりショッキングなことだった。陳佐洱は中国政府の部長クラスの官僚である。その人物が、香港の一企業のために北京の不動産取引を獲得しようと、臆面もなくロビー活動をしているのだ。香港に関わる共産党の官僚と、香港のビジネスエリートとの関係が、どれほど馴れ合いになっているかの表れである。私たちは、考えておきますと返事をした。

私は状況を冷静に見極め、そのプロジェクトがどれほど複雑なものになるかを、およそ把握した。許認可のプロセスは、空港プロジェクトが楽勝だったと思えるほど大変なものになるだろう。プロジェクトの実現に必要なすべての許可を得るためには、味方になってくれる中央政治局常務委員が、おそらく一人では駄目で、少なくとも二人は必要になる。そして二人を確保しても、なお政治的な圧力があるだろう。私はスタッフにその案件から撤退するように言った。ホイットニーは不満そうだった。

そして、別の案件が私たちをさらに引き離した。

二〇一三年の初め、私は、香港市場に上場している企業を買収するという友人に三〇〇〇万ドルを貸し、取引を完了するための二回目の融資を約束した。丁屹《ていきつ》というその友人とは長年の知り合いだった。彼も、私と同じく中国で生まれ、海外で育った。彼の場合はオーストラリアである。知り合ったのは、私が最初に香港に帰ってきた一九九〇年代だった。私たちは、香港の蘭桂坊《らんけいぼう》の歓楽街や北京のバー・ストリートで夜遅くまで遊んだ。私は彼を親友の一人だと思っていた。

丁屹は、スイスの銀行や中国の投資会社で働いて資産を作ったが、世界金融危機のさなかの二〇〇七年にそれを失ってしまった。彼の妻は、中国で事業を行う国際的な金属商社の代表をしていた。

あるとき、彼の妻の会社は、ビジネスの紛争に絡んで難しい状況に追い込まれた。すると、中国の某銀行が警察に金を渡して彼女を逮捕させ、人質に取った。中国本土ではよくあることだ。警察が、はるか遠い中国の北西端にある新疆《しんきょう》の寒村の留置場に彼女を放り込むと、丁屹は彼女を釈放させようとして、何年にもわたって力を尽くした。ついに彼がそれに成功したとき、私はずいぶんと感心した。その間に彼は妻と離婚し、妻の受付係をしていた女性と再婚していたからである。彼女は上海出身の元バーのホステスで、英語名をイヴォンヌと言った。だが、ここは中国だ。人は矛盾した人生を生きている。何にせよ、元の妻を助けるために尽力する人間は信用できる、と私は思った。

二〇一三年十月に二回目の融資の支払い期日が来た。私は金を出してもらいにホイットニーのところに行ったが、彼女は拒んだ。「約束してるんだ」と、私は過熱した会議のさなかに言った。「もう貸したくないの」と彼女は応えた。私は丁屹のところに戻り、悪い知らせを伝えた。彼は落胆した。資金が調達できなければ取引は成立しないので、私は、その会社の株を売って三〇〇〇万ドルを返してほしいと頼んだ。彼は難色を示した。丁屹の二番目の妻イヴォンヌが絡んでいるようだった。以前、彼女の夫が私を招いて香港のナイトクラブで開いたパーティーで、彼女に誘惑されて断ったことがあった。繰り返すが、ここは中国だ。より大きな魚を狙えるチャンスを逃す人間はいないし、すげなく袖にされて、そのことを忘れる人間もいない。私は、お金を返さないように、彼女が丁屹をそそのかしたのだと思った。

私は、丁屹が私を手玉に取ろうとしているように感じた。何度も香港に足を運んだが、そのたびに、二人で街に繰り出し、食事をし、バーをはしごした。丁屹は、間違いなく気を許せる友だちだった。だが、ついに金のことを持ち出すと、彼は突然、姿を消した。私にできるのは、弁護士を雇って彼を法廷に連れ出すことだけだった。彼は法廷で、上場企業に投資した金が私のものだったことを否定した。

家では、ホイットニーとの関係に改善の兆しはまったく見られなかった。私たちのやりとりは、ますますぎこちないものになっていった。このころ、私たちは、ブルガリの建設現場に近いフォーシーズンズ・ホテルに併設されたマンションに住んでいたが、二〇一三年の十月の終わり、私はその家を出た。

第17章 民主化の波

コロラド・香港・北京 2013-2018

ホイットニーと別居する数カ月前のことだ。二〇一三年七月三十一日、私は、アスペン研究所がコロラド州アスペンで開催している「リーダーシップ実践プログラム」で講演した。中国では、権利意識を持った人々が「増加する傾向」があるだけでなく、共産党も柔軟になり、その流れに適応しようとしている、と私は話した。そして、共産党の最高指導者は、代を経るごとに、ほかの指導者と権力を分担するようになってきたと指摘した。

中国は名目上は共産主義国だが、「実際の運営の仕方はまったく違う」と私は言った。政権が引き継がれるたびに、世論に応えざるを得なくなってきているのだ。「毛《もう》沢東《たくとう》はすべてを一人で決めた。鄧小平《とうしょうへい》が政権に就いたとき、彼は数人の長老に相談する必要があった。江沢民《こうたくみん》はさらに多くの人の意見を聞かなければならなかった。権力はしだいに分散してきている。中国を一つの固定した体制だとみなすのは間違っている」と私は話した。サンセットカラーのTシャツに、黒っぽい色のジャケット、デザイナーブランドのスニーカー、ノーショーソックス〔訳註・靴に隠れて見えないように作られた小さな靴下〕という、流行に乗った私のカジュアルな服装は、欧米に合わせようとする中国の姿を体現していた。だが、私の胸の中では、中国の体制に関する懸念が、党の新たな指導者、習近平《しゅうきんぺい》の台頭とともに膨らみつつあった。

当初、私は習近平政権について楽観視していた。一つには習近平が陳希《ちんき》と親しい間柄だと聞いていたからである。陳希は、私たちが清華《せいか》大学に大きな寄付をしたときの清華大学党委員会のトップだった。習近平は国家副主席に就任するとすぐ、大学時代のルームメイトだった陳希にブレーンに加わるように頼んだ。陳希は、かつて習近平の申し出を断ったことがある。一九九九年、福建《ふっけん》省長だった習近平が陳希に福建省のポストを提示したときのことだ。だが、中国の最高指導者のために権力の中枢で仕事をするという今回の誘いは陳希の心を動かし、彼は清華大学を去る決心をした。

習近平は陳希を教育部副部長に任命したあと、遼寧省党委員会副書記に抜擢《ばってき》し、七カ月間だけ務めさせた。出世に欠かせない地方勤務の経歴を作るためである。二〇一一年四月、陳希は北京に呼び戻された。その二年後、習近平は陳希を、すべての幹部党員の人事を掌握する中央組織部の重要ポストに就けた。そして二〇一七年、陳希は中央組織部長に就任した。習近平は、そのポジションに仲間を置いたことで、自分の支持者を中国全土の党の要職に就けることができるようになった。

当初、私が習近平に好感を抱いたもう一つの理由は、ホイットニーの友人である王岐山《おうきざん》も新しい党総書記と親しいらしく、ホイットニーとの会話の中で習近平を褒めていたと聞いたことだった。習近平が、陳希と王岐山がともに好意を抱くような人物であれば、習近平政権は、改革開放に慎重だった胡錦濤《こきんとう》政権よりも良くなるだろうと考えたのである。

ところが、習近平は、二〇一二年十一月に党中央委員会総書記に就任すると、すぐに大々的な反腐敗キャンペーンを開始した。ちょっと気がはやりすぎていると私たちは思った。彼が政府の役職である国家主席に就任するのは二〇一三年三月だったが、それに先立って何千人もの官僚の犯罪捜査に着手したのだ。中国ではこうした派手な政治的パフォーマンスは異例であり、それまでの共産党のやり方とは一線を画すものだった。私たちは彼の腐敗との闘いを支持した。やろうと思えば中国では粛清ができる。ところが、キャンペーンが始まって一年が経ったころ、陳希らにその話題を向けると意外な見方が返ってきた。習近平は一期目の半ばまでは腐敗との闘いを拡大するが、その後は縮小するというのが彼らの結論だった。習近平はそうせざるを得ないだろうと彼らは言い、今のキャンペーンは経済に悪影響を及ぼし、官僚の士気を低下させるからだと説明した。官僚たちは調査されることを恐れるあまり、物事を決められなくなっている。そんな状態をいつまでも続けるわけにはいかない。さらに、習近平が逮捕する官僚が数百人であるうちはいいが、何万人もが投獄されるようになれば、民衆はこう結論づけるだろう。一部に腐ったリンゴがあるのではなく、体制全体が芯まで腐っているのだ、と。二〇二〇年までに中国当局は二七〇万人を超える官僚を汚職の疑いで取り調べ、一五〇万人以上を処罰した。そのなかには七人の国家レベルの指導者と二四人の将官が含まれている。

　私たちが不安を抱き始めた変化はほかにもあった。二〇一二年七月、習近平が権力を握る準備を整えると、「現在のイデオロギー領域の状況に関する通報」と題された文書が、党中央弁公庁から配布された。「九号文件」として知られるこの文書は、言論の自由や司法の独立といった危険な西洋的価値は中国に悪影響を与えるので、一掃しなければならないと警告していた。これらの考えは「中国への悪意に満ちたもの」であるため、中国の学校や大学で教えることを禁じるという。また、独立傾向を強めるメディアを厳しく批判し、スキャンダルを暴く定期刊行物の押さえ込みをいっそう強化するように、党組織に命じていた。

　これを受けて情報機関は厳重な取り締まりを実施し、弁護士や、市民社会の実現を訴える人々の力を削《そ》いだ。最後まで残っていた多少とも独立色のあるメディアは、廃業に追い込まれるか、党の方針に従う経営者に委ねられた。また、中国人民政治協商会議（政協）で目の当たりにした変化にも不安をかき立てられた。

二〇一三年の初め、政協北京市支部の委員が招集された。会議場の雰囲気はいつもとすっかり違っていた。一つの理由は、政協北京市支部の主席が出席していたことである。私たちを前にして党の幹部が演説を行った。彼はその機会を使って、政治的な締めつけが緩和されるのではないかという私たちの幻想を打ち砕いた。彼は、私たちのシンクタンクである凱風公益基金会の運営に携わっていた兪可平《ゆかへい》の名前を挙げ、民主改革が中国を強くすると言っているとして批判した。党幹部はまた、政協が第二の議会の役割を果たすようになる可能性を全面的に否定した。この演説に出席者はみなショックを受けた。それは体制が険悪な強硬路線に転換する一つの兆候だったが、習近平政権下では、同じような事例をさらに多く見ることになった。

中国の外交政策も以前よりはるかに強硬になった。その変化を、私は香港に帰るたびに感じ取った。一九九七年に香港を中国に返還するという取り決めの一部として、中国は「一国二制度」を守ることをイギリスとのあいだで合意し、それに基づいて、五〇年間、香港に自治を認めると約束した。そして、民主主義を大幅に許容し、信教や、言論、集会の自由など、中国国内では与えられていない権利を維持することを認めたのである。ところが、習近平政権の下で、中国はこうした約束を破り始めたのだ。

習政権は香港の民主化を抑圧した。情報機関の要員を香港に送り込み、党の意に沿わない、中国の為政者に関する書籍を出版、販売した人々を拉致した。そして、香港の政治制度を積極的に侵食し始めた。私たち政協の香港代表メンバーは、そのキャンペーンの歩兵として党に招集された。

政協の会議で、当局は香港の政治状況に直接関与するよう私たちに指示した。二〇一四年に香港で「雨傘運動」が起きると、こうした要求は激しくなった。抗議運動の引き金になったのは、共産党が出した一つの決定だった。香港特別行政区のトップである行政長官の候補者は、まず、北京に忠実な人々で構成される選挙委員会で審査されなければならないと決めたのである。欺瞞《ぎまん》は明らかだ。事前に北京に審査された候補者にしか投票できないのであれば「一人一票（普通選挙）」に何の意味があるだろうか。

九月のデモで雨傘運動が始まるとすぐ、私たちは、香港に行ってカウンターデモを組織し、資金を提供するように、当局から指示された。香港に事業所を持っているメンバーは、従業員に金を渡して、中国を支持するデモ行進に加わらせるように言われた。二〇一四年十月の暑い日、私はカウンターデモの一つに参加した。

私たちは銅鑼《どら》湾のヴィクトリアパークに集合した。そこは、皮肉にも、それまでやそれ以降の、民主化を要求するすべてのデモがスタートした場所だった。公園では、共産党のフロント組織や、村民委員会、中国各地の政協、ほかの親中国グループなど、多くの組織の代表が群衆を見回っていた。

私は、香港にある中国政府の出先機関、駐香港連絡弁公室（中連弁）の代表の目に留まるように行動した。自分の努力が認められないのが嫌だったからだ。中連弁の官僚は私たちを集めて集合写真を撮った。彼らは彼らで、自分たちの努力を北京に認めてもらいたかったのだ。忠実な官僚たちから中国の国旗を受け取ると、私たちは行進を始めた。

私たちは香港島のメインストリートである軒尼詩道《ヘネシーロード》を歩いた。途中で民主化を要求するデモ隊に出会うと、穏やかにお互いをからかった。香港での親中派と民主派の関係は、まだそれほど敵対的になっていなかった。隣接する湾仔《わんし》区に着くころには、私たちのグループの一部はこっそりと抜け出し始めていた。

政協北京市支部のほとんどのメンバーは香港に住んでいたが、私は北京から飛行機で来てグループに加わっていた。それまでずいぶん政協の活動をサボっていたので、今回の活動には参加して、最後までやり通したほうがいいだろうと思ったのだ。私は、ヴィクトリアパークから、昔のイギリス海軍のドックから名付けられた金鐘（アドミラルティ）まで、二キロ近くを歩いた。もちろん、私が最後まで行進したことを中連弁の官僚たちにアピールするのを忘れなかった。

こうした行動は、全部バカバカしく思えていた。中連弁の官僚から、デモ行進に加わった私たちまで、みんなが演技をしていたからだ。行動の根底にあるはずの、香港の民主主義や自由を抑圧すべきだという考えを持っている人は、たとえいたとしてもほんのわずかだっただろう。人々がそこにいたのは、自分の利益、つまり北京での点数稼ぎのためだ。私は、中国が香港の問題に干渉すべきだと本心から思ったことはないし、香港には中国の指導が必要だと考えたこともない。香港はこれまで、中国の干渉がなくてもうまくやってきたのだ。

二〇一二年と二〇一六年の九月に実施される香港の立法会選挙に向けて、私たちは、党の官僚から当選させたい候補者のリストを渡され、香港に戻って票を取りまとめるように指示された。ところが、あるとき、党の指示が書かれた文書が、ソーシャルメディアである「微信《ウェイシン》（WeChat）」の何者かのアカウントにアップされてしまった。面目を失った党は、文書の配布を中止した。今度は、関与を否認する余地を確保するために、候補者の一覧が掲載された新聞記事に、党が選んだ候補の名前だけ赤い下線が引かれたものが渡された。そして、活動の成果を報告するように要求された。あとで「きみは何人の有権者をわれわれの候補者に投票するように仕向けたのか？」と問われるのである。

香港の選挙制度に特有な点の一つは、特定の職業固有の議席が設けられていて、その分野のメンバーによって代表が選ばれることである。医師は、そうした「功能界別（職能団体枠）」に含まれる職業の一つだった。皇仁《こうじん》書院の卒業生には医師が多いので、私は、同窓生の人脈を使って、北京が承認した医療分野の候補に投票するように、元の同級生に働きかけることを命じられた。

私は、習近平と、彼が中国を導こうとしている方向には疑問を持っていたが、同時に、雨傘運動や「占領中環《ちゅうかん》（中環を占拠せよ）」運動にはそれほど共感していなかった。急進的すぎるし、現実離れしていて、アメリカでのドン・キホーテ的な「ウォール街を占拠せよ」運動の模倣のように思えたからだ。それに、香港の住民の大部分がそうした運動を支持しているとも感じられなかった。

私は、香港をどう扱うかという問題に関して、中央政府は主体性を欠いていると思っていた。そこで、共産党が香港をよりうまく統治するために、自分にできることをしようと決心した。カウンターデモに参加したあと、私は北京に戻ってレポートを書き、友人に頼んで習近平のオフィスに届けてもらった。レポートの焦点は、私が香港の「プルートクラット」と呼ぶ人々である。プルートクラットというのは、共産党の指導者とのつながりを利用して、香港を私的な貯金箱にし、香港の市民に損害を与えている富豪たちの一族のことだ。香港は「クローニー資本家」〔訳註・政治権力者との縁故によって利権を獲得する資本家〕に支配されている、と私は書いた。金持ちがますます豊かになる一方で、一般的な大卒の給与はここ一世代上がっていない。なすべきことは民主化の推進であり、特に、香港の行政長官を指名する組織の民主化が必要である。親中派のビジネスエリートたちだけではなく、民主化グループや若者の代表も選挙委員会に加えるべきだ、と私は提言した。また、香港の政情不安は、中東を席捲《せっけん》した「アラブの春」の影響を受けており、「敵意を持った欧米勢力」によって扇動されているという、中国本土で支配的な考え方を批判した。そして、問題の性質を誤解していては、有効な解決策は導かれないだろうと警告した。中国政府は香港社会のあらゆる階層に目を向ける必要があり、資本家階級に政治権力を独占させていてはいけないのだ。控えめに言っても、中国の民衆に後押しされて権力を握った中国共産党が、香港の大衆を無視するのは矛盾している。

私のレポートは中国政府の最高レベルで読まれた、と友人が報告してくれた。だが、結局、私の提言は無視された。それどころか、政府がむしろ統制を強めたために、二〇一九年に大規模な抗議活動が起こり、二〇二〇年まで続いた。党はついに、自由に発言する権利を無効にする「国家安全維持法」を香港に施行した。その条文は、中国本土で作られる法律と同様、意図的に曖昧にしてあり、グレーゾーンが広いため、党は、自分たちの意に沿わない人物を起訴する広範な自由を手にした。

数千人の香港市民が、国、省、市、県レベルの政協のメンバーになっていた。そして、全員が、香港の選挙に中国が干渉するのを手伝うように指示された。驚いたのは、公の場に出て「私はこういうことをしたが、間違っていた」と言う人が一人もいなかったことだ。考えてみれば、これは重大な問題である。多くの香港市民が地域の未来を売り渡しておきながら、誰も、自責の念に駆られて「もうやめるべきだ」とは言わないのだ。私たちが中国の命令に従ったのは、純粋に自分の利益のためだった。でも、そのことから、私たちがどれほど中国共産党を恐れ、命令を断って自分の意見を表明することへの報復を恐れていたのかがわかってもらえると思う。もしかすると、清華大学で習近平のルームメイトだった陳希のような官僚も、同じような難しい問題に直面したのかもしれない。私たちはみんな、間違っているとわかっている体制に協力していた。そうしなければ、私たち自身や、家族を含めた周囲の人々の、生活手段や、自由、場合によっては命まで犠牲にすることになるからである。代償が大きすぎるのだ。

習近平の反腐敗キャンペーンが実際に始まってみると、それは不正行為の撲滅のためというより、潜在的ライバルを葬るためだったことがわかった。習近平は、同じ太子党《たいしとう》である薄熙来《はくきらい》の拘束に、すでに一役買っている。続いて、中央政治局常務委員会で薄熙来の仲間だった周永康《しゅうえいこう》を投獄した。そのあとは方向を変え、今度は、共産党体制のもう一つの派閥である共産主義青年団派（団派）の壊滅に狙いを定めた。

団派は、習近平の前任の党総書記、胡錦濤に率いられてきた。胡錦濤の右腕で、私がレーシングカーを貸したことがある令谷《れいこく》の父親、令計劃《れいけいかく》は、二〇一二年の終わりに胡錦濤が引退したとき、彼に代わって団派の顔になるはずだった。

令計劃は、党中央委員会中央弁公庁の主任、つまり一九九〇年代の初めに温家宝《おんかほう》が務めたのと同じ「首席太監《しゅせきたいかん》」として胡錦濤に仕えてきた。二〇一二年十一月に胡錦濤が退任したときには、中央政治局に入り、おそらく常務委員に昇進するものと見られていた。

温家宝が引退したときに備えて常に計画を立てていたホイットニーは、令計劃を籠絡することに強い関心を持ち、彼の家族と親しくなろうとした。彼女は私を令谷のメンター(指導役)にし、自分は、令計劃の妻、谷麗萍《こくれいへい》と友だちになった。当時、谷麗萍は、若い起業家に資金を提供する、共産主義青年団の慈善団体「中国青年創業国際計画」を創設し、総幹事を務めていた。ホイットニーは、谷麗萍と夫の令計劃が、いつか彼女のチェス盤の駒として動いてくれるという思惑で、その団体に数百万ドルを寄付した。

そこに悲劇は起きた。二〇一二年三月十八日の未明、令計劃と谷麗萍の息子、令谷は、自分のマンションから一・六キロほどのところで、フェラーリ458スパイダー(私が貸していたものではない)を運転中にスピンし、コントロールを失って激突した。令谷と、同乗していた二人の女性が死亡し、三人は裸に近い格好で発見された。その事故は、香港の中国語タブロイド紙の格好のネタになり、各紙は赤い貴族の息子や娘たちの放蕩について競って報じた。しかし、令谷を知っている私には、何かが違うような気がした。彼は確かに速い車が好きだったが、思想にも興味を持っていたし、ほかの赤い貴族に見られる虚無的な放縦さは感じられなかった。

事故の詳細が明らかになったのは、令計劃をその年に中央政治局常務委員に昇進させるかどうかを決める会議の数日前だった。そのため、令計劃は、息子は本当は事故で死んだのではなく、すべては自分や団派のメンバーを失脚させるために仕組まれたものだと、ずっと信じていた。この説を欧米の友人に話すと、共産党がそんなごまかしに関わる可能性は薄いだろうという答えが返ってきた。だが、多くの人は、権力の存亡がかかっている場合に党がどこまでのことをするか、わかっていないのだ。

事故のあと、令計劃は致命的な過ちを犯した。張おばさんによれば、彼は、党の情報機関のトップ周永康を説得して、衝突事故に関する情報が漏れないようにさせた。だが、党の総書記である胡錦濤は、事故の話をどこからか聞きつけた。胡錦濤が令計劃に何が起きたのかを聞くと、彼は息子の関与を否定した。

しかし、前任者の江沢民に事実を突きつけられると、胡錦濤はついに事故の実態を知ることになる。令計劃の嘘が暴露されたために、胡錦濤も彼を守れなくなった。結果として、胡錦濤は中国の権力の頂点に仲間を就かせるチャンスを失った。

六カ月後の二〇一二年九月に令計劃が「首席太監」を解任されると、彼を二度と立ち上がれないようにするための本格的な攻撃が始まった。二〇一二年十一月十五日に開催された中国共産党第一八期中央委員会第一回全体会議で、彼は中央政治局に席を得られなかった。

党は、令計劃を二年間、政治的宙づり状態に置いたあと、二〇一四年十二月に、彼が党の中央規律検査委員会の取り調べを受けていると発表した。令計劃は党を除名され、汚職の罪で起訴された。二〇一六年七月、彼は終身刑を宣告された。

令計劃の告訴には、妻の谷麗萍に対する嫌疑も含まれていた。検察官は、谷麗萍が、夫に政治的便宜を図ってもらおうとする企業から賄賂《わいろ》を受け取っていたと主張した。だが、谷麗萍と何年もの付き合いがあるホイットニーと私は、検察の主張には無理があると思った。第一に、彼女はほとんど夫と会っていなかった。「首席太監」として、令計劃は、ほぼ毎日、中南海《ちゅうなんかい》の党本部で寝泊まりしていた。彼には、妻と共謀して汚職ビジネス帝国を築く時間などなかったのである。

第二に、ホイットニーは谷麗萍と北京でしばしば会うほかに、二人で香港にショッピングに行くことがあったが、谷麗萍は腕時計や服に大金を使うのをためらっていた。ホイットニーは、谷麗萍も彼女の夫も、たいして金持ちではないし、それほど腐敗に手を染めていないという思いを強くした。あるとき、ホイットニーは、香港の中環のショッピング街にある嘉信表行（カールソン・ウォッチ・ショップ）に谷麗萍を連れていった。嘉信表行で売られている腕時計のなかには五〇万ドルするものもある。だが、谷麗萍は二万ドルの値札が付いたものを見ただけで青ざめた。次には、スーツを見に、近くのシャネル・ショップに行ったが、値段をチラッと見るなり、高すぎるわとつぶやいた。シャネル・ショップは初めてだったようだ、とあとでホイットニーは言っていた。北京では、二人はよくグランドハイアットでお茶を飲んだ。ホイットニーはときどき、ビジネスの提案を持った人物を連れていったが、谷麗萍は熱心に聞くだけで、話に乗ろうとはしなかった。結局、ホイットニーは彼女と出かけるのをやめてしまった。谷麗萍には、政治的な後ろ盾も、将来の展望も、何かをなそうという意志もないと判断したからだ。「彼女は話をするだけで行動しようとしない」とホイットニーは不満を漏らしていた。

彼らの死んだ息子、令谷に対する嫌疑も疑わしいものに思えた。国営のメディアは、彼が政治的な秘密結社を作ろうとしていたと非難したが、冗談じゃない。彼がやっていたのは読書サークルだ。私はこの目で一部始終を見ていた。本をいくつか紹介したくらいだ。

中国では、共産党は、証拠をでっち上げ、自白を強要し、事実に関係なく自分たちが選んだ容疑をかけることができる。システムが非常に不透明なために、多くの人がだまされて、党がかけた容疑を信じるのだ。中国の経済成長率と同じである。党が目標を設定すると、毎年、奇跡のように、小数点以下まで一致した数字が達成される。外国人を含めて誰もが同じ嘘を受け売りするのは、共産党が、真実を隠し、異論を封じることに熟達しているからだ。事実とフィクションを見分けるのは不可能に近い。

だが、私たちは個人的に令一家と親しくしてきたので、彼らに対する嫌疑は馬鹿げているし、国営メディアが報じた彼らの推定資産はでたらめだとわかった。令計劃が粛清されたのは、平均的な官僚よりも腐敗していたからではなく、競合する政治勢力を彼が代表していたからだ。それが衆目の一致する見方と言っていい。

そして孫政才《そんせいさい》の事件である。彼は、二〇二二年から二〇二三年に国家主席および党総書記としての二期目を終える習近平の後継を争っていた。二〇一二年に薄熙来が失脚したあと、孫政才は重慶市のリーダーの地位を引き継ぎ、国営メディアに手腕を称賛されていた。

ところが、二〇一七年二月を境に、彼の人生は暗転する。中央規律検査委員会が、重慶市への薄熙来の影響力を十分に排除できていない、と彼を批判したのだ。二〇一七年七月の初め、孫政才は重慶市の職を解かれ、後任には、習近平が浙江《せっこう》省のトップだったときに彼のプロパガンダの責任者をしていた男が就いた。共産党の典型的なやり方どおり、検閲官は写真やビデオクリップから孫政才の存在を消し始めた。七月の終わり、党は、彼が党規違反の疑いで捜査を受けていると発表し、孫政才は、二〇一二年に習近平が権力を握って以降、初めて汚職の嫌疑をかけられた中央政治局の現役メンバーになった（周永康が起訴されたのは降格後のこと）。彼は、二〇一七年九月には党を除名され、二〇一八年五月八日、二四〇〇万ドル相当の収賄《しゅうわい》の罪で終身刑を宣告された。孫政才の一番のライバルだった胡春華《こしゅんか》は、彼よりもわずかにうまくやっていた。胡春華は投獄はされなかったが、習近平は彼の昇進も認めなかった。二〇一七年に、彼は中央政治局常務委員会に席を得るはずだったが、一つ下のレベルに留め置かれた。

孫政才と令計劃に対する嫌疑は、習近平の命令に従った党の情報機関によって作られたものだと私たちは思っている。おそらく、胡錦濤や温家宝の息のかかった人間を中央政治局常務委員会に入れないようにしろ、と習近平が命じたのだ。彼らがいくら横領したとか、そもそも横領をしたということ自体が、手品のように帽子から出てきたものだと、私たちは思っている。習近平が彼らを粛清しろと命令し、中央規律検査委員会がその命令に従った。そして、国の検察官が、中国の法律の底なしの柔軟性を利用して、彼らをさっさと刑務所送りにした。習近平はこうやって権力を固めてきたのである。

令計劃と孫政才が続けて逮捕されたことで、少しでも中国を理解している人には、これらが汚職事件でないことがはっきりした。私の言葉で言うなら、これは政治的な暗殺である。反腐敗キャンペーンは、例えば赤い貴族など、習近平がひいきにする人々は捜査対象にしなかった。その典型が、上海幇《バン》を率いる江沢民に関係する人々である。二〇一四年一月、党は、北京の超高級ナイトクラブに閉店を命じた。だが、デイヴィッド・リーの「マオタイクラブ」は閉鎖されなかった。デイヴィッドの義父である賈親分が、江沢民と固い絆で結ばれており、江沢民の後押しがなければ、習近平の今の地位はなかったからである。

孫政才は、二〇〇六年に農業農村部長になった日から、出世階段を登ることにレーザーのように照準を合わせていた。ヘマをしないかぎり、最後には中央政治局常務委員会に入り、国家主席になれなかったとしても総理になると、彼はホイットニーに言っていた。彼は、どんな行動をするときも、常に目標を見据えていた。

党は、孫政才が売春婦を買い、賄賂を受け取ったと主張した。だが、私たちは彼をよく知っている。彼は金銭やセックスに対して強い欲求を持っていない。彼が執拗に欲しがっていたのは権力だ。人口一四億の国を手中に収めることができるかもしれないのに、どうして女性や数百万ドルの金を追いかける必要があるだろうか。

ホイットニーと私が見てきたところでは、汚職の誘惑に負けるのは、たいがい退職が近く、私腹を肥やそうとしている官僚で、国を支配しようと競い合っている人間ではない。私たちの見てきた孫政才は、不正行為の嫌疑をかけられないように注意して仕事をしていた。順義《じゅんぎ》区にいたとき、彼は確かに有力者たちに便宜を図って土地を分配したが、あれは、厳密に法的な意味で汚職ではなかった。それに対し、習近平と手下たちは、明らかに意図して、孫政才に関する事件をでっち上げたのだ。そうなったら、彼にはなすすべがない。中国では、歴史を通して、多くの皇帝がたくさんの皇子たちを葬ってきた。今、起きていることも同じだ。

もし令計劃と孫政才が粛清されなかったら、今ごろは二人とも中央政治局常務委員になっていただろう。そして、中国共産党は、一九八〇年代に鄧小平が生み出した集団指導という考え方を維持していただろう。集団指導体制は完璧なシステムではなかったが、一人の人間が、この場合は毛主席がすべてを支配する時代に、中国が逆戻りするのを防いでいた。競争相手や後継者候補が、出世コースから外されたり投獄されたりした今、習近平はさらに大きな権力を掌握する方向に向かっている。二〇一八年三月、彼は、国家主席の任期を廃止する憲法改正案を強硬通過させ、自分が終身皇帝になる道を開いた。共産党中央宣伝部の彼の従者たちは、習近平を「人民領袖《りようしゆう》」（訳註・「人民の指導者」を意味し、もっぱら毛沢東に冠せられていた呼称）と呼んだ。毛沢東を取り巻いていた個人崇拝への逆行である。習近平の顔は、ポスターや、茶碗や、皿に描かれ始め、習近平の名前は、党の機関紙『人民日報』の一面を毎日飾るようになった。彼があまりにも多くの権力を握ったために、中国人は彼を「全面主席（万能の主席）」と呼び始めている。

第18章 別離

北京・イギリス 2014-2017

北京のフォーシーズンズ・ホテルに併設されたマンションには会議室があり、そこがホイットニーと私の休戦地帯だった。私たちはときどきそこで会い、アリストンの養育やほかの問題について話し合った。二〇一四年八月のある午後、私はホイットニーに呼び出された。彼女はいつも単刀直入だったが、このときもそうだった。「離婚したいの」と彼女は言った。

私は驚かなかった。小さな出来事から、彼女がその方向に動いているのを感じ取っていたからだ。彼女は、私たちがマンションに据え付けたオーストリア製の金庫の暗号を変えた。それが表すメッセージは明らかだった。「この中のものをあなたにあげるつもりはない」ということだ。よりを戻すことは考えていなかったので、彼女の宣言にも気持ちは動揺しなかった。それでも、こういう結果になったのは残念だった。

あとになって、彼女の行動は、自分の出す条件で私を引き戻すための手段だとわかった。別居しているあいだ、ホイットニーは自分の母親をよこして、家に戻るように私を説得させ、私の母に関係を修復するのを助けてほしいと頼み込んだ。私は、ホイットニーが私たちの関係を実質的に変えると言ってこないかぎり戻るつもりはないと、はっきり伝えた。私が望んでいたのは、二人の立場を、彼女が優位な状態から平等なものに変えることだった。彼女は、仕事でも私生活でも、自分が決めることに慣れてしまっていた。それは変えるべきだった。確かに、ホイットニーは、私が暗闇をさまよっていたときに、指針となり、いろいろなことを教えてくれた。だが、私は、自分が成長するにつれて彼女も一緒に成長し、私の居場所を作り、私を対等に見てほしいと思うようになったのだ。

ホイットニーは、自分が出す条件で私を引き戻すことしか考えていないという私の印象は、彼女の離婚調停案を聞いてさらに強まった。彼女が私に渡すものとして提示したのは、香港に住む旧友の丁屹《ていきつ》に貸した三〇〇〇万ドルだけだったからだ。だが、その金は裁判のために凍結されていた。

東方広場での話し合いが険悪さを極めたとき、彼女は、離婚するのだったら、びた一文あげるつもりはないと断言した。「友だちから取り戻せばいいじゃない。あなたがやった取引でしょ。私の友だちじゃないわ」と彼女は言った。

「でも、きみが急に手を引かなければ、こんな問題は起きてなかった」と、私は反論した。

「運が悪かっただけよ」と、彼女は言い返した。

基本的に、ホイットニーは私を資金難に追い込もうとしていた。そうなれば、私が両手をついて復縁を請わざるを得なくなると思っていたのだ。私たちは、ずっと、自分たちの資産を泰鴻《たいこう》名義の口座で管理していた。私個人のお金はほとんどなかったし、どんな書類にも私の名前は載っていなかった。確かに、私は苦境に立っていた。

かつての妻と、かつての親友という、二つの前線での戦いを余儀なくされた私は、人生で最も困難な状況に直面していた。それは、パームインフォの失敗や、空港のボス李培英《りばいえい》の失踪が引き起こした大混乱や、『ニューヨーク・タイムズ』の記事よりも苛酷だった。瞑想を再開し、この状況を何とか乗り切ろうとして、以前の危機で学んだ教訓を思い出した。かつて読んだ哲学的な本を手に取った。日常生活の些事《さじ》から距離を置き、感情を遮断し、私の両親が香港に移住したときのように、その日を乗り切るために必要なことだけをした。

北京の郊外に香山《こうざん》という丘があり、古いものは十二世紀に遡る建造物が点在している。頂上に続く数千段の石段を登りながら、私は日々の生活に活かせる教訓を得た。頂上ではなく目の前の階段に意識を集中させ、一歩一歩を重ねていけば、行くべき所にたどり着ける、と自分に言い聞かせるのだ。この教訓は、私にとって今でも有効だ。自分にコントロールできるものをコントロールしろ。ほかのことは気にするな。プールからはいつだって出られるんだ、と私は心の中で繰り返した。それでも、ひどくつらい時期ではあった。片や二〇年来の友人が私から金をだまし取ろうとし、片や私の息子の母親が私を一文なしにしようとしていた。

私が三〇〇〇万ドルを取り戻そうとした旧友の丁屹は、香港の法院に提出した書類の中で、温一家の資産についての『ニューヨーク・タイムズ』の記事を取り上げ、状況を複雑にした。おそらく、法官を怯《おび》えさせて、裁判を取り止めさせようとしたのだろう。幸いなことに、それはうまくいかなかった。だが、丁屹はまだ別のカードも持っていた。私の訴訟が係属中であるにもかかわらず、破産宣告をしたのである。金を二番目の妻の名義に移したのではないかと思う。あれから数年経つが、裁判はまだ結審していない。

ホイットニーも、あらゆる手段を使って私と戦おうとしていた。私たちは香港で結婚したのに、彼女は北京の人民法院に離婚訴訟を扱わせることに成功した。中国本土のほうが法官に圧力をかけやすいからである。中国には共有財産という概念がない。彼女は完全勝利を狙い、どんな経済的安定も私に与えたくないと思っていた。

残された選択肢は強硬手段しかなかった。実行するかどうかじっくり考えた末に、私は、重大な損害につながる情報を漏らすと言って彼女を脅した。『ニューヨーク・タイムズ』の記事も利用した。私たちのビジネスは中国当局の捜査対象になっており、意図して柔軟性が与えられた共産党の法律の性質を考えると、否定的に解釈される事実が必ずあるのだ。犯罪の嫌疑をかけられないように注意してきたホイットニーだったが、私の脅迫によって和解を受け入れざるを得なくなり、私は快適に暮らすのに十分な資金を得た。二〇一五年十二月十五日、私たちの離婚はついに成立した。

二つの厳しい試練から、私は、人生の不確かさについて、特に一寸先が闇の中国で生きることについて、多くのことを学んだ。友情は信じられないし、結婚も頼りにならなかった。それなら、どんな関係が残るというのだろう。

もちろん、こうした問題は中国の外でも起きている。しかし、この二つの話には明らかな特徴がある。一つは、ホイットニーや、丁屹、彼の二番目の妻イヴォンヌまでが、一方の得が他方の損になり、勝者がすべてを獲得するという非情な考え方を貫いたことだ。かつてバーのホステスだったイヴォンヌは、破産宣告をした夫の跡を継いで、香港交易所の上場企業の会長になった。イヴォンヌの転身には唖然とするが、当時の中国では、そうした「大躍進」は珍しくなかった。

情け容赦しないという姿勢は、共産主義体制が生んだものだ。私たち中国人は、幼いころから熾烈な生存競争の中で戦わされ、強い者だけが生き残るのだと言われて育つ。協力することや、チームプレーヤーであることは教えられない。私たちが学ぶのは、どうやって世界を敵と味方に分けるかであり、味方との同盟関係も一時的なもので、仲間は消耗品だということである。党に命じられれば、両親や、教師、友人でさえ密告する覚悟ができている。そして、重要なのは勝つことであり、良心の呵責に苦しむのはバカだけだと教えられる。これが、一九四九年以来、共産党が権力を維持するのを可能にした指導原理なのだ。マキャベリが中国にいたら、きっと居心地が良かったにちがいない。私たちは、生まれた時から「目的は手段を正当化する」と教えられるからである。共産党が支配する中国は非情な世界なのだ。

もう一つは、こうした出来事の中で政治が大きな役割を果たしたことである。ホイットニーが離婚訴訟を北京で起こしたのは、お得意の「関係《グワンシ》」を使って和解に持ち込めると考えたからだ。ある審問の最中に、法官が、電話が入ったので失礼と言って席を外した。ほら来た。法官に自分の思いどおりの裁定をさせようと、彼女が裏で動いているんだ、と私は心の中でつぶやいた。電話の内容は知るよしもなかったが、この一件で、私は脅迫が唯一の解決策だと確信した。丁屹も、『ニューヨーク・タイムズ』の記事を利用して私の悪評をアピールし、訴訟を有利に導こうとした。一方は離婚訴訟であり、もう一方は金銭的な紛争だったが、どちらにも政治が絡んできた。そのため、離婚と裁判が進行するにつれて、再び、中国を去るべき時が来たのではないかと、私は考え始めた。

中国の体制からの疎外感は、ほかでも強まっていた。私は、ホイットニーに促されて赤い貴族のメンバーと付き合うようになった。最初に、デイヴィッド・リーのような有力な縁故を持つ青年に会ったときは魅力も感じたが、時が経つにつれて、この階級のメンバーに失望するようになった。

中国の指導者たちの息子や娘は、自分たちだけで一つの種を構成している。彼らは、一般人とは異なる法則に従って生き、次元が違うと思える所に暮らし、ほかの中国人から隔離されている。彼らが住む場所は高い塀の向こう側にあるのだ。大衆とは買い物をする場所が違うし、食べ物は独自のサプライチェーンを通じて入手する。運転手付きのリムジンで移動し、一般人が入学できない学校に通い、特別な病院で治療を受け、政治的な縁故を通じて資産を作り、それを売却したり貸したりするのだ。

ホイットニーの差配で、私はそうした人々とたびたび顔を合わせ、知り合いになった。その中に劉詩来《りゅうしらい》がいた。彼は、中国革命に参加した古参であり鄧小平《とうしょうへい》の仲間だった谷牧《こくぼく》の孫である。谷牧は、一九七〇年代から一九八〇年代にかけて副総理を務め、中国の経済改革を推進したキーパーソンだった。劉詩来はうちの近くに住んでいた。

劉詩来は、多くの赤い貴族に典型的な方法で、つまり、政治的なコネを売って資産を作っていたようだ。例えば、ディスコのために消防署の許可を取ったり、美容外科のために医師免許を取ったりし、それと引き換えに収益の一部をもらうのである。

劉詩来は、彼らのような赤い貴族が本物の貴族のように見られることを望んでいた。

彼は世界中でポロをプレーし、タイの大会で優勝したり、北京でトーナメントを主催したりした。そこでは、共産主義中国という王家の貴顕《きけん》たちが交歓し、中国の貴婦人たちは、お手本であるイギリスの上流階級を見習って、つばの広い帽子を被っていた。

一九八九年の民主化運動が弾圧された六月四日のことについて、劉詩来と話し合ったのを思い出す。彼はまだティーンエイジャーだったが、デモ隊が本当に中国共産党の転覆に成功したらどうしようと親族みんなで怯えていた、と言っていた。当時、彼は、祖父の谷牧と一緒に、北京市中心部の四合院《しごういん》に住んでいた。六月三日の夜、劉詩来は膝の上にAK－47〔訳註・旧ソ連で開発された自動小銃で、人民解放軍でも使用された〕を載せ、家で寝ずの番をしていたという。外では、人民解放軍がデモ隊を攻撃し、天安門広場を一掃していた。

もう一人の赤い貴族の友人は、仮にヴォルフガングとしておこう。彼の祖父は、一九三〇年代から一九四〇年代にかけて中国共産党の最高指導者の一人だった。革命後は重要なポストに就いていたが、一九五〇年代後半に、何百万人もの人が餓死した破滅的な「大躍進政策」を批判して、毛沢東《もうたくとう》と衝突した。祖父は、数十年間、政治的に追放されていたが、一九八〇年代に鄧小平によって地位を回復された。

祖父は、自分の経験から、息子、つまりヴォルフガングの父親に政治の世界を避けるように命じたため、父親は科学を学んで研究機関に就職した。鄧小平が市場志向の経済改革をスタートさせると、ヴォルフガングの父親は小さな製造企業を興し、中国で広く使われているが厳しい規制のある製品を作り始めた。彼は、血筋を利用して政府との契約を獲得した。

ヴォルフガングは、北京で赤い貴族の一員として育ち、党の高官の子弟と一緒に、エリート校の景山《けいざん》小学校に通った。彼がティーンエイジャーになると一家は中国を離れ、彼はアメリカで教育を受けた。大学卒業後、父親は一人息子のヴォルフガングを中国に戻し、自分の会社に入れた。

会社は着実に利益をあげていた。実際、スターバックスで一杯のコーヒーを飲むときから、上海で数百万ドルの豪邸を購入するときまで、中国で行われるあらゆる商取引で利益が生まれた。やがて、人民解放軍が経営する別の企業が同じ分野に参入してきたが、そこには二つの企業が繁栄するのに十分な余地があった。国有企業が、共産党のエリートの子孫が支配する企業と市場を分け合う複占は、中国ではよく見られる。

ヴォルフガングは、会社の生産ラインを拡張し、膨大なデータにアクセスできるサービスを始めた。そのデータに中国の警察が大きな関心を示した。彼は、暗に血統のために彼を信頼した警察とデータを共有した。警察は、代償として、彼の会社への発注を増やした。

ヴォルフガングと私は、よく中国の体制について話したが、彼は、党の大物たちに売春婦をあてがった話で私を楽しませてくれた。党の官僚とのあいだに強い絆を作る一番効果的な方法は、官僚と数人の女性を一つの部屋に入れることだそうだ。彼は、体制の欠点も、腐敗も、それがどれほど人々の心をゆがめているかも理解していた。彼は、イデオロギーや価値観の点では中国を擁護しなかったが、自分の血筋を利用して大金を稼ぐことは楽しんでいるようだった。『ゴッドファーザー』のマイケル・コルレオーネ〔訳註・マフィアのドンの三男。大学出の知的で沈着冷静な人物で海兵隊の英雄だったが、ファミリーの危機に際して図らずもドンを継ぐことになる〕にちょっと似ていると思った。私には、彼がしぶしぶやっているマフィアに見えた。

表面的には、彼はすっかり欧米化されていた。完璧な英語を話すし、妻は台湾人だった。ところが、共産党の体制には疑問を抱いていなかった。実際に、自社のデータを警察と共有し、国家安全部に食い込んで体制の維持に協力していた。

その一方で、ヴォルフガングは外国のパスポートを持ち、資産の大部分を海外に投資していた。彼と、政治について議論になったことがある。私は、彼の資産の大半が国外にあることを知りながら、「きみの資産はどこにあるんだい？」と尋ね、中国のものでないことを知りながら、「どんなパスポートを持っているの？」と聞いた。

海外で教育を受けたヴォルフガングのような人々が中国を変える原動力になる、と評論家たちは長いあいだ主張してきた。海亀族が欧米から普遍的な価値観を持ち込み、中国を良い方向に動かすと言うのだ。だが、ヴォルフガングのような人々は、自分たちがそんな役割を担っているとはけっして考えていない。彼の利益は、中国が今の状態を維持することにあるからだ。今の中国があるから彼は裕福でいられるのであり、欧米的な自由と、権威主義的な中国の管理された複占という、二つの体制の恩恵を享受できているのである。

ヴォルフガングのような人々を見れば見るほど、私は、害を増していく中国の共産主義という災厄を、彼らが効果的に助長していると思うようになった。彼らは、巨万の富と引き換えに魂を売り渡したのだ。ホイットニーと私は、彼らやその親たちが決めたルールに則《のっと》ってプレーし、成功した。しかし、ルールがゆがめられていることも知っている。ホイットニーはこのゆがんだ体制を快適だと感じていたが、私は抜け出したかった。

法廷ではホイットニーと争っていたが、アリストンの養育に関しては表面的な協調を保っていた。彼が生まれてすぐに、ホイットニーは綿密な教育計画を立てた。まず、北京にある3eという小さなインターナショナルスクールの幼稚園に入園させた。そして、中国のエリートという立場にふさわしい趣味として、劉詩来の乗馬クラブに申し込んだ。幼稚園のあとは、北京で最も優秀な、中国人民大学の附属学校に行かせる計画だった。大学では海外に出して、アメリカかイギリスの大学へ進学させようと考えていた。

しかし、北京のひどい大気汚染と、中国を離れたいという私の欲求が後押しして、ホイットニーの考えが変わった。二〇一五年、アリストンと私はイギリスに引っ越した。ホイットニーと私は彼のために学校を見つけ、四月にはイギリスに落ち着いた。

その年の後半、ホイットニーは二、三カ月イギリスにやってきて、私の家の近くにタウンハウスを借り、環境の激変にアリストンを慣れさせようとした。私は、すでにアリストンの主たる養育者の役割に専念していた。家族の遺産継承に関する研究から私が学んだことを一つ挙げるとしたら、子どもに多くの時間を使ったことを後悔する親はいないということだ。

また、私は、自分の両親との関係を改善するために、彼らを世界各地へ旅行に連れていった。日程の細部まで念入りに計画し、彼らが快適に過ごせ、おいしいものを食べ、世話が行き届くようにした。イタリアを旅行中にフィレンツェで昼食を取ったとき、母が、遠くを見ながら、誰に話しかけるでもなくつぶやいた。「驚いたわ。おまえがこんなに親孝行だったなんて」

ホイットニーは、依然として、復縁する気があることを私の母にほのめかしていた。あれほど容赦なくやり合った離婚のあとで、彼女がまだ私に戻ってきてほしいと思っているのは皮肉だった。それを考えると、彼女は、心のどこかで、二人で一緒に作り上げたものや、私が彼女の人生にもたらしたものに、価値を見出していたのかもしれない。そして、心の奥底には、ビジネスでの闘いや中国の体制との闘いに一人で臨まなければならない孤独や恐怖があったのだと思う。ホイットニーは屈折した人間だった。彼女が、イギリスにいるあいだに乗る車を買おうとしていたとき、私に、ショールームまで一緒に行って、選ぶのを手伝ってほしいと言ってきた。

「きみの車だろ」と私は言った。

「でも、あなたが選んでよ」と彼女は言葉を返した。「あなたなら、どれが一番いいかわかるでしょ」

別の時には、私のほうを見て「私は人間関係がじょうずじゃないの。不安なのよ」と言った。だが、私の気持ちは動かなかった。私が求めていたのは心からの謝罪だったが、彼女はプライドが高すぎるのだ。

いろいろ言っても、彼女は、中国に関する判断ではまだ自分のほうが勝っていて、私は中国でのやり方についてまだ学習する必要があると信じていた。二〇一六年のある日、私たちは落ち合ってコーヒーを飲んだ。そのときは二人とも香港にいた。私は、再び、きみはリスクを分散するべきで、泰鴻の資産の一部を国外に移したほうがいいと勧めた。ただ単に、親身になってアドバイスをしたつもりだった。みんなそうしている、と言葉を足した。実際、あまりにも多くの人が中国から資金を持ち出すので、政府は資本移動の規制に踏み切っていた。ホイットニーは、したり顔でにやにや笑い、「中国はこれからもすごい勢いで成長を続けるわ」と言った。そして、意味ありげな沈黙のあと、「みんな先を見る目がないのよ」と付け加えた。あたかも、その能力が自分にはあって、私にはないような言い方だった。二〇一七年、私が北京を訪れているときに、彼女は口を滑らせ、党の当局に出国を禁じられているのだと漏らした。だが、心配している様子は見えず、頼むから中国を出てくれという私の懇請をあっさりと退けた。「こんなの、一時《いっとき》のことよ」と彼女は言った。

あとがき

二〇一七年八月、私がホイットニーと共有していたマンションを、私の友人が訪ねた。夏休みを母親と過ごしたアリストンをイギリスに連れて帰るために、迎えに行ってもらったのだ。ホイットニーは、別れのあいさつをするために階下に降りてきた。外では、空港に向かう車が彼らを待っていたので、ホイットニーは寂しげに微笑んだ。「あの子をこの世に産み落としたのは私なのに、これからは私なしで生きていくのね」と彼女はつぶやいた。

ホイットニーに、自分が間もなくいなくなるという予感があったかどうかは、わからない。もしあったのなら、もっときちんと身辺整理をするなり、自分を守ろうとするなりしていただろう。それでも、わが子を引き渡す孤独な女性のイメージは、私の頭から離れなかった。ホイットニーは、当局が連行しに来るのを感じ取っていたのだろうか？　習近平《しゅうきんぺい》の反腐敗キャンペーンでは何千人もの人々が拘束された。ホイットニーは出国を禁止されたが、深刻に受け取っている様子はなかった。だが、数カ月前にその話を聞いたときには、かつてのように率直に語り合えなくなって、ずいぶん時間が経っていた。

夫という立場ではないにしても、私が親身になって話を聞いたり助言したりする存在として、彼女の生活の中に留まる努力をしていたら、事態は違っていただろうか？そう考えずにいられなかった。私が家を出て、二〇一五年に離婚に至ったとき、ホイットニーは、すべてを共有していた世界で唯一の人間を失ってしまった。確かに、ほかにも親密な付き合いをしていた人はいたが、かつての私のように彼女を理解している人間はいなかった。彼女は荒馬のような野望に乗っていた。壮大な夢を抱き、脇目もふらず突き進んだ。彼女のしようとしていることが、あまりにも危険に思えたり、リスクが大きすぎると感じたときは、たびたび引き止めた。しかし彼女は、客観的な意見を言い、転落を防ぎ、警告を発する存在を、離婚によって失ってしまった。彼女が拉致されたのは、私たちが建設したブルガリ・ホテルの複合施設にある、彼女の新しいオフィスだった。私は中国じゅうの当局の知り合いに問い合わせたが、彼女の行方を知る人はいなかった。

さまざまな噂を耳にした。ある中国有数のエコノミストは、ホイットニーは薬物を打たれ、おそらく暴行を受けただろうと推測した。たとえ生きて帰ってきても、共産党の秘密警察によって脊椎に何かを注入され、生ける屍《しかばね》になっているだろう。そのときはもう別人になっている、と彼は語った。中国人実業家で反体制派になった郭文貴《かくぶんき》〔訳註・二〇一四年にアメリカに亡命し、中国上層部の腐敗を暴露したと言われている〕は、彼女は共産党の当局に殺されたと知らせてくれたが、噂話を広めるのが好きな人間なので、その見解はまず当てにならない。『ニューヨーク・タイムズ』の記者デイヴィッド・バルボーザまでが、私のコメントを取ろうと連絡してきた際に、ホイットニーは死んだという噂を口にした。彼女が帰されないのは、一つには、罪を否認しているからではないか、と私は思っている。「私の死体を棺桶から引きずり出して鞭打っても、ほこり一つ出ないようにする」と、彼女はいつも言っていた。ホイットニーはとてつもなく強情な人間なのだ（だった、と言うべきかもしれない）。

ホイットニーの失踪は、私の中で膨らんでいた共産主義中国に対する見方を強固にした。私は、祖国と党を愛するように育てられた。私の世代の多くの人々がそうだったように、自然と愛国心が身についた。共産主義革命家たちの偉業を詳しく描いた漫画を読みあさっていたころから、私は、中国を再び偉大な国にする運動に無意識に参加していた。一九八〇年代後半にアメリカへ留学していたときグリーンカードを取得しなかったのは、中華圏で自分の道を切り開くという目標があったからだ。二〇〇〇年代の北京では、文字どおり首都の建設に没頭して、空港を大きく改善し、間違いなく中国で最も洗練されたホテルと、オフィス棟からなる複合施設を建設した。

だが、いったいどんな体制が、ホイットニー・デュアンを襲ったような違法な拉致を許可するのだろう？　人を世の中から消し去り、そのことを両親や息子に知らせもしない権利を捜査機関に与えるのは、どんな体制なのだろう？　アリストンは当然、母親に会いたがっていたが、彼や私たちみんなを最も苦しめたのは、彼女に何が起きたのかがわからないことだった。ホイットニー・デュアンはどこにいるのか？　果たして、生きているのだろうか？

中国にも、被疑者の取り扱いについての規則がある。一九九七年に施行された改正刑事訴訟法は、警察に最長三七日の被疑者の勾留を認めているが、そのあとは釈放するか、正式に逮捕しなければならない。きついジョークだ。ホイットニーは失踪してから何年にもなるが、影さえ見せていない。

また、共産党が党員を捜査する仕組みの不透明さも、体制の基本的な倫理観に疑問を抱かせる。捜査を実施するのは中央規律検査委員会だ。一九九四年に党が制定した「双規」と呼ばれる制度は、捜査機関に、党規違反が疑われる人物を拘束する権限を与えているが、「双規」はどんな法律の制約も受けない。規則上は無期限の勾留が可能なのである。ホイットニーがその制度によって拘束されているのは間違いない。繰り返すが、いったいどんな体制が、法律を超越した活動を政党に許し、被疑者を何年も外部との連絡が取れない状態にしておくのだろう？　こうした運命に陥っているのはホイットニーだけではないが、彼女は、音信不通のまま最も長く監禁されている人間にちがいない。

中国に対する私の見方は、胡錦濤《こきんとう》総書記・温家宝《おんかほう》総理体制の二期目だった二〇〇八年に悪化し始めた。中国のレーニン主義体制の論理は、毛沢東《もうたくとう》主席の時代から基本的に変わっておらず、完全な支配を追求することを共産党に求めている。党が管理の手を緩め、自由な起業を認め、市民の自由を拡大するのは、危機的状態になった時だけである。共産党はしぶしぶ規制を緩和し、また元の形に戻すのだ。二〇〇八年以降、党は、経済や、メディア、インターネット、教育制度などに対して、再び管理を強化し始めた。編集者は首にされ、出版業者は逮捕され、大学教授は解雇され、インターネットは検閲され、すべての民間企業に党委員会の設置が義務付けられた。中国経済が成長したことで、共産党が支配を強化する機会が生まれたのである。

党と、ホイットニーや私のような起業家との蜜月は、敵を分断して殲滅《せんめつ》するという、ボルシェビキ革命で生まれたレーニン主義の戦術にすぎなかった――それが私の結論である。実業家との同盟関係は一時的なもので、社会を完全に支配するという党の目標の一部を達成するために必要だっただけなのだ。ひとたび経済が発展し、海外への投資が進み、香港の自由を制限できると、私たちは無用になり、党の敵になったのである。

二〇一二年に習近平が権力の座に就くずっと前から、中国は反自由主義的な方向に動いていた。彼はただその動きを加速させたにすぎない。習近平は、党を巧みに操って中国国内の支配を最大限に拡張しただけでなく、党を使って中国の抑圧的な体制を海外に輸出した。これもまた、中国の体制の論理に沿ったものだ。中国共産党は、力を増すにつれて領域を拡大し、その中で自らを守ろうとする体質を持っているからである。この動きは、二〇二〇年に、香港の「国家安全維持法」を成立させたことでも見て取れる。この法律は、意図的に曖昧に書かれているが、実際は、誰がどこで行うかにかかわらず、香港政府を批判する発言を非合法化するものだ。まさにインペリアル・オーバーストレッチ〔訳註・大国が他国に過剰に介入すること。ポール・ケネディが『大国の興亡』で用いた用語〕である。

中国共産党が個人の自己中心的な利益よりも集団の利益を優先しているというのは、彼らが作った嘘である。個人の権利という強迫観念に辟易している多くの欧米人が、中国共産党は公益を重視しているという幻想を信じている。現実には、党の主な目的は、革命家たちの息子や娘の利益に奉仕することだ。最大の受益者は彼らであり、彼らこそが、経済的、政治的権力の中心にいるのである。

三〇年前、両親は私を共産主義国から香港へ連れ出した。自由で、資本主義的な、欧米志向の文化の中で育ち、教育を受けた私は、人間が潜在的に持つ能力の可能性と価値を学んだ。中国共産党が、自分たちの破滅的な失敗から立ち直るために、国民に一息つかせた一九七〇年代の後半、党は少し窓を開け、世界の人々が、もっと自由で開放された中国を想像できるようにした。ホイットニーと私は窓の隙間を通り抜け、またとないチャンスをつかんだ。能力のすべてをつぎ込み、夢を実現し、中国を建設する機会だった。

今、さまざまな資源を手に入れた中国共産党は、逆戻りして本来の性質を露呈し始めた。時を同じくして、私は、人間に得られる最も貴重なものは、富や仕事の成功ではなく、人としての基本的な尊厳や人権だということに気づいた。その理想を共有できる社会で生きるために、中国ではなく、西洋世界を選んだ。それは私だけのためではなく、息子のためでもある。

謝辞

本書は、愛と勇気から始まったプロジェクトである。愛情と、愛すること、愛されることによって、この本は生まれた。

私が本書を書いたのは、息子アリストンへの愛情のためである。アリストンは、私が抱き続けてきた父親になるという夢をかなえてくれた。父と母が実際はどういう人間で、何を成し遂げ、どんな経験をしてきたかを、彼に知ってほしいと思ったのだ。

私を愛してくれる人がいる。その最愛の人の支えがなければ、この仕事を最後までやり遂げられなかっただろう。妻の Ci Sun は、私の人生に天から与えられた恵みである。彼女がいなければ、中国に別れを告げたあとの道のりは、とても困難なものになっていただろう。彼女は、私がしようとすることをすべて受け入れ、前に進むよう励ましてくれた。

本書が出版されたあとにどんな嵐が襲ってきても、彼女は、自分の人生の一部を犠牲にして、私と一緒に立ち向かってくれるだろう。中国へはもう戻らない覚悟をしているのだ。これは、彼女にとって、とても重い決断である。元の妻、ホイットニー・デュアンにも感謝したい。彼女がいなければ、今の私はなかった。彼女は、本書の影のパートナーだ。そして私の両親がいる。彼らは、彼らなりのやり方で私に愛情を注いでくれた。今は、このプロジェクトを支援するために、中国共産党から受けるかもしれない迫害に備えている。

本書を書き上げるには勇気が欠かせなかった。中国共産党という無法な権力に対して、ひるまずに真実を語るためには、持てるかぎりの勇気を振り絞らなければならなかった。執筆に至るまでにも多くの人々の助けがあった。キース・バーウィックは、アスペン研究所のクラウン・フェローシップ・プログラムで私のメンターだった。私がビジネスよりも大きな価値があるものを探していたとき、彼は貴重なヒントを与えてくれた。勇気と、正義と、愛という指針を教えてくれたのだ。彼は今なお、私に意欲と勇気を奮い起こさせてくれる。「第九交響曲クラス」〔訳註・アスペン研究所の二〇〇五年のヘンリー・クラウン・クラスに付けられた名称〕の仲間たちの、人を助けるための献身や、自分以外の誰かのために生きたいという願望には、大きな刺激を受けた。ジョーダン・カサロウの、窓を開けて嵐と向き合う話は特に印象に残っている。もう一人のアスペンのクラウン・フェローであるビル・ブラウダーが『レッド・ノーティス』〔訳註・日本語訳は『国際指名手配――私はプーチンに追われている』集英社・二〇一五年〕を出版した勇気には、ずっと鼓舞されている。その回顧録と出版後の彼の行動は、無法な権威主義体制に立ち向かうすべての人々の道しるべとなった。マシュー・ポッティンジャーは、アメリカの国家安全保障会議に四年間勤めていた。彼が、完璧な北京官話で「寧鳴而死、不默而生（沈黙して生き永らえるより、声を上げて死んだほうがいい）」と、范仲淹《はんちゅうえん》の詩の一節を朗唱する姿は、今も脳裏に焼き付いている。范仲淹の詩は、本書を執筆するうえでのモットーであり、巻頭のエピグラフにも使った。

　人間の尊厳を追求するために、圧力に屈せず、自分を犠牲にした香港の人々を外せないのは、言うまでもない。私は、彼らの勇気に畏敬の念を抱いてきたし、自分も、故郷と呼んでいた街のためにできることをしたいと思っている。

　また、執筆パートナーのジョン・ポムフレットがいなければ、本書は実現しなかっただろう。彼の中国に関する知識と経験のおかげで、スムーズで実り多いやりとりができた。また、思慮深く、勤勉なポムフレットとの共同作業はとても楽しいものだった。これからも友だちでいてくれたら嬉しい。

　プロジェクトの過程で意見を交換した友人たちにも感謝したい。アンドリュー・スモールは、彼がオックスフォード大学を卒業したときからの友だちだ。その後、地政学の第一人者になったので、ますます会話の機会が待ち遠しくなった。彼と話していると、必ず新しい発見があるのだ。范疇《はんちゅう》は、台湾の政治と両岸関係に関する代表的な思想家・著作家である。既成概念にとらわれない彼の思考は、一〇年以上にわたって重要な示唆を与えてくれている。トマス・エイモン＝ラリタスは、常に私を支えてくれる、思いやりのある友人である。地球全体を視野に入れた政治とビジネスに関する彼の知識は、他の追随を許さない。ほかにも名前を挙げるべき友だちはいるのだが、反逆者の友人や家族に制裁を加えようとする中国共産党の悲しい習性を考えて、自分の胸にとどめておくことにする。

おとなになってから、ずっとファッションやスタイルを楽しんできた。気に入った服に身を包むと、気分が高揚して夢が膨らみ、もっと大きなことができるように思えた。そんな世界に連れていってくれたのが、生涯の友人であるスティーヴン・ラックだ。四〇年経った今でも、ファッションのアイデアを語り合い、愛用する製品を作る最高の職人について情報を交換している。

一九九〇年代の初め、中華圏でトップクラスのプライベート・エクイティ企業だったチャイナベストに対する感謝は、忘れたことがない。ジェニー・ホイは私を採用してくれた。デニス・スミスとアレックス・ナンは、私がビジネスプランの作り方や投資のセンスを磨くのを助けてくれた。

力を合わせて中国で有数の不動産プロジェクトを成功させてきた泰鴻《たいこう》の仲間たちにも感謝している。中国共産党の報復の恐れがあるので、名前を挙げることができないが、本人はわかるはずだ。さまざまな支援をありがとう。

エージェントを務めてくれた、エイミーとピーターのバーンスタイン夫妻にも感謝したい。二人は私の話の意義を見出し、主要な出版社に企画を持ち込んでくれた。本書が完成にこぎ着けたのは、二人の手引きがあったからである。そして、スクリブナー社は理想的なパートナーだった。担当編集者のリック・ホーガンは、この駆け出しの書き手に対して、尋常でない寛容さを示してくれた。彼の見識と忍耐力には驚くべきものがある。本書の緊急性を理解してくれたスクリブナー社のチーム全員に感謝したい。チームのメンバーは、発行人のナン・グレアム、宣伝とマーケティングの責任者ブライアン・ベルフィリオ、権利関係の責任者ポール・オハロラン、マーケティングの上級責任者ブリアナ・ヤマシタ、上級進行責任者のマーク・ラフラー、アートディレクターのジャヤ・ミセリ、編集アシスタントのベケット・ルエダである。そして最後に、写真に関して素晴らしい仕事をしてくれたメグ・ハンドラーにお礼を言いたい。

訳者あとがき

北京飯店くらい大きなダイヤモンド

原著が出版される二日前の二〇二一年九月五日、イギリスに住むデズモンド・シャムの元に一本の電話がかかってきた。電話口から聞こえてきたのは、四年間耳にすることのなかったかつての妻の声だった。ホイットニーは彼に出版を思いとどまるように懇願した。デズモンドは彼女が誰かに操られているように感じたという。その電話からさらに一年が経つが、ホイットニーの所在はいまだにわかっていない。

中国の政治経済の頂点で起きていることを記した本書は、出版とともに大きな反響を呼び、一種の暴露本、告発本として多くのメディアに取り上げられた。確かに、本書は、中国でのビジネスの実態や、官僚たちの根深い腐敗、「赤い貴族」の暮らしぶり、熾烈な権力闘争、共産党の強権体質と無法性などをリアルに描いている。しかし、本書の面白さはそうした視点だけでは捉えきれない。そもそも、著者が書けなかった、あるいは書きたくなかったことがたくさんあるはずだ。ところどころに挟み込まれる弁解や欧米の価値観にすり寄る姿勢は、背後にあるものに想像の余地を残す。

では、本書を単なる暴露本にとどめず、魅力的な物語にしているものは何だろうか？　それは、登場人物の人間性が、中国の時間・空間の広がりの中で生き生きと描かれていることである。本書の中で起きるのは途方もないことばかりだが、登場するのはみんなごく普通の人間だ。金と権力に執着し、面子《めんつ》にこだわり、家族や地域のつながりを大事にし、ときに義侠心を発揮する。野心や競争心、コンプレックスや妬みも余さず描かれる。読後に振り返れば、小役人までが特徴的な風貌とともに甦るのではないだろうか。そうした人間たちに尋常でない原動力を与え、個性を発揮させているのが、彼らが生きた時代である。かつて、ある文芸批評家が一九八〇年代の東京を指して、四世紀の長安であり一九世紀のロンドンだと言った。一九二〇年代のニューヨークと言えばもっとわかりやすいだろう。二〇〇〇年代の北京もこうした都市の系譜に連なる。過剰なエネルギーと豊かさは起伏の激しいドラマを生み、人間の本性をあらわにする。筆者が少年の頃に培ったストーリーテリングの才能がそれに寄与しているのは言うまでもない。

一九二〇年代のアメリカの作家スコット・フィッツジェラルドに「リッツくらい大きなダイヤモンド」という短編がある。あるところに巨大なダイヤモンドでできた山があり、所有者の大富豪はあらゆる手段を使ってそれを秘匿している。屋敷を訪れた者は殺され、上空を飛んだ飛行士は地下に幽閉されるのだ。あるとき一人の少年が富豪の家に招かれ、富豪の娘と恋に落ちる。二人が駆け落ちを決意したそのとき、屋敷は飛行機の編隊に襲われる。観念した大富豪は仕掛けてあった爆薬でダイヤモンドの山を吹き飛ばす。豪奢な暮らしの中で短い夢を見ていた少年と少女は、着の身着のままでそこから逃げ出す。

共産党が支配する中国というダイヤモンドの山から、デズモンドはうまく逃げ出したが、ホイットニーは幽閉されたままである。数十億ドルとも言われた彼女の資産は共産党に寄付させられたという。そう言えば、個性豊かな登場人物の中に一人だけ人間味が感じられない人物がいる。全面主席、習近平だ。

二〇二二年七月

神月　謙一

解説　ホイットニーは生きていた

杉本りうこ
（ジャーナリスト）

私がデズモンド・シャムに初めて会ったのは、二〇二二年の年の瀬だった。会った、と言っても、パソコンのスクリーン越しの初対面である。当時の私は新興経済メディアの記者で、英国に住む彼にインタビューを申し込んだのだった。

話題本の著者インタビュー記事は珍しくない。しかし当時、『レッド・ルーレット』の邦訳版は大きな話題にはなっていなかった。そして私は、この本が話題になっていないのは実に残念だと思った。というのも、海外では『レッド・ルーレット』は、チャイナ・ウォッチャー必読の書として大いに注目されていたからだ。

私がこの本について知ったのは、原書が出たばかりの二〇二一年秋のこと。信頼する中国人エコノミストから、「絶対に読むべき」と強く勧められた。英経済紙フィナンシャル・タイムズは同年のブック・オブ・ザ・イヤーの一冊にこの本を選んでいるが、そこでこう評している。「中国における権力と富のベールを剝ぎ取った、スリラー小説のように読めるベストセラー」。この寸評は、私の読後感そのものである。

現代中国の政治や経済に関する書籍は世に数多あり、私も多少ながら読んでいる。だがデズモンドほどの一級のインサイダーが実名を明かした上で、温家宝元首相のような中国共産党の最高権力者の実態を暴露したものは、過去に例がない。言うまでもなく、中国では発禁本となっている。そんな本が同時に、ページをめくる手が止まらないほどの娯楽性も備えているのだ。これが注目されていないとは、何ともったいない。

デズモンドは英国オックスフォードの自宅から取材に応じた。一時間半ほどの濃密なインタビューを終え私の網膜に焼き付いたのは、彼の海老蔵似の面立ちの後ろに映る光景だった。グランドピアノがある、裕福な暮らし向きが窺える部屋なのだが、その大きな窓には人の目を遮るようにしっかりとスクリーンカーテンが下りていたのである。

ビデオや写真に映る背景で、その人の居場所を特定する。これはインターネット時代のオシント(合法的に入手できる資料を使った情報分析)のごく基本的な手法だ。共産党中国の発禁本を書いたデズモンドが、自身と家族の安全を守るためにどれほど注意しているのか。外界をシャットダウンする白いスクリーンカーテンが、それを雄弁に物語っていた。

このインタビューをきっかけに、デズモンドと私は取材を超えて親しくなった。後に彼が語ったところでは、英国の自宅では不審者撃退の目的で大型犬を飼っていると いう。当初は民間警備員を雇おうと考えたが、友人から「金で雇える人間は、他の誰かに買収される可能性もある。自分で身を守る方法を考えろ」とアドバイスされたため、猛犬を選んだのだそうだ。

ちなみにその友人とはビル・ブラウダー氏。国営企業の汚職をつまびらかにする暴露本を書き、ロシアから追放された人物だ。いずれも権威主義国家の「お尋ね者」である二人が、一体どんな情報や意見を交わしているのか。聞き耳を立ててみたいものである。

彼女は出版の断念を迫ってきた

『レッド・ルーレット』を読んだ人はみな、あることが気になるはずだ。「ホイットニーはその後、どうなったのか？　生きているのか？」。彼女は無事、生きていた。そしてデズモンドの人生に再び姿を現した。少し長くなるが、以下はホイットニーを巡る後日譚である。

それは二〇二一年九月初めのことだった。ホイットニーの失踪から丸四年が経ち、またデズモンドが『レッド・ルーレット』を出版するわずか二日前の早朝四時に、中国に住むデズモンドの実母からショートメッセージが届いた。そこには「ホイットニーから連絡があった。あなたと話したいそうだから、彼女に電話して」とあった。ホイットニーの携帯電話は失踪から四年間、一度もつながらなかった。彼女の母親は失踪から毎日欠かさずかけ続けたが、ついに一度も娘の声を聞けないままにこの世を去った。ところがこの日、デズモンドがかけると、発信音が二度ほど鳴っただけですぐにホイットニーが出たのだという。

彼女は開口一番、息子アリストンを何年も任せきりにしてしまったことなどを涙声で詫び、息子と話をしたがった。デズモンドが「なぜ党に拘束されていたのか、一体君が何の罪を犯したというのか」と尋ねたところ、ホイットニーの答えは「それは保秘の対象で、私から言うことはできない」という、まったく要領を得ないものだった。また、今は自宅にいるものの、ある条件の下で承諾書に署名し、一時的に釈放されているにすぎないのだとも語った。

さらに会話が続くと、デズモンドはこの通話には明確な「目的」があることを痛感した。ホイットニーはデズモンドに対し、二日後に迫った『レッド・ルーレット』の出版を何とか取りやめるよう、強硬に求めてきたのだ。

彼女は世界を一変させた新型コロナウイルスのパンデミックすら知らず、社会と隔絶されて四年間を過ごしてきた様子を言葉の端々ににじませていた。にもかかわらず、元夫が共産党に敵対的な暴露本を出すことについては、その正確な刊行日を含めて詳しく知っていた。そして出版断念を迫る彼女の言葉は、まるで共産党の政治スローガンのようだったという。

「私たちの成功は共産党のおかげだ」「愛国、愛党の思いはないのか」「恩知らず」。彼女は共産党の論理を熟知していたが、彼女自身がその論理を信奉し、振りかざすようなことは一度もなかった。失踪していた四年間で彼女が中国共産党に洗脳されたのか、それとも電話の向こうで「誰か」が息を潜めて同席しているのか。デズモンドはにわかに警戒心を高め、言葉少なく答えるしかなかったそうだ。

出版の前日には、彼の留守番電話に伝言が残されていた。「党への恩義を忘れるな。党と国家に背く者に未来はない」。芝居がかった大げさな抑揚で、党のスローガンを読み上げているような伝言に、デズモンドはただ寒々しいものを感じたという。

出版を阻むことはできなかったが、幸いにもホイットニーが再び拘束されることはなかったようだ。現在もホイットニーとは、主に息子についての連絡を折々取り合っているという。彼女は今、雲南省で慈善家として暮らしているそうだ。以前からの健康問題もあり、過ごしやすい温暖な土地に移り住んだらしい。

香港紙『サウスチャイナ・モーニング・ポスト』は二〇二四年七月、あるイベントに彼女が慈善家の肩書きで登壇したと報じている。ホイットニーが政治闘争の巻き添えとなって拘束されたことは、中国でも少なからざる人が知る「公然の秘密」だ。その彼女が公の場に出現したことで、中南海（中国の国家権力中枢）の闘争に何らかの変化が生じているのではないかとの推測も飛び交ったようである。ただデズモンドは、「彼女の今の人生は、かつてとは全く別のものだ」と断言する。

数千億円に上る財産や、権力者しか入手できない特別な自動車ナンバー、プライベートジェット。女性ではずば抜けた実業家として手に入れた資産は、もはや全て彼女のものではない。では誰のものか？　国家、正確には中国共産党のものとなっているのだという。

ホイットニーばかりではない。本書に出てくる許家印は、経営する不動産会社・恒大集団を破綻させたが、彼についてもデズモンドは「命があるだけまだまし。財産は間違いなく没収される」と断言する。「政府が国民を好き勝手に拘束し、身体的な自由を奪える国で、財産を自由にする権利が人々に与えられている訳がない」のだ。

それはどうやら、習近平政権が独裁色を強める前からのことのようだ。中国には民間調査による「富豪ランキング」があるが、過去二十年を振り返ると、ランキングに名を連ねた富豪で本当にハッピーエンドを迎えた人は少ないのだという。ある人は破産し、ある人は刑務所に入っている。だからこのランキングを中国では、「屠《ほふ》られる豚のリスト（殺猪板）」と呼ぶそうだ。

ボンネットを開ける人

デズモンドは『レッド・ルーレット』を発表したことで、欧米のチャイナ・ウォッチャーの間で「人気者」になった。例えば、米国下院議会には中国共産党の脅威を明らかにし、それに対する政策を提言する「中国共産党特別委員会」があるが、デズモンドはここで証言を行っている。

こういう彼の動向に、冷ややかな目を向ける人もいる。中国の最高権力と懇ろになることで巨額の富を得たのに、その経験を暴露して西側社会で地位を得ている。これは共産党の神経を逆撫でするし、巨富には縁のない庶民にも反感を持つ人がいる。「罪のない者だけが石を投げよ」というならば、デズモンドには共産党に石を投げる権利はないというのだ。

私の知人で、国有金融機関で準幹部まで務めた中国人は、「中国ではすべての企業家が権力の白手袋だ、というデズモンドの主張は極端過ぎる。権力と距離を置き、自分の才覚だけで努力している企業家は中国にもいる」と憤慨する。しかしながら彼は同時に、こうも認めている。「デズモンドが暴露したことは、中国人であってもほとんどの人が知り得ない情報だ。この本が一読に値するのは事実だ」

デズモンドはホイットニーについて、「中国が実際にどう動いているか、エンジンを覆っているボンネットを開けて見せてくれた」と綴っている。同様に、読者にとってはまさしくデズモンドが、中国という力と富の巨大機械の内部構造を開けて見せてくれている。そして私は経済分野の記者として、「ボンネットの内側を知りたいという渇望」が日本にとって重要なのだと考えている。

中国経済が急成長した過去三十年は、日本経済にとっては自信喪失の時間だった。かつて日本のドル箱だった半導体や家電製品のような産業は、韓国、台湾、そして中国の競合企業に覇者の座を奪われている。その過程で、私は何度も同じ現象を目撃した。日本企業が中国などの新興国企業に対し、何年にもわたって歯牙にもかけない姿勢を続けた末、ある時点を境に「とうてい敵わないライバルだ」と突如白旗を掲げるのだ。そして、取るに足らない勢力と見下すか、手強すぎる競合相手と畏怖するかの結論は真逆ではあるものの、「相手の意図と能力を正確に解明した上で至った結論ではない」という筋道はいつも似通っていたのだ。

日本社会にあふれる数多の中国本は、出所不明の憶測や伝聞を基に隣国を解説したものが少なくない。その中にあって、間違いなくインサイダーであったデズモンドが中国の構造を解明した本書が、日本人の「内側を知る快感」を呼び覚まし対峙する相手を正確に知ろうとする一助となってくれればと思う。

p364　共産主義中国という王家の貴顕たち　John O'Sullivan, "China: Wealthy elite revives the spirit of the emperors," *Financial Times*, May 26, 2012,　https://www.ft.com/content/f6ace4c8-9da1-11e1-9a9e-00144feabdc0.

p288　李紫丹に「パナマ文書」で、海外の投資法人の単独株主であることが明らかにされた　Juliette Garside and David Pegg, "Panama Papers reveal offshore secrets of China's red nobility," *Guardian*, April 6, 2016, https://www.theguardian.com/news/2016/apr/06/panama-papers-reveal-offshore-secrets-china-red-nobility-big-business.

p290　公電は、疑わしい融資と余国祥を結び付けた　Consulate Shanghai "Pension Scandal Claims More, Politics as Usual." Wikileaks Cable 06SHANGHAI16957_a. Dated Oct. 27, 2006, https://wikileaks.org/plusd/cables/06SHANGHAI6957_a.html.

第16章　p317　温家宝の家族の資産は約三〇億ドルの価値があった　David Barboza, "Billions in Hidden Riches for Family of Chinese Leader," *New York Times*, October 25, 2012, https://www.nytimes.com/2012/10/26/business/global/family-of-wen-jiabao-holds-a-hidden-fortune-in-china.html.

p320　習近平の親族が保有する資産　"Xi Jinping Millionaire Relations Reveal Fortunes of Elite," Bloomberg News, June 29, 2012, https://www.bloomberg.com/news/articles/2012-06-29/xi-jinping-millionaire-relations-reveal-fortunes-of-elite.

p323　党幹部の息子や娘に高い地位が与えられた　Yuan Huai, "Chen Yun Appointed Me to Work under Li Rui of the Central Organization Department," Mirror History Channel, November 10, 2020 https://www.mingjingnews.com/article/48411-20.

第17章　p337　私はアスペン研究所で講演した　"Leadership in Action Series: David Rubenstein; The China Model; Madeleine Albright," The Aspen Institute, July 31, 2013, https://archive.org/details/Leadership_in_Action_Series_-_David_Rubenstein_The_China_Model_Madeleine_Albright.

第18章　p363　劉詩来は谷牧の孫だった　Wu Ying, "A man, his horse, His mallet, his life," *China Daily*, October 26, 2011, http://www.chinadaily.com.cn/cndy/2011-10/26/content_13976808.htm.

York Times, December 6, 2015, https://www.nytimes.com/2015/12/07/world/asia/china-xu-ming-dies-prison.html.

p146　黄緒懐はドイツ銀行から三〇〇万ドルを得ていた　Michael Forsythe, David Enrich, and Alexandra Stevenson, "Inside a Brazen Scheme to Woo China: Gifts, Golf and a $4,254 Wine," *New York Times*, October 14, 2019, https://www.nytimes.com/2019/10/14/business/deutsche-bank-china.html.

第８章　p154　「TIBET5100」というミネラルウォーターのようなものを納入する契約　Cao Guoxing, "Everest 5100: The Political and Business Alliance Behind a Bottle of Mineral Water." Radio France Internationale, July 7, 2011.

第10章　p198　李培英は持てる力をすべてつぎ込んだ。彼は、権力とカリスマ性を使った　"Beijing Capital International Airport Air Cargo Clearance Base Lays Foundation," PRC Central Government Official Website, June 29, 2006, http://www.gov.cn/jrzg/2006-06/29/content_323047.htm.

第12章　p235　画家である鄧林は、かなりの資産を作っていた　Patrick E. Tyler, "China's First Family Comes Under Growing Scrutiny," New York Times, June 2, 1995, https://www.nytimes.com/1995/06/02/world/china-s-first-family-comes-under-growing-scrutiny.html.

第14章　p279　賈慶林にまつわる伝説には、彼が行ったとされる汚職も含まれていた　Bill Savadove, "Jia Qinglin: Tainted survivor with a powerful patron," *South China Morning Post*, October 23, 2007, https://www.scmp.com/article/612592/jia-qinglin-tainted-survivor-powerful-patron.

p286　それは濡れ手で粟の事業だった　Sean O'Kane, "EV startup Canoo's mysterious backers named in new harassment lawsuit," *The Verge*, October 8, 2019, https://www.theverge.com/2019/10/8/20899436/discrimination-lawsuit-canoo-foreign-backers-ev-startup-british-chinese-government.

参考文献・参考ウェブサイト

第3章　p76 「近代的な考え方が蛇口から水のように流れ出る」David Sheff, "Betting on Bandwidth," *Wired*, February 1, 2001, https://www.wired.com/2001/02/tian/.

p80　ロバートソンは、馮波の家族のコネについて自慢していたと伝えられている　Charles R. Smith, *Deception: How Clinton Sold America Out to the Chinese Military* (La Porte, Ind.: Pine Lake Media Group, 2004), 166.

第6章　p125　党の長老たちは、趙紫陽を粛清することをすでに決定していた　Philip P. Pan, *Out of Mao's Shadow: The Struggle for the Soul of a New China* (New York: Simon & Schuster, 2008), 4.『毛沢東は生きている——中国共産党の暴虐と闘う人々のドラマ』フィリップ・P・パン著、烏賀陽正弘訳、PHP研究所、2009年

第7章　p131　ＪＰモルガンは、富怡顧問に一八〇万ドルを支払った　David Barboza, Jessica Silver-Greenberg, and Ben Protess, "JP Morgan's Fruitful Ties to a Member of China's Elite," *New York Times*, November 13, 2013, https://dealbook.nytimes.com/2013/11/13/a-banks-fruitful-ties-to-a-member-of-chinas-elite/.

p135　温家宝は「家族の行動にうんざりしていた」Consulate Shanghai, "Carlyle Group Representative on Leadership Issues." Wikileaks Cable: 07SHANGHAI622_a. Dated September 20, 2007. https://wikileaks.org/plusd/cables/07SHANGHAI622_a.html.

p135　温家宝は「自分の立場を考慮して我慢していた」Consulate Shanghai, "Carlyle Group Representative on Leadership Issues." Wikileaks Cable: 07SHANGHAI622_a. Dated September 20, 2007.

p140　徐明の資産の大部分は不正に獲得したものだという噂が飛び交っていた　Michael Forsythe, "Chinese Businessman Linked to Corruption Scandals Dies in Prison, Reports Say," *New*

＊本書は、二〇二二年に当社より刊行した著作を文庫化したものです。

草思社文庫

レッド・ルーレット
中国の富・権力・腐敗・報復の内幕

2024年12月9日　第1刷発行

著　者　デズモンド・シャム
訳　者　神月謙一
発行者　碇 高明
発行所　株式会社 草思社
〒160-0022　東京都新宿区新宿 1-10-1
電話　03(4580)7680(編集)
　　　03(4580)7676(営業)
　　　https://www.soshisha.com/

本文組版　株式会社 キャップス
本文印刷　株式会社 三陽社
付物印刷　日経印刷 株式会社
製本所　加藤製本 株式会社
飜訳協力　株式会社 トランネット
　　　　（www.trannet.co.jp）

本体表紙デザイン　間村俊一

ISBN978-4-7942-2761-4　Printed in Japan

ご意見・ご感想は、
こちらのフォームからお寄せください。
https://bit.ly/sss-kanso

時代小説文庫
し 4-13

迷《まよ》うこころ お勝手《かって》のあん

著者 柴田《しばた》よしき
2025年2月18日第一刷発行

発行者 角川春樹

発行所 株式会社 角川春樹事務所
〒102-0074 東京都千代田区九段南2-1-30 イタリア文化会館

電話 03(3263)5247[編集] 03(3263)5881[営業]

印刷・製本 中央精版印刷株式会社

フォーマット・デザイン&シンボルマーク 芦澤泰偉

ISBN978-4-7584-4694-5 C0193

http://www.kadokawaharuki.co.jp/[営業]
fanmail@kadokawaharuki.co.jp[編集] ご意見・ご感想をお寄せください。